ZHONGGUO XIAOSHUO

100 QIANG

中国小说100强（1978—2022）

金风玉露一相逢

李修文 著

北京联合出版公司
Beijing United Publishing Co.,Ltd.

图书在版编目（CIP）数据

金风玉露一相逢 / 李修文著. -- 北京 ： 北京联合出版公司, 2023.9

（中国小说100强）

ISBN 978-7-5596-7137-0

Ⅰ.①金… Ⅱ.①李… Ⅲ.①短篇小说－小说集－中国－当代 Ⅳ.①I247.7

中国国家版本馆CIP数据核字(2023)第126613号

金风玉露一相逢

作　　者： 李修文
出 品 人： 赵红仕
出版监制： 张晓冬　范晓潮
责任编辑： 高霁月
特约编辑： 和庚方　郭　漫
封面设计： 武　一

北京联合出版公司出版

（北京市西城区德外大街83号楼9层　100088）

北京兴星伟业印刷有限公司印刷　　新华书店经销

字数179千字　650毫米×920毫米　1/16　17印张

2023年9月第1版　2023年9月第1次印刷

ISBN 978-7-5596-7137-0

定价：58.00元

中国小说 100 强（1978—2022）丛书

编委会

丛书总策划

张　明　　著名出版人

张　英　　资深媒体人

编委主任

吴义勤　　中国作协副主席

　　　　　中国小说学会会长

编　委

吴义勤　　中国作协副主席、中国小说学会会长

宗仁发　　《作家》杂志主编

谢有顺　　中山大学教授、中国小说学会副会长

顾建平　　《小说选刊》副主编

张　英　　资深媒体人

文　欢　　作家、出版人

总　序

“中国小说 100 强”（1978—2022）是资深出版人张明先生和腾讯读书知名记者张英先生共同策划发起的一套大型文学丛书。他们邀请我和宗仁发、谢有顺、顾建平、文欢一起组成编委会，并特邀徐晨亮参与，经过认真研讨和多轮投票最终评定了 100 人的入选小说家目录。由于编委们大多都是长期在中国文学现场与中国文学一路同行的一线编辑、出版家、评论家和文学记者，可以说都是最专业的文学读者，因此，本套书对专业性的追求是理所当然的，编委们的个人趣味、审美爱好虽有不同，但对作家和文学本身的尊重、对小说艺术的尊重、对文学史和阅读史的尊重，决定了丛书编选的原则、方向和基本逻辑。

从文学史的角度来说，1978 年以后开启的新时期文学是中国当代文学的黄金时代，不仅涌现了一批至今享誉世界的优秀作家，而且创造了许多脍炙人口的文学经典，并某种程度上改写了 20 世纪中国文学史的版图。而在中国新时期文学的经典家族中，小说和小说家无疑是艺术成就最高、影响力最大的部分。“中国小说 100 强”（1978—2022）就是试图将这个时期的具有经典性的小说家和中国小说的经典之作完整、系统地筛选和呈现出来，并以此构成对新时期文学史的某种回顾与重读、观察与评判。呈现在读者面前的这套丛书是对 1978—2022 年间中国当代小说发展历程的一次全面、系统的整体性回顾与检阅，是中国当代文学经典化的重要成果，从特定的角度集中展示了中国新时期文学在小说创作方面的巨大成就。需要说明的是，与 1978—2022 年新时期文学繁荣兴盛的局面相比，100 位作家和 100 本书还远远不能涵盖中国当代小说的全貌，很多堪称经典的小说也许因为各种原因并未能进入。莫言、苏童、余华等作家本来都在编委投票评定的名单里，但因为他们已与某些出版社签下了专有出版合同，不允许其他出版社另出小说集，因而只能因不可抗原因而割爱，遗珠之憾实难避免，而且文学的审美本身也是多元的，我们的判断、评价、选择也许与有些读者的认知和判断是冲突的，但我们绝无把自己的标准强加于别人的意思。我们呈现的只是我们观察中国这个时期当代小说的一个角度、一种标准，我们坚持文学性、学术性、专业性、民间性，注重作家个体的生活体验、叙事能力和艺术功力，我们突破代际局限，老、中、青小说家都平等对待，王蒙、冯骥才、梁晓声、铁凝、阿来等名家名作蔚为大观，徐则臣、阿乙、弋舟、鲁敏、林森等新人新作也是目不暇接，我们特别关注文学的新生力量，尤其是近 10 年作品多次获国家大奖、市场人气爆棚的新生代小说家，我们秉持包容、开放、多元的审美立场，无论是专注用现实题材传达个人迥异驳杂人生经验、用心用情书写和表现时代精神的现实主义作家，还是执着于艺术探索和个体风格的实验性作家，在丛书里都是一视同仁。我们坚信我们是忠实于自己的艺术理想、艺术原则和艺术良心的，但我们并不认为自己的角度和标准是唯一的，我们期待并尊重各种各样的观察角度和文学判断。

当然，编选和出版“中国小说 100 强”（1978—2022）这套大型丛书，除了上述对文学史、小说史成就的整体呈现这一追求之外，我们还有更深远、更宏大的学术目标，那就是全力推进中国当代文学“经典化”的历程和“全民阅读·书香中国”建设。

从 1949 年发端的中国当代文学已经有了 70 多年的发展历程，但对这 70 多年文学的评价一直存在巨大的分歧，“极端的否定”与“极端的肯定”常常让我们看不到当代文学的真相。有人认为中国当代文学达到了前所未有的高度和水平。王蒙先生在法兰克福书展上就说：中国当代文学现在是有史以来最繁荣的时期。余秋雨、刘再复甚至认为中国当代文学的成就远远超过了现代文学。也有人极端否定中国当代文学，认为中国当代文学都是垃圾。他们认为现代文学要远远超过当代文学，中国当代文学连与现代文学比较的资格都没有。比如说，相对于鲁（迅）、郭（沫若）、茅（盾）、巴（金）、老（舍）、曹（禺）这样大师级的人物，中国当代作家都是渺小的侏儒，根本不能相提并论，两者比较就是对大师的亵渎。应该说，与对中国当代文学的肯定之声相比，对当代文学的否定和轻视显然更成气候、更为普遍也更有市场。尽管否定者各自的角度和出发点不同，但中国当代作家、作品与中外文学大师、文学经典之间不可比拟的巨大距离却是唱衰中国当代文学者的主要论据。这种判断通常沿着两个逻辑展开：一是对中外文学大师精神价值、道德价值和人格价值的夸大与拔高，对文学大师的不证自明的宗教化、神性化的崇拜。二是对文学经典的神秘化、神圣化、绝对化、空洞化的理解与阐释。在此，我们看到了一个非常有趣的悖论：当谈论经典作家和文学大师时我们总是仰视而崇拜，他们的局限我们要么视而不见要么宽容原谅，但当我们谈论身边作家和身边作品时，我们总是专注于其弱点和局限，反而对其优点视而不见。问题还不在于这种姿态本身的厚此薄彼与伦理偏见，而是这种姿态背后所蕴含的“当代虚无主义”。这种“虚无主义”的最大后果就是对当代作家作品“经典化”的阻滞，对当代文学经典化历程的阻隔与拖延。一方面，我们视当下作家作品为“无物”，拒绝对其进行“经典化”的工作，另一方面又以早就完全“经典化”了的大师和经典来作为贬低当下泥沙俱下的文学现实的依据。这种不在同一个层面上的比较，不仅毫无意义，而且只能使得文学评价上的不公正以及各种偏激的怪论愈演愈烈。

其实，说中国当代文学如何不堪或如何优秀都没有说服力。关键是要进行“经典化”的工作，只有“经典化”的工作完成了才有可能比较客观地对当代的作家作品形成文学史的判断。对当代的“经典化”不是对过往经典、大师的否定，也不是对当代文学唱赞歌，而是要建立一个既立足文学史又与时俱进并与当代文学发展同步的认识评价体系和筛选体系。当然，我们也要承认，“经典化”问题是一个非常复杂的问题，并不是凭热情和冲动一下子就能完成的，但我们至少应该完成认识论上的“转变”并真正启动这样一个“过程”。

现在媒体上流行一些对于中国当代文学经典化冷嘲热讽的稀奇古怪的言论，其核心一是否定中国当代文学有经典、有大师，其二是否定批评界、学术界有关“经典化”的主张，认为在一个无经典的时代，“经典”是怎么“化”也“化”不出来的，“经典化”是一个实实在在的“伪命题”。其实，对于文学，每个人有不同的判断、不同的理解这很正常，每一种观点也都值得尊重。但是，在“经典”和“经典化”这个问题上，我却不能不说，上述观点存在对“经典”和“经典化”的双重误解，因而具有严重的误导性和危害性。

首先，就“经典”而言，否定中国当代文学早就不是什么新鲜事，对当代文学的虚无主义态度在很多人那里早已根深蒂固。我不想争论这背后的是与非，也不想分析这种观点背后的社会基础与人性基础。我只想指出，这种观点单从学理层面上看就已陷入了三个巨大误区：

第一个误区，是对经典的神圣化和神秘化的误区。很多人把经典想象为一个绝对的、神圣的、遥远的文学存在，觉得文学经典就是一个绝对的、乌托邦化的、十全十美的、所有人都喜欢的东西。这其实是为了阻隔当代文学和“经典”这个词发生关系。因为经典既然是绝对的、神圣的、乌托邦的、十全十美的，那我们今天哪一部作品会有这样的特性呢？如果回顾一下人类文学史，有这样特性的作品好像也没有。事实上，没有一部作品可以十全十美，也没有一部作品能让所有人喜欢。在这个问题上，我们应该明确的是，“经典”不是十全十美、无可挑剔的代名词，在人类文学史上似乎并不存在毫无缺点并能被任何人所认同的“经典”。因此，对每一个时代来说，“经典”并不是指那些高不可攀的神圣的、神秘的存在，只不过是那些比较优秀、能被比较多的人喜爱的作品而已。从这个意义上说，当今中国文坛谈论“经典”时那种神圣化、莫测高深的乌托邦姿态，不过是遮蔽和否定当代文学的一种不自觉的方式，他们假定了一种遥远、神秘、绝对、完美的“经典形象”，并以对此一本正经的信仰、崇拜和无限拔高，建立了一整套关于中国当代文学的伦理话语体系与道德话语体系，从而充满正义感地宣判着中国当代文学的死刑。

第二个误区，是经典会自动呈现的误区。很多人会说，是金子总是会发光的。但对文学来说，文学经典的产生有着特殊性，即，它不是一个“标签”，它一定是在阅读的意义上才会产生意义和价值的，也只有在阅读的意义上才能够实现价值，没有被阅读的作品没有被发现的作品就没有价值，就不会发光。而且经典的价值本身也不是固定不变的。如果一个作品的价值一开始就是固定不变的，那这个作品的价值就一定是有限的。经典一定会在不同的时代面对不同的读者呈现出完全不同的价值。这也是所谓文学永恒性的来源。也就是说，文学的永恒性不是指它的某一个意义、某一个价值的永恒，而是指它具有意义、价值的永恒再生性，它可以不断地延伸价值，可以不断地被创造、不断地被发现，这才是经典价值的根本。所以说，经典不但不会自动呈现，而且一定要在读者的阅读或者阐释、评价中才会呈现其价值。

第三个误区，是经典命名权的误区。很多人把经典的命名视为一种特殊权力。这有两个层面的问题：一，是现代人还是后代人具有命名权；二，是权威还是普通人具有命名权。说一个时代的作品是经典，是当代人说了算还是后代人说了算？从理论上来说当然是后代人说了算。我们宁愿把一切交给时间。但是，时间本身是不可信的，它不是客观的，是意识形态化的。某种意义上，时间确会消除文学的很多污染包括意识形态的污染，时间会让我们更清楚地看清模糊的、被掩盖的真相，但是时间同时也会使文学的现场感和鲜活性受到磨损与侵蚀，甚至时间本身也难逃意识形态的污染。此外，如果把一切交给时间，还有一个前提，那就是对后代的读者要有足够的信任，要相信他们能够完成对我们这个时代文学的经典化使命。但我们对后代的读者，其实是没有信心的。我们今天已经陷入了严重的阅读危机，我们怎么能寄希望后代人有更大的阅读热情呢？幻想后代的人用考古的方式对我们这个时代的文学进行经典命名，这现实吗？我不相信后人对我们身处时代“考古”式的阐释会比我们亲历的“经验”更可靠，也不相信，后人对我们身处时代文学的理解会比我们亲历者更准确。我觉得，一部被后代命名为“经典”的作品，在它所处的时代也一定会是被认可为“经典”的作品，我不相信，在当代默默无闻的作品在后代会被“考古”挖掘为“经典”。也许有人会举张爱玲、钱钟书、沈从文的例子，但我要说的是，他们的文学价值早在他们生活的时代就已被认可了，只不过很长时间由于意识形态的原因我们的文学史不谈及他们罢了。此外，在经典命名的问题上，我们还要回答的是当代作家究竟为谁写作的问题。当代作家是为同代人写作还是为后代人写作？幻想同代人不阅读、不接受的作品后代人会接受，这本身就是非常乌托邦的。更何况，当代作家所表现的经验以及对世界的认识，是当代人更能理解还是后代人更能理解？当然是当代人更能理解当代作家所表达的生活和经验，更能够产生共鸣。因此，从这个角度来说，当代人对一个时代经典的命名显然比后代人更重要。第二个层面，就是普通人、普通读者和权威的关系。理论上，我们都相信文学权威对一个时代文学经典命名的重要性，权威当然更有价值。但我们又不能够迷信文学权威。如果把一个时代文学经典的命名权仅仅交给几个权威，那也是非常危险的。这个危险表现在什么地方呢？就是几个人的错误会放大为整个时代的错误，几个人的偏见会放大为整个时代的偏见。我们有很多这样的文学史教训。在这个问题上，我们既要相信权威又不能迷信权威，我们要追求文学经典评价的民主化、民主性。对一个时代文学的判断应该是全体阅读者共同参与的民主化的过程，各种文学声音都应该能够有效地发出。这个时代的文学阅读，最理想的状态应该是一种互补性的阅读。为什么叫“互补性的阅读”？因为一个批评家再敬业，再劳动模范，一个人也读不过来所有的作品。举个例子：现在我们一年有 5000 部以上的长篇小说，一个批评家如果很敬业，每天在家读二十四小时，他能读多少部？一天读一部，一年也只能读三百部。但他一个人读不完，不等于我们整个时代的读者都读不完。这就需要互补性阅读。所有的读者互补性地读完所有作品。在所有作品都被阅读过的情况下，所有的声音都能发出来的情况下，各种声音的碰撞、妥协、对话，就会形成对这个时代文学比较客观、科学的判断。因此，文学的经典不是由某一个“权威”命名的，而是由一个时代所有的阅读者共同命名的，可以说，每一个阅读者都是一个命名者，他都有对经典进行命名的使命、责任和“权力”。而作为一个文学研究者或一个文学出版者，参与当代文学的进程，参与当代文学经典的筛选、淘洗和确立过程，更是一种义不容辞的责任和使命。说到底，“经典”是主观的，“经典”的确立是一个持续不断的“过程”，“经典”的价值是逐步呈现的，对于一部经典作品来说，它的当代认可、当代评价是不可或缺的。尽管这种认可和评价也许有偏颇，但是没有这种认可和评价，它就无法从浩如烟海的文本世界中突围而出，它就会永久地被埋没。从这个意义上说，在当代任何一部能够被阅读、谈论的文本都是幸运的，这是它变成“经典”的必要洗礼和必然路径。

总之，我们所提倡的“经典化”不是要简单地呈现一种结果，不是要简单地对一个时代的文学作品排座次，不是要武断地指出某部作品是“经典”，某部作品不是“经典”，不是要颁发一个“谁是经典”的荣誉证书，而是要进入一个发现文学价值、感受文学价值、呈现文学价值的过程。所谓“经典化”的“化”实际上就是文学价值影响人的精神生活的过程，就是通过文学阅读发现和呈现文学价值的过程。可以说，文学的经典化过程，既是一个历史化的过程，更是一个当代化的过程。文学的经典化时时刻刻都在进行着，它需要当代人的积极参与和实践。因此，哪怕你是一个对当代文学的虚无主义者，你可以不承认当代文学有经典，但只要你还承认有文学，你还需要和相信文学，还承认当代文学对人的精神生活具有影响力，你就不应该否定当代文学经典化的重要性。没有这个“经典化”，当代文学就不会进入和影响当代人的生活，就失去了存在的意义。每一个人，哪怕你是权威，你也不能以自己的好恶剥夺他人阅读文学和享受文学的权利。

从这个意义上说，当代文学的经典化当然是一个真命题而不是一个伪命题。在一个资讯泛滥的时代，给读者以经典的指引是文学界、出版界共同的责任，而这也是我们编辑出版这套书的意义所在。

最后，感谢张明和张英先生为本套书付出的辛劳，感谢北京立丰天文化传播有限公司、北京金圣典文化有限公司的资金支持，感谢全体编委和北京联合出版公司各位编辑，感谢所有对本套丛书的出版给予大力支持的作家和他们的家人。

是为序。

吴义勤

2022 年冬于北京

目　录
Contents

金风玉露一相逢

上部

假若昔日重现，假若明天来临——我们之间的一切又该如何说清？我只知道，如果能够重新开始，如果我还能活下去，我发誓，我一定不会爱上你。再也不会像当初：走到哪里都希望看到你的身影，就连从我头顶上呼啸而过的风声，也恨不得让它呼喊你的名字。可是，说什么都晚了。事到如今，在口服了满腹的毒药之后，我们都已来日无多，甚至连挣扎、喊叫一下的力气都没有了。现在，你躺在我身边，大口大口地喘着长气，最终却笑了起来，用细若蚊虫的声音说：这一切，多像一场梦。是啊，多像一场梦。但这句话只有你这样的人才会说出口，像我这样的女人是断然说不出口的。生活对于我来说，从来都只是烈火，是深潭，是毒药，一旦进入其中就会玉石俱焚。我多么希望它是一场梦，好让我忘掉痛苦，用梦境中的海市蜃楼和琼浆玉液来麻醉自己。可是我办不到，它就是烈火、深潭和毒药，你拿它又有什么办法？在贾府度过的无数时光里，梦——不管是噩梦还是美梦——

从来就没有光临我。多少个深夜里，我坐在屋前的石阶上，手执轻罗小扇，对着满天的星斗发问：为什么，到底是为什么，莫非一个烧火丫头连做梦的权利都没有？满天的星斗当然不可能告诉我任何答案，到头来，我仍然只有找到你，贾宝玉，我的宝哥哥。我紧紧地拉住你的衣袖不放手，哭着对你说：宝哥哥，就算你迷恋庭院里娇艳的水仙，但是，请你千万不要忘记，寂寞山谷里的野百合也有春天！而你是怎么回答我的呢？听完我的话，你未作任何回答，反而扭头就跑，一边跑一边回头对我大声喊道：八斤，林妹妹，你饶了我吧。

八斤——我，一个女孩子，竟然拥有这样一个名字。对此我简直不知道该说些什么才好。怪只怪我的父亲和母亲吧，他们强壮的身体害了我，我被他们生下来的时候足足有八斤重（叫我怎样才能说得出口）。二十年前，我啼哭着来到这个世界上的时候，面对我这个红色的肉团，毫无疑问，我父母的内心里肯定装满了巨大的惊喜，他们跪在地上激动地祈祷：感谢菩萨，赐予我们如此健壮的女儿，就凭这副身板，长大之后肯定是个天生的好厨娘。是啊，在迷宫般浩大的贾府，一对在厨房里生活了半辈子的夫妇，对于生活，他们还能抱什么指望？和天下随处可见的夫妻一样，他们勤劳、起早贪黑、对眼前的生活心满意足，无论如何，他们都不敢对这个红色的肉团抱予这样的希望：将来，能够嫁给一个多情、富裕的公子，以使自己也过上优裕的生活，在生命行将结束的时候拥有一个幸福的晚年。这样的想法对于他们来说，简直就是犯罪。从我三岁开始，就常常听到他们对自己说：我们活该就是要受罪的。即使是在灶台边汗流浃背的间隙，他们停下手中的活计擦汗的时候，面对自己终日（直至终年）忙碌于其中的几排房子，也常常禁不住要暗自惊叹：这足足可以住下一个四世同堂家庭的巨大院落，难道真的仅仅只是贾府的厨房吗？他们又怎么会想到，他们的女儿，竟然会爱上贾府的公子贾宝玉；为了他，甚至还自作主张地为自己改了另外一个名字：林黛玉。我记得，那是在我十二岁的时候。我告诉自己的父母，从今以后，不要再叫我八斤了，再叫我也不会答应。我只有一个名字，不是叫八斤，而是叫林黛玉。当时，我母亲简直被我气疯了，举起手中的扫帚劈头就打在我身上。但我却根本就没有躲闪，迎对扑面而来的扫帚哀号道：亲爱的母亲，你为什么要生下我，让我在人世间受这无边的罪？

是啊——这人世间，这无边的罪，为什么独独要留给我一个人去承受？我有一个朋友，和我一样，她是此地另外一家豪宅的下人。我和她所有的区别就在于：我是一个挥汗如雨的厨娘，而她却是一个能够蹦蹦跳跳地在花丛中捕捉蝴蝶的丫鬟。可就是这小小的区别就决定了我们两人天壤之别的命运，到如今，我还在厨房里挥汗如雨，而她却已经成了几十个丫鬟的女主人。其中原因再简单不过，她嫁给了那座豪宅的少主人。蒙她不弃，我有幸参加了她极尽奢华的婚礼。我还记得，那一天，我喝醉了。她也喝醉了。在婚礼上，她突然变得像一个疯子，从酒席上狂奔着跑到了后院的一棵香椿树下，蹲在那里死命地呕吐。等到我也尾随着她跑到后院的时候，她已经结束了呕吐，却还不肯返回到酒席上，而是站在那里又哭又笑，又唱又跳。见到我，她一把就把我拉在了怀里，哭着说：成功了，我他妈的终于成功了！接着，还不等我反应过来，她却突然一声仰天长啸：他奶奶的！随后，又陷入了另一阵突如其来的痛哭。那时候，看着她，我一句话都没说，内心里则装满了对她的同情和赞美。想想吧，一个穷人家的女儿，走到今天这一步，该需要多么非凡的勇气和多么博大的智慧啊：先在花丛间捕捉蝴蝶，引起了少主人的注意；再以无与伦比的善解人意一步步向他靠拢；为了博取他的欢心，不得不苦练自己的歌喉，以使自己能唱许多动听的民歌；后来，她还学会了做诗（想一想吧，她连一天书都没念过）；犹抱琵琶半遮面是不被允许的，在关键（他喝醉了酒）的时候，她果断地向对方献出了自己的身体；之后，她还要在合适的时候抵抗少主人频繁的要求，只有这样，才能在他心目中保持当初的万种风情。与此同时，她还必须面临、直至化解这样的麻烦：未婚先孕；对方的喜新厌旧；老主人的棒打鸳鸯；无计可施之后一次次真假难辨的寻死觅活，等等等等，问题太多了。但让人无法置信的是，这些问题的答案就像那些花丛间的蝴蝶，一个个都被她紧紧抓在了手中。哦，我要说：凭着如此的勇气和智慧，她简直可以做整个国家的皇太后。

光说别人有什么用呢？再来看看我又能够为自己的爱情做些什么：在花丛间捉蝴蝶肯定要被人揪出来，显然，人们说什么都不会原谅一个厨娘也可以站在花丛中蹦蹦跳跳。事实上，我曾经试过这么一次，结果却遭到了两个根本就不曾相识的人的无端殴打。他们看到我之后，不光把我从花丛中揪了出来，而且还狠狠地在我后背上踩了一脚。不知道为什么，我却一点也不怨恨他们。反而哀求道：打吧，就请你们狠狠地打吧！这样的肉体，天生就该被你们活活打死！幸亏你——我的宝哥哥——及时出现，赶紧喝退了那两个人，我才最终得以保全了自己的性命。要不然，我真的不知道自己是否还能够活着返回迷宫般的厨房。再往下，我还能做些什么呢？我漫长的青春岁月就像一座深不见底的山洞，看不到一丝光亮，但挣扎又是必然的：在恐惧、担心和痛哭之后，我还必须点亮火把一步步朝前走去，发疯地搜寻那个能够让我重见天日的洞口。也许，主动地向你献身就是那个让我茶饭不思的洞口。在这期间，我也曾试过别的办法，比如苦练自己的歌喉，希望自己能为你献上几首动听的民歌。但事实的情况却是：

我一开口，别人就会赶紧收回自己晾晒在庭院中的衣物，他们都以为自己听到的是一阵雷声。对他们来说，我的歌声就是一记警钟；我所有的歌唱都只为了表述这样一种事实：天要下雨了。因此，除了主动向你献身，我再也想不出别的什么办法。无论如何，请你先原谅我，尽管我早已经知道：我那像山峦一样沉重的躯体会让你吓得闭过气去。但我还是要哀求你，当你第一眼看到这具肉体的时候，你可以尖叫，可以逃跑，只是请你千万不要扑通一声跪倒在我面前，给我磕头，并且一边磕头一边重复着已经重复过无数遍的话：黛玉，我的林妹妹，就请你饶了我吧！这样的结果对于我来说，无异于将我送上了一条绝路。就是这样一条绝路，也很快就会消失得无影无踪，我的眼泪，迟早会像狂暴的泥石流一般将它冲刷得一干二净。

只是我的梦啊，我的梦，却又一次落空了。在时至今日的此时此刻，阴曹地府已经在前方向我们招手，那惨绝人寰的一幕，却还是不能被我忘记：那天晚上，原本我也在你的门窗外徘徊了好长时间，却迟迟不敢推门而入。时间一点一滴在流逝，我的心也一次比一次跳得更为猛烈。尽管我知道，天色还早，属于你的夜晚才刚刚开始，简直不用半点怀疑，此刻你肯定正奋战在某家妓院里香气逼人的大床上，可我就是不敢推门进入你的房间。就是这样，我拿自己毫无办法。事实上，站在你的门窗外，我无数次地想要拔脚离开，对我来说，就好像已经在你的门窗外站立了一个世纪。月光洒在我身上，非但没有为我增加一丝美丽，反而把我变得更像一个年迈的巫婆。四周静谧无声，庭院里的花草都已陷入了沉睡，终于，从不远的地方传来了你的脚步声。太不可思议了！仿佛魔障的驱使，我飞起一脚就踹开了你的房门，跑进去，开始飞快地脱去全身上下的衣服。空气沉闷、凝重，天地之间除了你的脚步声，就再也没有其他任何别的声音，就像黎明前的黑暗，又像杀戮前的战场。脚步声越来越近，心绪越来越乱，而脱衣服的动作却越来越迟缓！可就在这紧要的时刻，衣服上的一个小扣却怎么也解不开了。顿时，我张开嘴巴笑了。上天啊，你总是这样厚待我。过去，为了让我的生活过得六根清净，连一个普普通通的梦——不管是噩梦还是美梦——都不肯赐予我；现在，为了使我若干年后回忆起这个夜晚时不感到痛悔，就将魔力赋予这衣物上的小小的扣，至死也不让我解开它。上天，面对你我真的不知道该说些什么才好。但我要请求你注意这样一个事实：屋内响起了一种奇怪的声音。叮咚，叮咚。难道这是雨水滴落在地上的声音吗？显然不是。让我们一起看看窗外：明月别枝惊鹊，清风半夜鸣蝉。那么这到底是什么声音？让我来告诉你，这确确实实是下雨的声音，只是这雨水不来自你——上天，却来自我的眼眶深处，最终一滴一滴地滴落在了地上。叮咚，叮咚。

也许，上天终究被这来自眼眶深处的雨水感动了。最终，它让我在最短的时间内解开了那个小小的扣。一场劫难宣告结束，可我却没有破涕为笑，相反则变成了号啕大哭，其中的原因又有谁能够说清？就这样，我号啕着，像一道闪电般飞奔着扑上了床。几乎与此同时，你的身影出现在了房门边。开始时你没有发现我，我也屏住呼吸不发出一点声音。月光透过窗格洒进房间，你的全身上下就被一片柔和的银白色所笼罩、所环绕了。哦，我要说，月光是有味道的。要不然，那一阵阵无由而生的几乎让人快乐得窒息过去的香气又来自何处？这香气绝不是美酒的香气，尽管此刻你已经喝得酩酊大醉；也不是女人身上的脂粉香气，尽管你刚刚才逃离肉欲的战场。除了说它是月光的味道，我再也想不出别的任何答案。和月光有味道一样，这香气也是有颜色的，它晶莹、银白、一片清冽。宝哥哥啊，小妹实不相瞒：置身于月光发出的巨大香气中，我已经欲火中烧！但你仍然不管不顾，事实上，你根本就还没有发现你的床上躺着一个赤身裸体的女人。因为你在洗澡，正全身心地专注于自己的赤身裸体——这熟悉的一幕，我又何曾觉得陌生过？我们都见到过（也许只是听说过）这样的人：在暗无天日的青春期，饱受自己身体的折磨，苦苦搜寻发泄欲望的通道，但最后的结果却是一无所获。他能怎么办呢？我们总不能眼睁睁地看着他去死吧。好在是天无绝人之路，他总会找到一些狭窄的通道，比如手淫和偷窥。这样的通道一旦被他找到，那么，自然就会有一些不幸的女人在自己都不知道的情况下充当了别人的性爱对象。不管她们愿意不愿意，也只能在对方淫秽的想象和癫狂的尖叫声中与他展开大汗淋漓的肉搏战了。唉，女人天生就是这样不幸。但是，作为一个女人，我却要代表所有受困于青春期的男子对那些可怜的女人说：就请你们原谅我们吧。要知道，在你们不知不觉间，就已经为我们的时代、我们的社会，乃至我们的国家做出了多么巨大的贡献——这么多年，强奸案已经很少听说发生了。仅仅通过对你们的偷窥和想象中的肉搏战，这些被自己的身体折磨得几乎活不下去的青年男子，就此便点燃了希望之火，重新扬起了生活的风帆。对于我们的时代、我们的社会，乃至我们的国家来说，这是多么可喜可贺的事情啊！宝哥哥，也许你会问：你难道不是一个女人吗，又为什么要站在那些欲火焚身的男人的立场上说话？这个问题问得好。只因为，只因为我和那些男人一样被来自身体深处的欲望折磨得几乎活不下去。他们遭受的罪，我丝毫都不觉得陌生。我和他们所有的不同就在于：他们偷窥的对象往往是一些身材饱满的女人；而我的对象却是你，我最最亲爱的宝哥哥。事实上，这么多年来，我又有哪一天晚上不曾目睹过你的赤身裸体？每天晚上，我都好像是整个大地的最后一个守夜人，守候你的归来，看着你进房间，再看着你脱去层层衣物。是的，只有到了这个时候，你的赤身裸体在我眼前袒露无遗之后，我才能离开你的门窗，穿过重重假山、花草和亭台楼阁返回自己的房间，整整一夜，我将睡得一如既往地踏实。稍有异样的情况发生，比如你通宵夜不归宿，那么，在这样的夜晚里我就会这样想：就这样永远地死掉该多好啊。

哦，我应该赶快捂住自己的嘴巴。你已经结束了冗长的洗涤，而我却还沉浸在云山雾罩的想象中无法自拔。也许大家会问：置身于此情此景之中，难道你就感觉不到紧张吗？我的回答是：我的心，就像汪洋中的一条船，在暴风雨和冲天巨浪中穿梭，一时像被逐上了天空，一时又好像跌入了谷底——你说我紧张不紧张？只是我完全没有多余的时间来顾及这些了，更为迫切的问题已经摆在了我面前：一会儿，宝哥哥走过来之后，面对他的尖叫和逃跑，我到底应该怎么办才好？宝哥哥，你看，这多像我们的生活，当我们刚刚才费尽气力解决了一个问题，连口气都来不及喘，新的问题就又在前方向我们招手了。现在，我的最大问题就是你。我想再次向你哀求，一会儿，当你面对我赤裸的身体，你可以尖叫，也可以逃跑，只是请你千万不要扑通一声给我跪下来，号啕着说：黛玉，林妹妹，就请你饶了我吧！但事实的情况又是怎样的呢？现在，当我，还有你，当我们一起即将告别这个世界的时候，我还是要说：我绝不原谅那个伤心、狂暴的夜晚。我的一生就被那个夜晚毁掉了。在冗长的洗涤结束之后，你又站在衣柜前寻找了好半天，最终才找到了一套让你满意的干净内衣。我知道，你在穿衣打扮上花费的气力丝毫不会比一个女孩子花费的气力要少多少，从小就是这样。仅仅才五岁，就因为被人发现衣服上沾了一点鸟粪，你就在家中躲藏了整整一个月而没有踏出大门一步。在我们这个国家的东北地区，流传着这样一句俗语：大眼睛，双眼皮儿，一看就是个讲究人儿。我要说，你就是这样一个讲究人儿。好了好了，就让我言归正传吧：突然，我没有想到的事情发生了。就在你刚刚换上干净内衣的同时，房间的门一下子被撞开了。

平白无故，两个差役打扮的人出现在了我的视线之中。尽管我还来不及明白到底发生了什么事情，但我至少可以知道，这就是生活。这就是上天注定我要过的生活！我惨笑了起来，却没有发出一点声音。我发誓，如果此刻是在白天，如果我的赤身裸体此刻正袒露于众目睽睽之下，我一定不会在乎羞耻，而是要狂奔着扑向众人面前，惨笑着对他们说：你们都看到了吧，这就是我的生活，连一次辗转反侧后痛下决心的献身都是这么难！只是，说什么都晚了，现在我正置身于月残星稀的夜晚之中，根本就来不及过多地抱怨生活，我就被那两个差役打扮的人一把从床上揪了起来。与此同时，门外突然响起一阵天崩地裂般的擂鼓声，霎时之间，院子里灯火齐放，竟然亮若白昼。三步两步之后，我被那两个差役捆绑着走出了房间，来到了院子中。宝哥哥，一切都来得如此之快，如果我的脑子来得及对眼前发生的一切作出反应，那我也许早就成为了你的妻子。只可惜时至今晚我还是一个厨娘，我也只能把自己的命运交给别人去发落。看着我被带出房间，更多的差役张口欢呼起来。我看到，院子已经被人挤满了，只一眼我就发现我的父母也身在其中，但不可思议的是，他们竟然也手舞足蹈地喊着口号加入了那些差役的欢呼。更加不可思议的事情还在后面，我发现，我们的老主人也出现在了呼喊口号的队伍里。这时候，你从房间里走了出来，但再也不是身着刚刚换上的那套干净内衣，而是换作了一套光彩照人的锦衣华服。当你飞快地奔向你的父亲——我们的老主人的时候，我清楚地看到：老主人竟然颤颤巍巍地伸出手朝你竖起了大拇指。他的声音也不再像往日那般有气无力，而是异常兴奋地说：为民除害，为民除害！儿啊，我为你感到骄傲！一下子，我再也无法忍耐下去了，站在那里抬起脸庞朝着茫茫夜空和满天星斗就大声哭泣起来。我感到，全世界都在欺骗我。尽管我从未念过书，但我也听说过许多动人的爱情故事。虽然不是全部，但在相当多的故事里我们都曾见识过献身的魔力。迫于父母或社会的压力，故事中的小姐在再也没有别的办法之后，往往会选择将生米煮成熟饭的道路。未经父母允许，先爬上情郎的床，一切留待将好事做成之后再说。难道那些故事从来就没发生过？倘若那些故事当真从未发生，这个世界不是在欺骗我又是什么？如果那些故事真的发生过，为什么偏偏一到我的头上就会突遭如此弥天大祸（连官府的差役都被惊动了）？根本还没来得及和梦中情人躺在一起，就被人捆绑着揪出了房间；连自己的父母都为女儿赤身裸体被人擒住而拍手叫好；更有甚者，我们的老主人还连连赞叹他的儿子：为民除害，为民除害！儿啊，我为你感到骄傲！说到底，这个世界还是在欺骗我。

我怎能不放声大哭？可就在此时，我突然听见你在人群中惊叫起来：她不是一枝花！她不是一枝花！伴随这声呼喊，所有的人都安静了下来，除去人们压低了的喘息声，就再也听不到任何别的声音。在短暂的沉默过后，一个气急败坏的声音响了起来：这不可能！不用看，我也知道这是谁在说话。一个老百姓，即使他一辈子都从未上过街，但他绝对不可能连当地衙门里的捕快都不知道是谁。说话的正是此地衙门里的捕快。他像道闪电般从我身后飞奔而出，眨眼间就站在了我的面前，一把抓住我的头发问道：快说，你是不是女飞贼一枝花？在此之前，由于那两个差役的粗暴，在被他们揪出房间的时候，我的头发已经被撕扯得散乱不堪，像一蓬干枯的稻草披散下来，挡住了我的脸庞。现在，随着他的一用力，我的脸庞暴露在了亮若白昼的灯火之中，暴露在了众目睽睽之下。仅仅就在这一刹那，我看到我的父母直挺挺地仰面倒在了地上。人群再度喧闹起来，并且一下子就喧闹到了不可收拾的地步。我绝望地看到：除了我的父母，我们的老主人也接受不了这突如其来的变故，惨叫一声倒在了地上。但是你却并没有管，你扑上前来，对着那个捕快吼道：错了，你们弄错了，她根本就不是什么女飞贼！

这就够了。宝哥哥，这就够了。看到你飞奔过来，我突然想起了我们的小时候。那时候，你从来都不管我是不是下人的女儿，却每天晚上都吵闹着要和我睡到一张床上。可这又注定是不被允许的。因此，每到天黑之后，就寝之前，迷宫般巨大的贾府里就会响起你的哭喊声：不嘛，我就是要和八斤睡在一起！即使奶妈对你使尽诱惑，直至许诺整晚都让你抚摸着她的乳房睡觉，你也最终不为所动，而是使尽全身力气朝我奔跑过来，紧紧地抱住我，把脑袋伸进我的怀中，谁也把你拖不走。而现在，这一幕又重现了，你再次朝我奔跑过来，嘴巴里则不停地呼喊着相同的话：八斤，我的林妹妹，我真的不知道是你啊。哦，面对这样的奔跑，我还能说些什么呢？就让心脏猛烈地起伏，就让泪水大肆地流淌，而我，则一句话都不想说了。事实上，一直要等到明天早晨，我才会真正了解事情的整个过程。但现在我至少已经明白这样一个事实，那就是，我被差役们当作另外一个人抓起来了。这个人就是在此地人人都闻风丧胆的女飞贼一枝花。说起她，此地的每一个人都不会觉得陌生，她是一个飞贼，但是她只偷一样东西，那就是男人。在她落草为寇之前，曾经做过十五年的寡妇，过着平静的生活，与别的中年女人一样在集镇上的菜场里和别人讨价还价。不幸的是：在一个夜黑风高的晚上，她被一个采花大盗强暴了。但谁也没有想到，仅仅就在第二天，她自己也变成了一个采花大盗。世界上的事，原本就是如此奇妙。多年来，她昼伏夜出，独来独往，干下了许多令人发指的事情——已经夺去了无数青年男子的童贞。一直到昨天，官府捉住了她的同道中人，另一位女飞贼三角梅，这才得知：尽管未经你的允许，但一枝花已经决定，今天晚上就要到贾府来和你同床共枕。三角梅说，对于你，一枝花早就已经垂涎欲滴了。因此，官府里的人才在贾府中布下了天罗地网，静候着一枝花的到来。他们还说服你，千万要拖延洗澡的时间，以便他们能够有充分的时间来准备：摆好刀剑阵、在花园里埋地雷等等。那位捕快还恶狠狠地叫喊道：只要一枝花敢踏进贾府一步，那她就死定了！可他万万没有想到，钻进这天罗地网的人竟是我。原本几乎所有贾府的人都已经知道了这件事情，可就是我一个人不知道。我早就说过，生活对于我来说，就是烈火，是深潭，是毒药，对此我毫无办法。但是，我已经不在乎这些了，我什么都不在乎了。现在，昔日重现，你迈开大步朝我飞奔过来，气喘吁吁地对我说：八斤，对不起，我真的不知道会是你。不！我叫喊起来，我还想和你说更多的话，到头来却只是嚅动了一下嘴唇，仍然也一句话都没有说出。我只好抬头眺望头顶上的茫茫夜空，发现夜空逐渐稀薄，星光变得暗淡，黎明就要到来了。此时我还不知道：尽管我暂时逃脱了一场牢狱之灾，但却最终难逃被逐出贾府的厄运。就在几个时辰之后，我就将身披伤风败俗的罪名被迫与父母，与我工作了十几年的厨房，还有你，我的宝哥哥——永远地告别。临别之际，我们的老主人还一如既往地用他颤抖的声音对我叫喊道：永远都不许你再踏入贾府一步！可是，我不管，就算我明天就要死掉，可现在你已经真真切切地站在了我身前。这些羞辱、谩骂、驱逐，甚至是死亡，对我来说又算得了什么呢？

下部

不可能，永远都不可能，你永远都不可能成为我的妻子。如果我没有记错的话，我才刚刚六岁的时候，你就问过我这个问题：长大之后，是否能够娶我为妻？那时候，没办法，只要我们单独相处，你就必定要脱光我的衣服（你到底从哪里学会了这么多东西）。当然，还有你自己的。我曾经问过你这样做的缘由，你却始终都不作回答。但也正因为如此，我的青春期才没有遇到什么太大的麻烦。对女人的裸体我早已司空见惯，当然再也没有必要去偷窥别的女人，而不像另外一些豪宅的少爷们，在他们的青春期，只要一有空，就会守候在丫鬟们的房间外面，屏息静声地苦苦等待丫鬟们宽衣解带的时刻。与他们相比，我是幸福的。只是，林妹妹，我不得不说，正是因为过早见识了你的身体，才使我在相当漫长的一段时间里暗自发誓：这一辈子，我绝对不会结婚。该怎样来形容你的身体啊：矮胖的躯体，粗壮的四肢，一马平川的胸脯，还有一年四季挥之不去的汗臭味道（原谅我，我只能说到这里为止了）。那时候，由于年少无知，我把这样的肉体当作了天下所有女人的肉体。我实在无法想象，将来有一天我会和这样一堆肉体同床共枕，所以，在相当漫长的时间里我害怕、讨厌所有的女人。走在路上，只要看见有女人扑面而来，我就会退避三舍，躲藏在某个幽暗的地方连大气都不敢喘一口。这其中自然也包括你，我的林妹妹。事实上，正是你才造就了连绵终日的噩梦，见到你，我又怎么可能不望风而逃？

实际上，从我懂事之日起，心中就有一个朦胧而迫切的愿望：下辈子，一定要做个女人。如你所知，从小我就喜欢女孩子们所喜欢的一切东西。但是，在我心目中，却从来就没有把你也当作一个女人，反倒是我自己，终日像个女孩子般哭哭啼啼，每到夜晚，便吵闹着要和你睡在一起。几乎每一对男女，只要同床共枕，就完全可以肯定，他们必然会紧紧地拥抱在一起，我和你也并没有例外。例外的是，从来就不是我伸出手去拥抱你；反倒是我，一上床，就使出全身力气钻进你的怀中。如果你脸上或身上起伏不平的小疙瘩刺痛了我，我还会眉头紧锁，突然对你一阵花拳绣腿，万般气恼地对你喊出百转千回的莺声燕语：你真坏！而你呢？听完我的话，往往会爆发出一阵突如其来的、爽朗得让人恐怖的笑声，听上去，简直就像一个刚刚从地底奔跑出来的厉鬼发出的阵阵哀号。这样做的结果显而易见：我只能把自己的身体朝你贴得更紧一些。现在想一想，那是一段多么可怕的时光啊。还有一段时间，你终日练习站着撒尿，但练习终未获得成功，那些尿液始终不能顺畅地飞溅到地上，却全都滴落到了大腿上，由此，在很长一段时间里，贾府中几乎所有的人都对你避之唯恐不及，他们实在太害怕你身上散发出的腥气冲天的尿臊味。在当时，我不光对这种让人恶心得连饭都吃不下去的臊味不以为意，反而认为这就是一个男人天经地义应该拥有的味道。如此前所说，我希望自己做个女人——既然你能够站着撒尿，我为什么就不能蹲着撒尿呢？是的，我蹲下了。而且一蹲就是三年。在这三年中，我饱尝了父母的训斥与打骂，却始终没有改变过自己撒尿的姿势。可怕啊，真是可怕！

但觉醒之日迟早是要到来的。十四岁，在第一次喝醉酒之后，在一家门前冷落鞍马稀的妓院里，在一个年老色衰的妓女怀中，我在天旋地转中向对方献出了自己的童贞。事成之后，那个老妓女流下了滚滚热泪，因为她实在不敢相信自己拥有如此好福气：竟然获得了堂堂贾府公子的垂青，并且获得了他的丰厚馈赠，仅凭这笔馈赠，她就再也不用像现在这样，夜半三更还要不厌其烦地辛勤工作，从此便可以安享晚年了。但是，她的哭声很快就被更为巨大的一阵哭声粗暴地打断了。还有一个赤身裸体的青年男人也正躺在她身边张开嘴巴大声哭泣。不用说，那个人就是我。是我，是我，还是我。太幸福了！幸福得除了哭泣我简直不知道还要干些什么才好。老妓女被我吓了一跳，连忙过来抚慰我，但我却恶狠狠地将她的手打开，嘴巴里大声吼叫起来：他妈的，你还在等什么呢？一句话还未说完，我又重重地、像一头发情的母兽般朝她压了下去。屋子里立刻响起了老妓女粗重、嘶哑的尖声惊叫。上天注定，在这个短暂的夜晚里，她粗重、嘶哑的尖叫声还要无数次响起。上天还注定，从这个短暂的夜晚开始，更多的（不管是年轻还是苍老，不管是尖细还是粗粝）声音将彻夜回响在此地的上空——无论是白天还是黑夜。不用怀疑，这些声音的制造者是那些各色各样的女人，而真正的幕后凶手却是我，没有我的艺高胆大，她们的叫声又怎能如此摄人心魄？而这原本就应该是我过的生活！多少年了，谁能相信，一座豪宅的公子，不但不终日在各色各样的女人身边南征北战，反倒一看见她们就落荒而逃，躲到阴暗的角落里连大气都不敢出一口。以至于我的朋友，当朝中堂大人的儿子对我说：你简直就是我心目中最大的偶像。这难道是因为我的身体有问题吗？不，绝不是。我十四岁，发育良好，包皮没有过长，身体虽然说不上强健，但至少也称得上健康。这样一位玉树临风的公子为什么从来都不热爱女人？因为你，全都是因为你，我的林妹妹。我几乎从来就不曾做过梦，但是自从见识过你的身体之后，我每晚都辗转无法成眠，总是睁眼到天明。我为什么不敢闭上眼睛？只因为，一闭眼就会梦见你的身体。在梦境中，它变成了枯藤、怪石、洪水，直至野兽；在梦境中，它们总是会缠住我，卡住我，卷走我，直至吞噬我。有一次，你哭着对我说：宝哥哥，梦——不管是噩梦还是美梦——为什么从来就没有光临过我？听完你的话，我笑了起来，直到笑得流出了眼泪。我不想给你任何回答，心底里却在大喊大叫：天啦，请你开恩，请你大发慈悲，把我的梦分一些给她吧。但是上天并没有把我的噩梦分给你，却给我送来了一个年老色衰的妓女，让她使我成人，让她变成我身体的老师。现在，她就躺在我的身体下，如果上天不惩罚我，我甚至想跪倒在她面前，抱住她的双腿轻轻呼喊：哦，我的再造母亲。你用你被风霜摧磨过的身体让我重新认识了这个世界，你引领我从噩梦中走出，但却不霸占我，而是将我送上了更为宽阔、更为香艳的大床。我爱你。

第二天清晨，天还不亮，我就告别了那个老妓女，在星光的照耀下敲响了此地最大一家妓院的门，在里面待上了一整天。其中滋味相信不用多说大家也会明白。直至日薄西山，夜幕降临，我才拖着早已虚脱的身体摇摇晃晃地走上了回家的路。刚走进庭院，我就看见一个仆人正抱住一根柱子死命地呕吐着。再往里走，我的心顿时怦怦乱跳起来，因为我发现几乎所有的人都在那里抱住各自的柱子死命呕吐。但我很快就发现了事情的真相——那又是因为你，我的林妹妹。只见得：你身着一套戏装，脸庞上涂满了层峦叠嶂的胭脂，手里提着一个破烂的竹篮，而肩头上则扛着一支沾满了泥土的锄头。我吓了一跳：这是干什么？但你却并没有理睬我（这倒实在是少见），却轻卷长袖，又将其舒展开来，宛如浮云般飘飘拂拂，霎时之间，这两只长袖就像着了仙气般在我眼前展现出千般变化，一时间高低起伏，一时间又迎风摇曳（谁能想到，你竟有这么一手）。必须承认，连我都被看呆了。这还是我的林妹妹吗？但是，当表演停止，破绽便会自然流露而出，你的脸庞从两只长袖背后闪现出来，对我微微一笑，但就是这微微一笑却让我不能自制，胸腔之间似波浪般翻滚不平，我张嘴就要呕吐——你的满口黄牙实在太要人的命了。难怪仆人们全都一个个呕吐得快要闭过气去了。就凭你的这几下了，完全可以肯定，私下里你已经至少排练了两个月时间。看到我全神贯注起来，你更起劲了，两只长袖的翻转更加紧锣密鼓，却一不小心，两只脚被两只长袖绞绊住了，扑通一声摔倒在地上。但你却不肯善罢甘休，在哪里跌倒，又在哪里爬起来。爬起来之后，你还要重新开始，这一次，你变换成了新的花样：唱歌。先是用越剧腔调唱道：一个是良苑仙葩，一个是美玉无瑕；若说没奇缘，今生偏又遇着它；若说有奇缘，如何心事终虚化？一边唱，一边偷偷打探我的动静。而我呢，我的问题还是和刚才相同的那个老问题：如何来拼命抑制自己想要呕吐的渴望。看看你：勉为其难的舞姿，一波三折但却让人悲痛欲绝的歌声，再加上跳大神似的疯疯癫癫，简直和一个巫婆没有半点区别。我又怎么能抵挡得住呕吐的欲望？突然，胸腔之间一阵猛烈地抽搐，喉咙里也扭动不止，我赶紧伸长脖子使出所有的力气朝里面咽唾沫，再抡起拳头不迭地捶打胸脯，还好，终于被我忍耐住了。但是你却没有忍耐住，仍旧不依不饶，又把越剧唱腔换作了吕剧唱腔（你真是我心目中最大的偶像）。我还是不动声色，实际上，我并不是一个白痴，当然知道你在这里又唱又跳到底是为了什么。我看过许多才子佳人小说。这些小说中的佳人们，为了捅破最后的那一层纸，往往会选择在有月光的晚上跳舞。置身在这样难以言传的迷幻气氛中，才子们心荡神摇，往往会一口答应佳人们提出的所有要求，一步狂奔过去，握住对方的手不迭说道：我愿意，我愿意。你，林妹妹，我知道你的全部企图，但是我不会答应你的任何一个要求，即使你费尽心机，竟然把小说中的情节搬到现实生活中的庭院里来隆重上演，也没有用。如果我也像那些白痴们狂奔上去紧紧握住你的手，连声说：我愿意，我愿意——那这简直就是做梦。就在不久之前，我才刚刚从此地最大的妓院里走出来，在回家的路上，一边走，我还一边在涕泪横流，一遍遍告诉自己：做一个男人是多么好啊。只可惜你仍然不明白，你还在一边跳一边偷偷地打探我，眼角边荡漾着滚烫的光。最终，你决定再换一个花样，将《枉凝眉》的腔调换山东快书的腔调：当哩咯当，当哩咯当；一个枉自嗟呀，一个空劳牵挂；当哩咯当，当哩咯当；一个是水中月，一个是镜中花；当哩咯当来当哩咯当，想眼中能有多少泪珠儿，怎经得秋流到冬尽，春流到夏！哦，我再也忍耐不下去了（人的忍耐总是有限度的），像此前众多的仆人们一样，我惨叫着朝一根门廊边的柱子奔跑过去。可是，还没等到靠近那根柱子，呕吐物就冲出了我的喉咙。

时至今日，五年时间过去了，我却始终不能忘记这些事情，它们就好像发生在昨天。但在这五年中，我从来没有一天、也没有一次为我的呕吐感到过后悔，即使是在你身陷牢狱的日子里。也许，没有那次的呕吐，就不会发生后来的那件事情。那件事情之所以发生，肯定是因为你已经彻底对我丧失了希望，这才未经允许爬上了我的床，却又被当作女飞贼遭到抓获，直至最后被逐出了家门。但是，如果我不呕吐，情况又会发展成怎样的一种样子呢？你肯定还会继续纠缠我，一想到还有看不完的舞听不完的歌在等着我，我的脑袋就要炸了，甚至连活都不想再活下去了。我又怎么可能去为一次呕吐而感到后悔呢？但在你被抓获的那个晚上，我却一下子想起了我们共同的小时候，想起了你千百次站着撒尿的样子，刹那间心就软了，跑过去对你呼喊道：黛玉，林妹妹，我真的不知道是你啊。现在，我想向你承认：实际上，我早就发现睡在床上的人是你而并非别人了。多少次裸体相处，我不可能连你的身体都认不出来。可世间的事就是如此难料，就在那一刻之间，一个念头在我的脑子中出现，它出现得如此突然，却又如此顽固，赶都赶不走。这个念头是什么呢？那就是：好机会已经到来，再不动手就来不及了。一个人无论怎样热爱洗澡，他也不可能洗上整整一个半时辰吧，可我就洗了一个半时辰。多少次我想要退缩，最后的结果却并没有退缩，反倒一横心，向守候在门外的人发出动手的信号——走到衣柜前，先把柜门打开，然后再使尽全身力气狠狠地关上，咣当的声音响彻了整个房间。听到屋内的动静，早已按捺不住的两个差役立刻飞起一脚踢开了房门。

纤云弄巧，飞星传恨，银汉迢迢暗度；金风玉露一相逢，便胜却人间无数。你和我的相逢，的确是胜却人间无数。但是，与别人相比，我们到底胜利在什么地方呢？依我说，胜就胜在剪不断、理还乱，藕断丝却连。以大街上随便一对男女为例，他们相识之后，只要两情相悦，尽管那些无伤大雅的争吵和小小的打斗会无休止地穿插在他们的交往之中，但是一般而言，最终他们都会顺利地步入婚姻的殿堂。如果一见之下觉得根本就无话可说，那他们就会赶紧作鸟兽散，紧锣密鼓地另觅新欢，一句话，他们绝不肯白白虚度属于自己的大好青春年华。可是你和我又是怎样一副景象？如果有前生，我相信自己肯定是一个薄情寡义的人，辜负了你，这才让我在此生中向你偿还那些永远都偿还不完的债；如果有来世，完全不用怀疑，几乎可以肯定：你还是会像过去的每一天那样苦苦纠缠我，让我吃不下饭、睡不着觉——即使你已经被我的父母驱逐出了贾府，成为了一个流落街头的乞丐。在你我之间，如果存在一个一般意义上的传奇故事，那么照我看来，这个故事早就该结束了。绝望之余，我曾经翻遍了这个世界上几乎所有的话本小说，发现类似于你我之间的这种故事到最后无非只有这两种结局：一，你死；二，我死。但我万万没想到的是，事情竟然发展成了现在这个样子：口服了满腹的毒药之后，我们双双行走在了前往九泉之下的途中。在相当长一段时间里，我曾经寄希望于你在彻底丧失希望之后自行了断，但事实证明这样的想法只是痴人说梦，你不光不了断，反而更加寻觅到了人生的意义，活得越来越有滋味了。事实上，在漫长的五年中，你仍然从来就没有一天离开过我，即使到最后成为了一个乞丐。没有办法，只要你还没离开我，这个故事就还得继续下去。

故事是这样重新开始的：在你被驱逐出贾府的三天之后，此地的大街上突然谣言四起，人们纷纷奔走相告，说女飞贼一枝花已经传出话来：就在不久之后，她便要重返贾府，到了那个时候，她不光要我的人，还要我的命！在那段时间里，只要我上街，几乎所有的人就会在我身后指指点点，他们一个个全都变得像一枝花的密友般用毋庸置疑的口气说：那天晚上，原本一枝花是要来的，可是临时来了一个哭着喊着要拜师学艺的女徒弟，因为拜师仪式进行了很长时间，一枝花这才决定将前来贾府霸占我的时间向后推延一段时间，没想到竟然躲过了一场杀身之祸。但这次的好运气却并没有使她偃旗息鼓，反倒一下子点燃了她的冲天怒火。她发誓，一定要得到我，蹂躏我，然后再杀死我。听到这样的话，我害怕吗？实话告诉大家，我一点都不害怕。没有什么大不了的嘛！大风大浪都经过了，我还有什么好怕的？也许有人会问：自小你就过着饭来张口衣来伸手的日子，什么时候见识过大风大浪？我的回答是：你当然不知道。但是我现在可以告诉你，我所说的大风大浪，就是给我制造了连绵不断的噩梦的林妹妹的身体。因此，甚至连我的父母都劝我到外地去躲避一下的时候，我却纹丝不动，该上街的时候上街，该逛妓院的时候就逛妓院。现在想起来，那可真是一段好日子。好日子总是长久不了，一天中午，当我刚刚从一家妓院里走出来，去路就被一个女人挡住了。这个女人是谁？不用费神猜测，她自然又是你，我的林妹妹。几日不见，你完全变成了另外一个人：一套沾满了油污的黑色练功服，腰间系着一根肮脏的蓝腰带，手里还提着一根锈迹斑斑的红缨枪。我被你吓坏了，脑子里一片空白，全然不知道这个世界上到底发生了什么事情。但你却不管不顾，兀自亮开架势使出一套破绽百出的枪法，却险些摔倒在地，费尽气力忍住踉跄之后气喘吁吁地对我说：宝哥哥，不用怕，我来保护你了！这几日，我天天躲在深山老林中苦练枪法。一个女飞贼有什么好怕的？只要她敢来，我保管叫她有来无回，站着进来躺着出去！话未落音，她又重新亮开了架势，而我，却撒腿就跑了。

跑得了一时，却跑不了一世。不管我跑到哪里，都跑不出你的手掌心。当我每天早晨从府邸里走出的时候，你会大喊一声出现在我面前，险些把我吓倒在地；中午，我在酒楼里喝酒，你会突然从楼底下冲上来对我说：宝哥哥，大事不好，一枝花来了，快跟小妹走吧；晚上的麻烦则更大，你总是在固定的时间——凌晨时分——出现在我的房间里，最开始的时候我还恳求过你，求你饶了我。但是到了后来，不管你怎样折磨，我都一声不吭，将自己的生命交给你任由处置（多余的挣扎终究无用）。实际上，关于那个在大街上纷纷扬扬的传言，一开始我就已经知道是经由你的嘴巴才广为散播开来的。只有具备了这个条件，你才有可能终日纠缠在我身后，并且始终为自己找到一个恰当的理由：宝哥哥，我是来保护你的。又有谁可以忍受这样的痛苦：一天晚上和两个不同身份的女人周旋，但这两个不同身份的人却拥有一具共同的身体。这身体曾经如此熟悉：矮胖的躯体，粗壮的四肢，一马平川的胸脯，还有一年四季挥之不去的汗臭味道。如果前一天她叫一枝花，那么第二天晚上她就一定叫林黛玉。前一天晚上她会手持一柄利剑指着我的脖子说：本来我是要蹂躏你再杀死你的，但是看在林黛玉对你如此忠心耿耿的分上，我姑且放过你的身体、饶了你的性命。但是请你给我记住，一定要善待林黛玉，要不然，我叫你死无葬身之地！到了第二天晚上，她又会流着眼泪对我哀求：宝哥哥，就让我待在你的身边吧。你看，一枝花昨天晚上不是已经来找过你了吗？你放心，只要有我在，她就不敢动手。整整五年，我过的就是这样的日子。五年中，由于没有生活来源，她每天的口粮，仅仅就只是靠在大街上乞讨而来的一点点残汤剩羹，但她的生命力却异常旺盛，直到旺盛得让人害怕。白天里，她就随随便便地躺在大街上的屋檐下沉睡不醒，但是一到夜晚，她就全身兴奋起来，像一只母猫般喵呜喵呜地叫唤着飞檐走壁，转瞬之间就进入了我的房间。忍无可忍之后，我也曾拆穿过她的把戏，当她作为一枝花进入我的房间的时候，我曾经一把扯掉了那条罩在她脸上的破烂的黑纱，对她怒吼道：谁他妈的不知道你就是林黛玉！没有用，全都没有用。她的怒吼甚至还会盖过我的怒吼：谁说我是林黛玉？我他妈的就是一枝花！

如此这般，她可以有滋有味地继续她的生活，而我，却是真的、真的、真的再也活不下去了。五年中，我的脑袋都快要想破了，可始终想不出一个解决所有问题的好办法。好不容易想出了一个，却又轻而易举地要带走我的生命（如你眼前所见）。林妹妹，真是有你的。实际上，关于这个办法，它早就已经被我想出来了。说来也很简单，那就是：装死。我想，既然注定惹不起你，那我躲开你总行了吧。说到躲避，最好的躲避方式当然就是死亡。如果我死去，你自然也就失去了活着的意义，说不定也会一头往墙上撞去，直至灰飞烟灭——到这时我再重新活过来。退一步说，即使你不去寻死觅活，至少也不会再觉得在此地继续待下去还会有什么意义，这样，你就有可能远走他乡——到这时我再活过来，如此这般，岂不是万事大吉了吗？这么好的办法，我却迟迟不敢动手。当然还是因为你。尽管我不知道到了那时你会有什么样的反应，但每当我想起这个办法的时候，情不自禁地，我的脑子里都会充满了巨大的、毫无来由的恐惧。如果不是你的步步进逼，我也许根本就不会将它付诸实施。但是你逼得太紧了，逼得我连歇一口气的时间都没有。这些年，你看看我哪里还像是个丰衣足食的浪荡公子？我和一个朝不保夕的痨病鬼相比哪里还有半点区别？脸上毫无血色，身材弱不禁风，在与女人们奋战的时候越来越显得力不从心。我没有办法不动手了。因此，直到昨天晚上，我才把仆人们派遣到大街上广为传播这样一条消息：我们的公子身患梅毒，恐怕就要不久于人世了。

就在昨天晚上，快要到凌晨的时候，你来到了我的房间。因为前一天晚上你扮演的角色是一枝花，因此这个晚上你又重新变成了你自己。进门之后，你一句话都没说就突然冲向我的下体，伸出双手以闪电般的速度脱掉了我的裤子（幸亏我早已做好了手脚），仔细地观察了好久之后，你长叹一声蹲在了地上，仍然没有说一句话。整整一夜，直到清晨，房间里静默无声。到后来，我再也受不了了，闭上眼睛进入了梦乡。可就在我刚刚睡着的时候，你却又冲上前来，不由分说地倒在我的怀里，哭着说：虽然不能同年同月同日生，也要同年同月同日死！我能怎么办呢？我只好显示出出奇好的耐心对你说：我的日子虽然已经到头，但是你的路却还很长。好好活下去吧，我的林妹妹。今天晚上，你又来了，手里提着两只酒瓶，一进门就对我说：宝哥哥，小妹为你送行来了。对此情景我早就已经作好了准备，我知道，你仍然不肯相信我的生命会在如此短的时间内如此轻易地葬送，因此，我又花了一整天来思考如何来对付你看似心不在焉实际上却暗藏杀机的盘查。我有一个朋友，他是一个从来就得不到承认的青年诗人。之所以得不到承认，就是因为他从不好好地按照韵律和早已规定好的体例来写诗，却将一些大白话搬进了他的诗歌之中。老实说，对他的诗我也感到不以为然。在他浩若烟海的诗句之中，我独独只喜爱这样几句话：什么都在飞逝！你拍打着这一切，这一切中有你爱过的那一切，还有你爱不够的那一部分。就是这几句话，却意外地起到了大作用：还没等你向我展开盘查，我就张口像一个真正的垂死之人那样对你背诵出了这几句诗，一下子，你变得安静下来，呆在那里，过了好半天，才用颤抖的手举起酒瓶，一仰脖子，咕咚咕咚的声音响彻了整个房间。好不容易，喝完了。你抬起衣袖边擦嘴巴，边把另外一瓶酒送到了我的手上。就是这瓶掺入了砒霜的酒，让我躺在了地上，永远都不可能再有站起来的那一天。现在，我的全身好像都失去了知觉，尽管我已用尽所有的力气，最终也不能将两只眼皮睁开，可我的眼睛又好像依然还能够看得见东西：眼前一片昏暗，自己就像置身在深不见底的山洞中，但远处，却铺洒着一地的、耀眼的光。这光亮的所在，到底是地狱还是天堂？

心都碎了

回忆录

哦，能不能让灯光再暗一些？能不能让被子再松软一些？能不能让屋外的吵闹声再轻一些？天已经很晚了，可人们还在禾场上寻欢作乐，在火把的照耀下，人们甚至把饭桌搬到了在黑暗中依然呈现出金黄色的麦秸堆上，他们都已经烂醉如泥了，癫狂之中，他们毫无知觉地将在地下沉睡了上百年的美酒都泼洒在了麦秸与麦秸之间。躺在床上，我头疼欲裂，全身上下所有的骨节都好像置身于冰冷的潮水之中，可我仍然强忍着没有大呼小叫地喊出声来，谁让我是个女人呢？更何况，我还是一个没出嫁的女人。我深知，在我们的这个朝代，各种条件都还不允许一个女人能够高声说话，即使是与丈夫做爱时发出的呻吟，同样也以不能穿透房间抵达别人的耳朵作为欢乐的原则，尽管没有像几百年后的妇女们那样饱尝裹脚的痛楚，但是说实话，日子也丝毫不比她们好过多少。

直到连草丛中的蟋蟀都已停止啼叫，屋外的那场盛大的婚礼才逐渐接近了尾声，透过细碎的窗格，我看见新娘——我的闺中密友小蒹，她坐在一旁已经睡着了，而新郎却还站在麦秸堆上醉醺醺地大喊大叫，显然，他还沉浸在巨大的欢乐中无法自拔。三天之前，我国的军队成功地将骚扰了我们整整三年的异国敌人击退了，我们的村庄也终于从沦陷区里解救了出来。整整三年，我们的村庄死伤无数，妇女们被迫都生下了敌人的孩子，几年来，当我走在纵横交错的田垄上，看到迎面而来的一个个卷头发、高鼻梁的儿童，再想想已经阵亡的将士和被活埋的百姓，那些熟悉的或不熟悉的面孔几乎使我丧失了再活下去的勇气，正如《诗经》中《黄鸟》一篇所写到的——彼苍者天，歼我良人。如可赎兮，人百其身——这日子还怎么过得下去呀！关于我们的敌人——那个遥远的异邦的历史，我一无所知，只知道他们是一个野蛮无比的游牧民族的后代，有着我们这个礼仪之邦所不能忍受的不爱洗澡和以血当酒的习惯。我曾无数次钻进我父亲的书房中通读史籍，想弄清楚他们何以凶残到了如此地步，但是，我不得不说，由于祖先们的自大和无知，我竟然吃惊地发现，寻遍全书房我都没看见哪一本书里对他们进行过一丁点的描述。哦，太可怕了，连敌人的一丝缺点都找不出来，我们又能对打败他们做何指望呢？必须承认（并没有什么不好意思）：长期以来，目睹我们的国家和民族遭此弥天大祸，我的心都已经碎了，我的心化作一堆黑色的粉末被狂风卷走了（说出这句话，我有点不好意思，因为这句话就像是诗人们说出来的，哎呀，真是羞死人了）。面对这一切，我又有什么办法呢？事实上，这几年来，我能一次次躲过敌人们的凌辱就已是再幸运不过的事了。我当然也曾想到拿起三尺长剑走出家门去砍下几颗敌人的人头，但是，前面已经说过，我是一个女人（我还能说自己是个女人吗），就连轻易迈出家门都不被父母允许，其他的事也就只能是痴人说梦了。

后来，当我听说我们的国王已经逃亡到了江南的一个烟花之地，并且在那里又平安无事地重建起了一个小朝廷时，我心中的怒火几乎可以把我们这个国家所有的草原都点燃。终于，在今年春天，在那个遥远的国度，敌人们的家乡爆发了一场地震，他们在后方留守的妻子和儿女大都死在了这场地震中，即使是活下来的人，也差不多将性命丢在了随后而来的一场席卷全国的瘟疫之中，这样，他们只好要回国去了，除一小部分军队还继续驻扎在这里外，其余的大部分都哭哭啼啼地踏上了回家的路途。大部队走了以后，让人始料未及的事情发生了，我们的国王这一次终于等来了他一生中为数不多的好运气，他派遣一支不足五千人的军队披星戴月地赶到了我们这里，当他们的马蹄声响彻整个北方的大地，并且一步步向我们这里逼近的时候，那一小部分敌人根本没作任何反抗就望风而逃了。啊，真是谢天谢地！

现在，夜深人静，屋外的婚礼已经逐渐接近尾声，我躺在这里，根本就进入不了梦乡，我再次透过窗格向外看去，发现人们都已经在酒桌下或麦秸堆上睡熟了。小蒹（说到这个名字我就心痛）正站在她的新婚丈夫身前轻轻地呼唤着他，不光是小蒹，在他们身后不远处的那间喜气洋洋的洞房也在呼唤着他，可他只是翻转了一下身体，发出了一声含糊不清的嘟哝声就又睡过去了。小蒹站在他身旁，不住地抖动着自己的礼服，远远看去，我发现她的礼服上沾满了酒鬼们的呕吐物，显然，小蒹快要哭出声来了，不管她怎样抖动自己的礼服，那些呕吐物都黏附在她身上比月光都还要闪亮的绸缎上不肯掉落在地。天啦，这到底是谁干的？天啦，可怜的小蒹。去年夏天，为了逃避敌人的凌辱，我和小蒹在一片芦苇荡里躲藏了三天三夜，但她的身上自始至终都没沾上一丝泥点，热爱干净的人在任何时代都会有，但我不得不说，我还从来没发现像小蒹这么爱干净的人。可是，当敌人的扫荡结束，我和小蒹手牵着手从芦苇荡里钻出来时，她的衣服却被从一辆奔跑不止的马车上洒落的一点粪便弄脏了，当时，她就又退回到了芦苇荡中，拨开一丛丛芦苇，她跳进了一片水塘之中。在清水中，她一遍遍洗涤着自己宝石般的肌肤，而我站在岸上，简直怀疑眼前的小蒹是不是就是天上瑶池中的仙女降临到了尘世间。她的两粒乳头，简直就像两颗透亮的葡萄，她的小腹，使我想起了月光下的草原。而我呢？低下头，看看自己的身体，我只能哀号着对自己说：唉，我哪里还是个女人啊，我简直就是一株树根。我有女人的身体，却没有女人的曲线；我有粗大的关节，却没有修长的双手和双腿，我甚至也长着乳房，但它们早就已经被我身上多余的脂肪掩盖下去了。是啊，我太胖了。几天前，在草原上与女友们踏春的时候，我骑着的那匹老马，由于不堪我身体的重负，竟然惨叫一声就闭过气去了。好了好了，不再说了，再说下去，我哪里还有脸去见人啊？

灯光终于暗了下来，不可思议的，盖在身上的被子竟然也变得像稻草般松软起来。可屋外的禾场上却发生了争吵。原来，是一位喝醉了酒的丈夫在声泪俱下地哀求他的妻子不要离开自己，这位妻子与敌人的一位青年将军产生了爱情，并且在三年里生下了两个卷头发、高鼻梁的女儿，她的肚子里甚至还怀着他的第三个孩子。而现在，青年将军已经逃回了自己的祖国，这位妻子竟然要离开自己的丈夫去那个遥远的异邦寻找他。渐渐地，已经睡熟的人们都被这对夫妻的争吵声吵醒了，他们纷纷打着哈欠站起身声讨这位不贞的妻子，他们口中吐出的唾沫像一朵朵蒲公英在天空中盛开，然后全部降落在了这位可怜的妻子的身体上，而那位更加可怜的丈夫却站在那里不知所措。后来，人们将那位妻子装进了一个猪笼，他们准备将她抛进距此三十里地外的一条河流中去。看看我的乡亲们，一个多么来之不易的和平的夜晚就这样被他们破坏了，这才过了几天太平日子啊。我发现，我的父亲，一个老眼昏花的老员外也加入了屋外狂欢的队伍。只见他频频用《诗经》中的句子数落着那个已经失去自由的妇女，为了充分证明他此时心中的愤怒，他还一边咒骂一边用右手紧紧地按住自己的胸口。躺在黑暗的屋内，我变得心烦意乱，突然，我流起了鼻血，空气中弥漫的血腥味道让我痛苦万状地从床上滚落到了地上，对着一个墙角就使劲呕吐起来……

哦，我不活了，就让天塌下来吧！

小东西

我又看见了她——我的女儿花木兰，现在，她肥胖的身体从屋内钻了出来，接着就蹲在一丛木槿前激烈地呕吐起来。但是我没有顾得上她，因为，一种宽阔无边的欢乐已经将我全身心地包围住了，对于像我这样一个来日无多的老人来说，我十分清楚，在今后的岁月中，再想碰到今天晚上的盛况已经几乎是不可能的了。整整三年了，我，一个读书人，一个曾经担任过三品大理寺卿、朝见过当今天子的读书人，竟然给敌人喂了整整三年的马！显然，今天晚上发生的一切让我感到欢乐的同时，也让我感受到了一阵阵几乎可以致命的晕眩，毫无疑问，心绞痛的老毛病又发作了。但是，即使今晚就这样死去，我认为也是值得的。有一个诗人曾经说过——死在哪里都是死在夜里——我认为，这句话说得太好了。就让我死在夜里吧。在人声鼎沸中，我走上前去，用《诗经》中的话去迎头呵斥那位痛哭流涕的妻子，显然，她根本就不知道这突然之间到底发生了什么事情，她呆呆地站在那里，倾听着我的怒吼，与此同时还承受着我喷薄而出的唾沫星子。后来我发现，由于激动，我在咒骂她时竟然把《诗经》上的话引用错了，我应该用“小雅”中“采芑”一篇的第四段来指出她的错误，可话到嘴边后，说出的却是“伐柯如何？匪斧不克。取妻如何？匪媒不得”这句莫名其妙的话。是啊，太激动了。幸亏我们这里除我之外几乎再没有什么读书人，自然也就不会有人发现我谈话间露出的破绽。后来，人们把她装进了一只猪笼，点起火把，向着距此三十里地外的一条河流进发。我也加入了进去，把裤腿卷起来后，就和乡亲们一样也骂骂咧咧地手执火把离开了村庄。在离开村庄的一刹那，我发现我的女儿花木兰已经停止了呕吐，她正站在那丛木槿边和小蒹说着什么，后来，她们还发生了争吵，花木兰使劲地拉扯着小蒹的袖子，而小蒹却在更加使劲地躲闪着花木兰的拉扯，终于，花木兰给小蒹跪了下来。我不知道她们之间到底发生了什么事情，最终也没有走上前去把她们拉开，因为，不知道是谁出的主意，那个被放进猪笼的女人已经被人脱光了衣服，现在，我的视线已经没有办法离开眼前这具白皙的肉体……

小蒹！想起这个名字，我就和我的女儿花木兰一样心痛。这个远近闻名的美人，是我唯一的外甥女。她的头发，比黑夜更黑，她的眼波，比潭水还要深。只要稍作计算就可以得知：在我们的这个村庄里，已经有三名青年男子死于为她的美貌展开的争夺中。更何况，在她身边，还终年累月地站立着我的女儿花木兰……

事实上，关于那件可怕的事情，我从她们十四岁的时候就已经知道了。有一天，我访友归来，刚刚踏进书房，就看见小蒹脱光了衣物，正赤身裸体地伏在窗子前，而我的女儿花木兰却手持一根画笔，在小蒹的身体上一笔一笔细细地画着一根墨竹。我吃惊地发现，花木兰也脱光了衣物，同样赤身裸体地蹲在小蒹的身旁。阳光透过细碎的窗格照射进来，最终使小蒹的身上布满了窗格的阴影，一格，两格，三格，啊，我不得不说，眼前的一切太美了。与此同时，我伸长鼻子探到空气中深深地吸进了一股阳光的味道。由于墨汁的冰凉，我看见小蒹的身体轻微地颤抖了一下，致使一滴墨汁滴落到了小蒹的腰部，我的女儿花木兰赶紧伸出舌头，把这滴墨汁舔进了自己的嘴巴。小蒹的那两个小小的乳房，在阳光中看去就像铺上了一层松油，隔了好远我也能闻见这松油在天空中弥散开来的气息。我实在不敢保证，此刻如果我再年轻十岁，我能够管住自己的双脚不面向小蒹狂奔而去吗？我看见小蒹的身体再次轻微地颤抖了一下，几乎是必然的，花木兰又伸出了她的舌头。由于花木兰是蹲在地上的，因此，我发现，她小腹处的脂肪堆积得越发突出了，这些脂肪堆积在她小腹上时的样子简直就像是一条奔腾的河流正在流经此处，并且，由于这条河流的冲刷，一块块岩石和一道道山冈已经在此形成（都是那些树叶般的肉片）。尽管如此，第一眼看上去，我却没有能够发现她的乳房，是啊，她身上的肉太多了。于是，我找啊，找啊，找啊，终于，它们被我找到了：在一浪高过一浪的脂肪中，它们实在太平凡了，如果我的年岁再大一点，眼睛再昏花一点，那么，无论如何我都将找不到它们的丝毫踪影。后来，天色一点点逐渐变得昏暝起来，她们也终于停止了游戏，当小蒹直立起身体，我猛然惊呆了，我实在无法想象，花木兰是怎样将我不久前刚刚完成的那幅《玉竹沐风图》毫无二致地搬上小蒹的身体的。临别之时，她们竟然赤裸裸地拥抱在了一起，接着，还互相给对方一件件穿上了衣服。

当天晚上，半夜里，我被花木兰的哭声惊醒了。我披衣起床，走进屋后的竹林，看见我的女儿正紧紧地抱住一根粗壮的竹子号啕大哭，当她看见我，就一步步狂奔着跑上前来，搂住我的脖子说，亲爱的父亲，我的命——为什么会这么苦啊？出于某种一时无法说清的原因，我也和她一样号啕大哭。哭过之后，她狠狠地一擦眼泪，伸出双掌对着一棵离她最近的竹子猛烈地击打起来，这个时候我才发现，即使是在夜半三更的此刻，我的女儿也没有身着女孩子的装束，而是穿了一套黑色的练功服，看上去，非但没有一副大家闺秀的样子，反而像一个夜行的采花贼。看着她悲痛欲绝的身影，我的心潮起伏不平，不禁陷入了深深的思索，过去的时光里曾经发生的一幕幕场景霎时间也历历在目——

场景一：那年春天，我刚刚应试得中，先是进士及第，然后又高中宏词科，被敬爱的国王授予龙标尉，但是，我的心情却并不快乐，因为我实在是无法接受得中进士第三却仅被授予龙标尉的事实。因此，我百般拖延去赴任的时间，而是停留在京城之中观赏一年一度的牡丹大会。在京城的那段日子里，因为痛苦，我一时酒肆买醉，一时又春楼探花，箫瑟鼓琴，吹拉弹唱，无一不精。总而言之一句话：生活过得恍恍惚惚。就在此时，从我的家乡传来了好消息：我那怀胎十月的妻子要生产了。听到这个消息，我立即从“酒瓶里的生活”中苏醒过来，骑上一匹快马披星戴月地从京城赶回了家乡。刚刚进门，一声婴儿的啼哭就扑面而来，啊，我的女儿出世了。但是，我的妻子却已经死去了。她是被我们刚出生的女儿吓死的。当我看到我的女儿第一眼，我的胆也快要被她吓破了。是啊，她太大了！生下这么一个巨大的孩子，我不能不怀疑自己到底是人还是一个畜生，就在此时，我的女儿，在摇篮中睁开她肮脏的眼睛，咧开嘴巴对我笑了起来。我大叫一声后撒腿就跑了。

场景二：那年夏天，花木兰已经十二岁，她显然已经感受到了自己的身体与别的女孩子的不同。每天她都要关上房门仔细地观察自己的身体，她想弄清楚，她的身体到底在哪里出了问题。一天黄昏，她可能实在是无法忍受了，走上前来抱住我的腿问我，父亲，为什么我的腿比茶杯还要粗？她刚十三岁，站在那里，却比一头牛犊都还要高，身上隆起的肌肉就像草原上一顶顶突起的帐篷。我无法回答她提出的问题，为了证明我爱她，我先叫了她一声小东西，然后又对她说，长大了就好了，亲爱的女儿，请你一定相信，终有一天，你会瘦下来的。说罢，我也泪如雨下了，我实在无法掩饰自己内心和她一样深重的痛苦。我只好叹着长气走开，而她却还站立在原处发呆，我知道，她还有一个问题想问我，那就是：为什么她从来没有像其他少女一样感受到鲜血从她身体内部奔涌而出的滋味？

雨天书

亲爱的木兰，现在，窗外下着倾盆大雨，而我却坐在这里给你写信，不知为什么，这个雨天突然让我想起了十四岁时候的那个下午。当时，我们都脱光了衣物，在那间堆满了各种史籍的书房里，你在我的身体上画上了一幅《玉竹沐风图》，如果说因为绘画我必须脱光衣物的话，那么，在当时，我实在无法理解你为什么也要和我一样脱光衣物。当然，那时候我们还只有十四岁，很快，我就知道了真正的原因，那就是，你把我当成一个女人（尽管我本来就是个女人），却把自己当成了一个男人。在你绘画的时候，不知为什么，我的心胸里就像有一只蚂蚁正在缓慢地爬行着，渐渐地，这只蚂蚁爬得越来越快，它游遍了我的全身体！我轻轻地喘着长气，身体也几乎不被人察觉地颤抖着，就在此时，你伸出了你的舌头，这舌头在我的身上来回游弋，让我觉得自己在恍惚之中仿佛踏进了一片神秘莫测的太虚幻境，费了好大的气力，我才终于使自己压抑住了那深不见底的欲望而没有叫出声来，我好像看到了我的未婚夫渔生的影子，他就站在我身前，像你一样伸出了温热的舌头。哦，算起来，我当时已经有三个月没有见到渔生了，我实在无法控制住对他的思念。我的嘴巴里一遍一遍地呼喊着他的名字：渔生，渔生，渔生。突然，你发起疯来，紧紧地掐住我的脖子说，叫我，快叫我。可我仍然一遍遍叫着渔生的名字，实在没办法，这个我一共才见过三次面的未婚夫就这样牢牢地抓住了我的心。渔生要去投军的前一天晚上，他从他的村庄里跑出来，与我约定在村头的一口废弃的砖窑里见面，就在那天晚上，渔生头一次面对一个女人伸出了他的舌头，而我的舌头则比他伸得更长。因此，此时此刻，我怎么能不大声呼喊他的名字呢？而你却愈发癫狂，把我的脖子掐得越来越紧，连声说，我就是渔生，小蒹，亲亲我的嘴唇吧！当时，我肯定是陷入了巨大的迷狂之中，竟然鬼使神差地用自己的嘴唇贴上了你的嘴唇，我听见你的喉咙里响起了一阵阵被压抑的嘟哝的声音，可就在此时，我却看到了你的父亲，他的那颗花白的头颅此时正从门边那面博古架的空隙中探了出来，看到我，他显得有些慌乱，拔脚就要离开，在离开之前，却又张开嘴巴对我笑了一下，这笑容几乎让我魂飞魄散……

现在，我是一个已经拜堂成亲的新娘，我的丈夫渔生此刻就睡在我身后的那张床上。坐在我的洞房中，再看看那些贴在房梁上剪成飞禽走兽的红纸和渔生睡熟后的面容，我感到，此刻，我就是世界上最美丽的新娘。尽管还没有过上一次性生活（因为渔生从昨晚到现在都醉到了不省人事的地步），但是想想今后等待着我们的还有无数个漫长的夜晚，一时的等待又算什么呢？木兰，我想告诉你，还是改了吧，穿上你那镶着美丽金边的衣裳，重新做一个女人吧。找一个丈夫，也和我一样过上性生活吧。实际上，在昨天晚上的婚礼上，我的眼光一次次穿过重重黑暗地落到了你的屋子里，我看见你一遍遍地在床上翻转着自己的身体，说实话，我的心里，丝毫都并不比你好过多少。后来，我看见你走出屋子在一丛木槿前蹲下来激烈地呕吐，为了使你内心的痛苦能减轻一些，我就走上前轻轻地拍打着你的后背，可是，我无论如何都没想到，你会站起身使劲打开我的手，并且对我大吼大叫：去你妈的！是的，我做梦都没想到你会对我这样，我被你吓呆了，站在那里手足无措，可就在我打算离开的时候，你却又扑上来把我全身上下都紧紧地拥抱在怀里，而且还涕泪交加地哀求我：走吧，我们私奔吧。我更加被你吓坏了，打开你的双手，回过头去面朝禾场大声喊着渔生的名字，可是渔生却躺在麦秸堆上连一丝知觉都没有。我感到了前所未有的恐惧，此时的你在我眼中完全变成了一个传说中的魔鬼，我张开嘴巴就大声哭了，而你干脆扑通一声在我身前跪了下来，声嘶力竭地对我呼喊：难道你完全忘了我们过去所有的情分吗？难道那天晚上的事情自始至终都从来没发生过吗？果然，我最担心的事情终于从你嘴巴里说了出来，我步步后退，用双手紧紧捂住自己的双耳，到了最后，我实在是受不了了，惨叫一声就昏倒在了地上。

是的，我再也无法忍受了，现在，不管自己多么不愿意，我也必须让自己的目光停留在两年之前的那个夜晚，两年来，那个夜晚是我最大的噩梦，如果我现在不把它想清楚并把曾经发生过的一切写下来送给你过目，那么，我相信，那个噩梦般的夜晚依然将是我的下半生中最大的噩梦（哦，我怎么会写下如此多的“噩梦”二字？这足可以表明，我在这两年里承受了多么大的痛苦）。尽管时间之风可以把少女的脸庞都吹拂得苍老浮肿，但是，那段伤痛的记忆确实已经深深地铭刻在了我内心深处最柔软的地方，这道伤口从来就没有合拢过，时至今日依然像一条毒蛇般撕咬着我的心胸。是的，我再也无法忍受了，现在我就将擦干眼泪，和你一起看一看那个晚上到底曾经发生过什么——

我记得，那是在十月的一个下午，你兴高采烈地去另外一个村庄里参加一次秘密举行的英雄大会，之所以能够参加这次英雄大会，最重要的原因，是你曾在当年夏天杀死过一只猛虎。我还记得，当你杀死那只为非作歹已久的猛虎，被村子里的人用事先准备好的轿子抬回来的时候，你脸上的表情显得并不高兴。你对我说，一个男人杀死一只虎是一件光荣备至的事，可我是一个女人啊。真的，幸亏你提醒，要不然我真的已经把你当成了男人，你知道，渔生外出投军已经有相当长一段时间了，在如梦似幻中，有时候，我自觉或不自觉地总是会把你当作他。话虽这样说，可是到头来你还是去参加了那次英雄大会，要知道，这次大会在国人心中占有崇高的地位，在与会者中，既有两个时辰之内就砍下过三十八颗敌人人头的豪客，也有曾经刺杀敌国国王未遂的壮士，甚至连在某天深夜潜入敌国皇宫剃光敌国皇太后眉毛的某飞天大盗也不远千里赶来了。而发起这次会议最直接的原因，就是要成立一支由这些英雄加入的突袭队，据说，你是这次大会唯一的女中豪杰。直到黄昏之时，你才风尘仆仆地从那个村庄赶回了我们的村庄，刚刚落座，你就抱起一坛酒一口气喝下去了。后来，你还嫌不够，又让我从村里的酒坊中搬来了满满三大坛，从黄昏一直喝到了深夜。半夜里天空下起了暴雨，气温骤然降低，我坐在门口冻得瑟瑟发抖，而你却好像不光没有感受到天气的寒冷，反而还一边喝着酒一边脱下了上衣，黄豆大的汗珠从你的身上诞生后又消失，只要你的身体动一动，你身下的椅子就会发出吱吱呀呀的声音，与此同时，我还听到你体内的骨节在运动中发出的声音，它们是多么刺耳啊！一阵狂风夹杂着一道闪电当空而下，穿过摇摇欲坠的窗子抵达屋内，可我万万没有想到：就像一场表演，你竟然面朝狂风和闪电大吼大叫起来，嘴巴里还一遍遍呼喊着相同的话：上天啊，杀死我吧！我实在是活不下去了！话音未落，你就飞快地将自己所有的衣服都脱得一干二净，一掌推开那扇摇摇欲坠的窗子，窗子当即离开墙体掉落在地，墙上只剩下一个大窟窿，你就像一只灵巧的猿猴，全然不顾二百三十斤的体重，狂奔着穿过这个大窟窿，瞬间就站在了屋外的草地上。你干脆在肮脏的草地上仰面睡下，张开嘴巴大口大口地喝下从天而降的雨水，却从未终止一声比一声尖厉的呼喊：上天啊，杀死我吧！到了后来，这呼喊声完全就变成了狼嗥，含糊不清，却又凄惨无比。我发现，村子里好多人家就赶紧吹灭了灯火睡下了，他们生怕真的是一条狼找上门来了。此时，一道长蛇般的闪电吐着芯子摇摆着尾巴降落到你的身体上，但你的身体上像是涂满了毒药，这条长蛇般的闪电反而好像被烫了一下似的又向着天空缩了回去。你在草地上一次次翻转着自己的身体，全身上下都沾满了污泥，就在这时候，我再也无法看下去了，走出屋子，走到你的身边对你说，求求你不要再这样下去了，我答应你，你要我做什么我都答应你。一下子，一个鲤鱼打挺，你从地上爬起来，把我紧紧地搂在怀里，潮湿的嘴唇贴上了我的头发，然后又从头发上转移到我的眼睛上，再就是睫毛、鼻子和耳朵，你温热而潮湿的嘴唇此刻就像一个在我脸上行走的不知疲倦的旅行者。终于，你终于等来了我一生中最大的错误——我竟然也伸出了我的嘴唇，在你的脸上缓慢地滑行着，尽管那些不知名的坚硬的痘状物把我的嘴唇硌疼了，但我最终还是没有将它移开，并且与你的嘴唇绞缠在了一起。随后，你伸出了你的手，粗暴地将我的衣服都撕烂了，还一把将我推倒在地上，接着就重重地压迫在了我的身体上。我突然发现，我的喉咙嘶哑了，我用嘶哑的喉咙尖叫着说，来吧，来压迫我吧。听完我的话，你一把抓住我的乳房……

亲爱的木兰，你看，就算是到了最后的关头，我还是没办法把那曾发生的一切写下来送给你过目，谁让我就是这样一个天生胆小的人呢？看到这封信，你一定会发出嘿嘿冷笑声，而且还要嘲笑我说了这么多的废话，到头来却什么也没说。管他的呢，我不在乎，我已经做好准备来迎接你的嘲笑，还是那句话——谁让我此刻就是人世间最美丽的新娘呢？说到底，我只想对你说一句话：还是改了吧，穿上你那镶着美丽金边的衣裳，重新做一个女人吧。找一个丈夫，也和我一样过上性生活吧。

狂想曲

一九九〇年夏天，湖北省荆门市第一中学高中一年级学生李修文，对我国两千年前一个神秘的王朝突然产生了浓厚的兴趣。关于这个王朝的历史，据他所知，只有短暂的几十年，就算是在这短暂的几十年中，人们的日子也非常不好过，瘟疫连年，杀戮连年，走在我国当时的大地上，哀鸿遍野，堆成山丘般的尸体随处可见。即使是在时隔两千多年以后，我们也不得不叹息着说，这真是一个没有希望的朝代。就像历史上每一个行将灭亡的王朝一样，这个短命王朝拥有各种自己埋葬自己的理由：首先是敌国的虎视眈眈，然后还有繁重的税赋，多病的君王，夜空中不祥的星象，频繁发生的自然灾害，后宫里的妃子们都做着当女王的梦，这一切，都加快了这个王朝面向灭亡前进的速度。可是尽管如此，李修文还是如痴如醉地迷恋着这个王朝，甚至连他自己都说不清这到底是为什么。这个神秘的王朝能够流传至今的文物并不太多，他从来就没有听说与这个王朝有关的文物在哪里曾经出土过，但是他仍然在各种典籍里到处搜寻着这个王朝的蛛丝马迹，儿其是各种古代文学作品集，因为他相信，就连南唐都会有李后主的诗词传世，即使是在以野蛮屠杀闻名于世的公元前四〇七年至公元前三九九年的古希腊时代，同样也给后人留下了柏拉图这样伟大的诗人。那么，他坚信：这个王朝同样也一定会有一段精美的文字或图画正躲藏在某一本典籍里等待着他去发现它们。正如英国作家文森特·默里思在《文化的魅力》一书中所说的那样：对每一个活生生的人来说，想要逃过三千年前的文化的影响几乎是虚妄、绝无可能的，你的睫毛都可能是三千年前一片密集的丛林，甚至连你脸上的泪珠也可能就是三千年前某个早晨的一滴露水（多么优美的语言啊）。

是的，李修文遍翻史籍，终于，通过细致入微地考察与分辨，他发现，他正在学习的一篇课文《木兰辞》竟然就是这个王朝所遗留下来的唯一的代表作。虽然有一丝失望，但他还是全身心投入到对这篇课文狂热的阅读中去了。长期以来，这个梦想着将来当一名作家的中学生对这篇课文的学习简直达到了茶饭不思的地步。可是我们还必须看到，除去对这个王朝莫名其妙的热爱，李修文还是一个坚定的西方文学阅读者，当他的同学埋头在座位上皓首穷经的时候，他却不知羞耻地在他们耳边一遍遍卖弄着爱伦·坡、卡夫卡等西方作家的名字（一个多么可怕的中学生啊），以致三番五次被人打破了脑袋。尤其是后来，他又看到了美国作家霍克斯、库弗、戴文坡等人的后现代主义小说，再加上青春期特有的一点性苦闷，这样，我们就非常痛心地看到，他眼中的花木兰完全变成了一个患有着“男装癖”的性倒错者。说起来大家不相信。他的第一次性冲动，既不是因为看了黄色录像，也不是看了淫秽小说，而是阅读了《木兰辞》中“当窗理云鬓，对镜贴花黄”一句的结果。因此，我们简直可以得出结论：他迟早会成为花木兰的灾难（事实上，这场灾难现在就已经开始了）。好了，就让我们一起来看看他对《木兰辞》这首诗的解释吧——

1.“唧唧复唧唧，木兰当户织。不闻机杼声，唯闻女叹息。”——首先就要指出，“唧唧复唧唧，木兰当户织”这句话是一个弥天大谎，她什么时候曾经纺过纱织过布？再说，从人类最基本的同情心出发，我们也总不会要求一个体重超过两百斤的女人费尽百般气力缩小自己的身体蜷曲在狭小的织机中吧。即使是在我们今天的日常生活中，看到身边那一个个气喘吁吁的胖子们，我们总是替他们忧心忡忡，担心他们的心脏出问题，担心他们的血压出问题，在他们爬不动楼梯的时候，我们总是会伸出手去拉他们一把，在他们庞大的身躯被电梯门卡住的时候，我们也会毫不犹豫地伸出脚把他们拉进来或者踢出去，就更不用说花木兰是生活在两千年前了。那时的人们身边还没有出国、炒股、期货贸易这样的直接利害冲突，至少要比现在的人们善良得多吧，要知道，现在的人们在追忆那段日子时，可是经常使用“夜不闭户，路不拾遗”等词句来对当时的社会状况加以赞誉的啊。这怎么可能呢？真是的。更何况，她还出生在一个有良田千顷和家财万贯的地主之家啊。让我们再往下看——“不闻机杼声，唯闻女叹息”，这倒是有可能的，身为一个女人，一天都不坐进织机显然也说不过去，如果传出去将会是一件辱没家风的不体面之事，因此，花木兰的父亲不得不强迫她偶尔也坐进织机，当然，这只是在家中有人来访的时候。在很长一段时间里，向来访的客人展示女儿的纺织技艺成了花木兰父亲的保留节目，渐渐地，来花府访问的客人越来越少，他们实在再也不忍心见到可怜的花木兰坐在织机中受罪的样子了。

2.“东市买骏马，西市买鞍鞯，南市买辔头，北市买长鞭。”——一贯的恶习！从三岁开始，花木兰就讨厌凡是女孩子们喜欢的一切东西，比如胭脂、手绢、花衣服等等。五岁那年，她家曾经发生过一起小小的谜案：丫鬟们的贴身内衣都一件件地丢失了。起初，大家都把村子里的未婚男人定为怀疑对象，认为是他们难以排解来自身体深处的欲望而把这些贴身内衣都偷走了，可是到了最后，她家的护院镖师花费大半年时间才最终查清了此事的真相，原来，是花木兰偷走了它们。一旦偷走，她就干脆将它们都丢进河水之中，目送它们径直地漂流而去了。是的，她不喜欢这些小玩意。反而，她喜欢的却是三节棍、流星锤一类的兵器。她的房间里飘散着的气味与别的女孩子房间里的气味完全不同。别的女孩子总是能够让人在房间里感受到一股绵绵不绝的暗香，必要的时候她们甚至还会在床头点上一根檀香来使客人们多坐一会儿，而花木兰呢，坐在她的房间里你除了能够感受到一股刺鼻的汗臭，还能感受到其他什么东西呢？如果说要求房间里有香气太过分的话，那么，我们只要求在这个房间里安静地坐一坐总算行了吧，可还是不行，等你坐定之后自然就会发现，这哪里是一个女孩子的房间啊：梳妆台上摆放着一个不知名的青面獠牙的神仙像，靠墙站立着的是两把比人还高的圆环大刀，床上凌乱散落着各种涂满了毒药的暗器。问世间，谁能在这样的房间里坐得住呢？于是，人们也不再像要求一个正常的女孩子那样来要求她，在每一年的摔跤大会上，看到她在禾场上将一个个男人们掀翻在地，人们也会拍响巴掌来为她喝彩。人们唯一的愿望，就是希望她在得胜之后不要放声歌唱，她的嗓子实在太粗了！每次只要她一亮开嗓子，全村的儿童们都会像一群小鸡般被她吓得四处奔逃，他们都在慌不择路地寻找着自己的爹娘。看着她粗壮的身影，每一个父母都在想：不管你是买骏马还是买鞍鞯，不管你是买辔头还是买长鞭，只要你别吓着我的儿女就行了。

3.“当窗理云鬓，对镜贴花黄。”——别骗人了，这都是从来没有过的事！

4.“雄兔脚扑朔，雌兔眼迷离，双兔傍地走，安能辨我是雄雌！”——说起来，话就长了。是的，在很长一段时间里，人们确实无法准确地分辨出花木兰到底是男人还是女人，但她何时又曾呈现出能让人分辨出她是男是女的特征呢？即使是她后来的那次流芳百世的行动已经付诸实施，她已经在战场上砍下了无数颗敌人的人头，并且接受了国王的封赏后威风八面地重新回到村子，她的左右街坊们也还是未能准确地将她认出来。人们大都还记得她重新回到村子的那一天，那天天气很好，她和一大群身披厚重铠甲的军官们谈笑着走进村庄，此时，小蒹正好领着她的孩子去给已经在一次战斗中阵亡的丈夫上坟，几乎是无可避免的，她们相遇了。出乎意料的，她根本就没和小蒹说过多的话，她的变化太大了（变得更像一个男人了）。她蹲下身体，送给小蒹的孩子一把匕首当作玩具，看到此情此景，小蒹的眼泪立刻就夺眶而出了。花木兰还从怀里掏出一些碎银，扔进了小蒹胳膊上挽着的那只装满了纸钱的竹篮里，然后转身就走，而她的那些同僚则频频回头张望着小蒹，他们还一边回头一边狠狠地往肚子里吞着唾沫。花木兰百般气恼地回过头对着一位青年军官呵斥道，操你妈的，看什么看，还不给老子快点走！确实，听到她满口的脏话，人们想弄清楚她的性别确实不是一件太容易的事，但是很快她自己的身体就泄露了天机，她要小解，在小解之前，她先命令自己的下属们转过身去，然后慌忙跑到一片草丛之间蹲下了，尽管下属们都十分不愿意，可是没办法，谁叫她是他们的上司呢？天啊，真是太难为她了，谁知道这几年的军营生活她是怎么过下来的？又有谁会知道，这几年来的小解她是怎样解决的？

长歌行

我说的真是一点都没错，果然，那件事情又发生了。几天来，我们的这座村庄变得简直就像一个行将死去的老人，躺在天空下的原野上就像躺在一张巨大的病床上，一点声音都没有。人人都在可怕的沉默中暗暗计算着自己的命运，由于不知道自己还可以活多长时间，所以人们干脆放弃了逃亡，悄无声息地坐等着死亡之神的叩门声。几天前，从我们的敌国传来的消息说，在经过短暂的休整之后，他们的大军又向着我国的边关进发而来了，与上次不同的是，这一次，敌国来犯军队的人数更多了，除去少数孩子和老人还留在国内外，他们几乎倾巢而出，而且还是国王御驾亲征，他们一再宣称，这一次既然他们来了，那么今后就不打算再走了。他们打算彻底占领这个美丽的国家，然后再接来孩子和老人，就此世世代代在这片辽阔无边的国土上生活下去。因为在他们自己的国家里，地震发生得太频繁了，另外他们的侵略还有一个很重要的原因，那就是，他们自己没有生产食盐的能力，这使他们的国王更加深刻地感受到了资源的匮乏和再次侵略的必要，换句话说就是，严峻的国内形势迫使他亲自出马了。听到这个消息，村子里的每个人都有不尽相同的反应：有些人散尽万贯家财，呼朋唤友，通宵达旦地饮酒作乐；有的人则终日捶胸顿足，泪流满面；更有甚者，有一个年迈的公公终于对他垂涎已久的儿媳妇下了毒手。在举国上下一片混乱之中，我们的国王则又带着一队人马仓皇地逃离了自己的皇宫，向着江南的某一处烟花之地再次进发而去了。我怒火中烧，当他们的人马路过我们的村庄时，我曾经日复一日地磨刀霍霍，随时都做好了行刺这个昏君的准备，只是，在一次酒醉后的胡言乱语中我不小心泄露了天机，终被我的父亲发现，他甚至哭泣着跪在我身前哀求我不要这样做，我才不得已忍痛放弃了这个计划。哦，我心中那比海水还深的愤怒又能向谁说清？也许，现在真的已经到了我该作出某种选择的时候了……

下午，募集新兵的人来到了村子里，事实上，与其说这是一次募集，更不如说是一次拉壮丁，由于军方来人的野蛮，以至于整个村子的上空都飘满了那些胆小如鼠的男人们的哭喊声。与别的男人相反，小蒹的丈夫渔生却再次走到了新兵的队伍里，我不得不说，这真是个勇敢的男人。也许，上天在安排我降生到人世间时，就应该从一开始便把我塑造成一个像渔生一样的男人，就像现在，关在自己的闺房里冥思苦想了半天之后，我终于决定：现在确实已经到了我朝着那个在心底里诞生了好几年的理想靠近的时候了。一念及此，我竟然有些慌张，往镜子里看去，我的脸上竟然也像别的女人一样飘上了一丝红晕，这可是从来都没有过的事啊。并不能说我没有考虑过做这件事的后果，几天来，我辗转反侧，每每到夜半三更都还难以入眠，考虑的就是这件事情。我十分清楚，只要一穿上那套军装，我就将遭遇到此生至今都还没有遭遇过的巨大无比的困难，必要的时候，我的一生甚至都可能年复一年地被笼罩在这件事的阴影中。但是，那又何尝不就是我梦寐以求的生活呢？长期以来，我对生活最基本的渴望不就是盼望着像个男人一样站着拉尿、响亮地打着饱嗝那么简单吗？为什么我就不能下定决心与过去的生活彻底告别呢？现在，机会已经降临到眼前，我难道真的要舍弃这次一生中都不多见的好运气吗？不能，绝对不能。好几年之前，当我第一次无法面对自己肥胖的身体时，曾经独自一人离开家跑到离家五十里地开外的一个山洞里隐藏了三天三夜，我希望在那里结束自己的生命，尽管后来由于抵抗不住饥饿还是在夜色中狂奔着跑回了家，但是现在回过头想一想，我那时的举动最朴素的动因还不就是想逃避周围的环境，去一片根本就不为人知的地方重新开展自己的生活吗？要不然，在哪里死不是死，我干吗又要跑到那个人迹罕至的山洞里去死？毫无疑问，这一次说什么我都得离开这里，我要到血流成河的战场上去名正言顺地过一种强悍的生活。一股热流从我的身体内部升腾起来，我的全身都在激烈地颤抖着，费了好大的劲，我才终于强迫自己回到了平静之中，找出一段布条将自己的乳房紧紧地包裹起来，以使自己看起来更像一个男人（事实上又有何必要呢）。一切都收拾停当之后，我目不斜视地走出家门（天知道又有多少人在我背后指指点点），走到了招募新兵的报名处，心里面竟然感受到了一阵前所未有的轻松。

晚上，从军方来人的手中领到一套非常不合体的军装（主要是因为它太小了）之后，我来到小蒹的家，向她作最后的告别。此时，夜色清凉如水，蟋蟀也像喝醉了酒一样在草丛中迷乱地啼叫不止，走在路上，我的心里竟微微有些发烫，全身上下所有的皮肤都好像被火点燃了似的，不用说，又是小蒹在让我坐卧不宁，情不自禁地，我破天荒地在心底里默默背诵起了一首诗歌：蒹葭苍苍，白露为霜。所谓伊人，在水一方。溯洄从之，道阻且长。溯游从之，宛在水中央。事实上，在白天里，我已经见到了小蒹，那时，她正送她的丈夫渔生来新兵报名处报名，看到我，她慌忙地躲到了渔生的身后，同样，我也只好装作视而不见。到后来，当渔生在一张白纸上按下自己的手印，又从一个军官处领到一件兵器后，可能是不堪忍受眼看就要来到的分离之苦，也可能是出自对未来命运深深的担忧，当着众人的面，小蒹倒在渔生的肩头号啕大哭起来。花了好半天，她才终于止住了哭泣，这时我才注意到，在她的小腹处，已经微微隆起了一座小小的山丘，她一边哭泣一边用手轻轻地抚摸着小腹，哦，我只觉得一阵心痛，她梨花带雨的样子简直让我不忍再多看她一眼。就在小蒹止住哭泣之时，谁也没想到的是，渔生却一把将小蒹狠狠地搂进怀中痛哭起来，不知为什么，我却丝毫都不觉得渔生有什么失礼的地方，反而觉得他更像一个临行前的战士了。我一点都不认为下列情景才是将士出征前应有的场景：桌子上摆放着滴入了公鸡血的酒和已经蒸熟的羊，欢送的人们还跳起了快乐的舞蹈，一位战士的母亲握着儿子的手恶狠狠地说：儿子，一定要多杀几个敌人。甚至，在一片欢天喜地的气氛中，还猛然响起了一阵阵此起彼伏的口号，例如“请家乡人民放心”“不杀光敌人，誓不回还”等等。经验告诉我们，这种告别的方式并不可信，相反，我们更相信渔生和小蒹告别的方式，经验还告诉我们，对于渔生这样的战士来说，因为他有具体保卫的对象（他的妻子和他即将出世的孩子），所以每一个将军对这样的战士在战场上的拼杀都大可放心，他们会把砍向敌人的大刀打磨得更加锋利，他们将大刀刺进敌人胸膛的时候将会显得更加歇斯底里。

终于，我走到了小蒹的家门口，屋子里亮着灯光，却听不到一点声音。我走近窗子边，突然，一阵轻微的类似叹气般的呻吟声飞入了我的耳朵，霎时间我就明白了此时的屋内正在发生着什么事情，我面红耳赤，拔脚就要离开，可我的身体却变得像一座山峦那样沉重，我根本就迈不开步子。迷迷糊糊之中，我还伸出舌头把窗纸舔破了，两具赤裸着的肉体就这样在屋内昏暗的灯火中进入了我的视线：由于小蒹已经怀孕，此时，他们被迫选择了一种非常困难、常人根本就无法想象的姿势（我必须承认，我曾经在父亲的书房里翻看过大量的春宫图，所以对于眼前发生的事情我并不感到陌生）。不用说，一阵巨大的晕眩就这样击中了我，站在墙根处，我不时抬起双脚原地踏步，还不得不经常伸手擦去脸上密集的汗珠。最让我心荡神摇的，不是小蒹，而是正在使出全身所有力气运动着的渔生，如果此时的村庄里还有人没有入睡，我几乎想要把他们都叫到这里来看看渔生赤裸的身体：修长的四肢，坚硬平坦的小腹，砖块似的肌肉，此时尽管由于高潮的来临他的脸上已经非常痛苦地扭曲在了一起，但我还是要说，这仍然是人世间最美的一个男子。谁也不会想到，就是这个人世间最美的男子，将在半年后身中十八刀死在深入敌营刺探军情的路上。因此现在已经是他们最后的一次性生活，明天早上，渔生就将和我一起离开村庄走上狼烟四起的战场。现在，我看到，屋内的渔生已经朝着他今晚最后的目标发起了最后的冲击，这个平常沉默寡言的人，在这最后的关头，也终于百般癫狂地大喊大叫起来。哦，哦，我快说不下去了，我几乎也要和他们一样叫出声来了……

尽管明天早上我就要离开村庄走向战场，尽管那些让我流芳百世的事情现在还没来得及做，但是此时我也管不了那么多了，在屋外铺天盖地的安静和屋内一浪高过一浪的叫喊声中，我死命地咬住已经伸进嘴巴的湿漉漉的手指，发狂地抚摸着自己的身体，紧闭双眼一遍又一遍对自己说，天啦，我不活了，就让天塌下来吧！

西门王朝

潘金莲，我的生命之光，我的欲念之火。我的罪恶，我的灵魂。潘——金——莲：抿住嘴巴，分三步，嘴巴一开一合。潘。金。莲。

——啊，你在哪里？

当所有的人离开我的时候，你劝我要耐心等候，并且陪我度过生命中最长的寒冬——如此的宽容；似乎知道我有一颗永不安静的心，容易冲动。我终于让千百双手在我眼前挥动，我终于拥有了千百个热情的笑容，我却忘了告诉你：你一直在我心中。啊，我终于失去了你，在拥挤的人群中；我终于失去了你，当我的人生第一次感到光荣。当四周掌声如潮水一般的汹涌，我看到你眼中，有伤心的泪光闪动。

——啊，你在哪里？我到底在哪里失去了你？

今天，是我起程南行的日子。这一天的农历上写道：忌嫁娶，宜出行。当整个大地都还沉睡在昏暝中，当天空依然还是一片星群的花园，我就起床了。事实上，从昨天晚上直到现在，我的眼睛从来就没有闭上过。怎么能睡得着呢？这么多年，我又何曾睡过一场好觉？更何况今天，我，西门庆，从现在开始就要踏上一条金光闪闪的旅程，穿过千重山水，赶赴南方的大理国去做一国之君呢？我知道，一路上，我必须穿越众多的省份，其中不乏连绵不绝的穷山恶水；同时我还必须应付各种意想不到的困难：疾病、对前途的恐惧、重重关卡，甚至，还有那些咆哮着突然从荒蛮的山林里跳出来的饿狼与猛虎；到最后，在我终于安然无恙地到达大理国的时候，最重要的，还要保证自己身体的健康。我一点都不傻，也当然知道一旦到达大理国，当天晚上就会发生什么事情：当然是通宵达旦地饮酒作乐，当然是让巨大的欢乐包围全国上下所有的百姓。我比别人都更加清楚地知道，大理国能够给予我的，除了正在对我的到来翘首以待的百万子民，还有更重要的东西，那就是浩若烟海的后宫佳丽，她们分别来自几十个不同的民族，她们的人数足足可以组成一支庞大的军队。现在，在布满星群的天空下，想起大理国后宫中的那支军队，我就又想起了你，潘金莲。金莲，你在哪里；我到底在哪里失去了你？天可怜见，我哭了起来。我发疯般地在庭院中狂奔起来，到处搜寻着你的影子。我钻进了密不透风的茑萝丛中，还爬上了庭院中那棵冠盖如云的梧桐树的树梢上，但是，我依然没有能够找到你。从树梢上爬下来之后，在一片茑萝叶上，我忽然看到了两颗滚动着的露珠，它们是如此晶莹，哦金莲，我知道这是你在哭泣。我知道你就站在相隔我不远的地方，看着我，一句话也不说。求求你，求求你开口说话吧，让我看见你的身体；听见你的呼吸，就是让我死了也愿意！可是你，可是你仍然不肯现身，仍然躲藏在那个我永远都不知道的地方，看着我，一句话也不说。猛然，我回过身去，一步一步，缓慢地走向那片摇曳的茑萝叶，走向那两颗似乎正在说话的露珠，深深地吸进一口气，再猛然扎下头颅，把它们喝了进去。然后，我笑了。金莲你看到了吗？喝下你的泪珠之后，我笑了。

是的，再过一阵子，我就要告别这个地方：山东东平府清河县。你和我一样清楚，这次告别之后，我根本就不知道，在自己的有生之年是否还能返回这个地方。是的，五年前，就在这个地方，我们相识了。说起来，真像一场戏：我是一个少爷，而你是一个妓女。我还记得，那一天，是踏青的好日子。可就在我结束郊外的踏青返回城中的时候，天空却突然降起了大雨，当我从怡红院门口经过的时候，突然发生了一件怪事：一声闷雷当空而下，重重地击落在正行走在我前方不远处的一个青年书生的头顶上，当即，在一片惊呼声中，甚至连一句话都没来得及说，青年书生就气绝身亡了。更多的人纷纷从街道两旁的店铺里飞奔出来，围绕在死者的身旁指指点点。只是他们都没注意到我，一个与死者同样年轻却正在张开嘴巴号啕大哭的书生。此时此刻，就在那些围观者此起彼伏的大呼小叫声中，就在那个青年书生一头栽倒在地上的同时，我伤心地哭了起来，不是因为恐惧，害怕这厄运霎时间就会降临到自己身上；只是因为伤感，伤感一个人的生命竟然如此脆弱。事实上，我一进城门就看见了你。必须承认，怡红院的老鸨是清河县里不多的聪明人之一，早在几年之前，她就预见到了清河县衙将要搬迁到城门口的事实，抢先一步买下了紧邻县衙的一大片荒地。不出几年，这位因勾引当今天子而被前朝皇帝逐出宫墙的宫女，就在这片荒地上建立了属于自己的小小宫廷：怡红院。并且，由于她的传奇出身，在此地，这所一年四季都香气逼人的怡红院早就变成了一部分人的真正宫廷。他们每天早上起床之后的第一个念头，就是前往怡红院的香艳被褥中去参拜自己玉体横陈的女王。是的，一进城门我就看到了你。那时候，你正好从怡红院楼上的一扇窗户里探出了自己的身体，却对眼前的倾盆大雨不管不顾，看得出，你是故意在让这雨水将自己的全身都淋湿。甚至，在一片风雨呼啸声中，你还唱起了歌。后来，那个青年书生的尸首被人抬走了，围观的人群也渐渐散去。这样，在烟雨迷茫的天地之间，除了风声和雨声，似乎只剩下了两种声音：我的哭声和你的歌声。

几年之后，在怡红院的香艳被褥中，我和你曾经谈起过我们最初的相遇。此时，我已不再是一个经常为生命的脆弱而号啕大哭的青年书生，而变成了城中最大药铺“济生堂”的少掌柜。即使是你，每逢下雨的时候，首先惦记的也是晾晒的衣服收回来了没有，却从来就不是猛然推开窗子，再把身体探进大雨中唱一首歌。毕竟，我们都已经不再年轻，相隔我们第一次见面，时光已经流逝了整整三年。哦，可怕的时间，只有它才是人世间最尖利的锋刃，它既能让人兴高采烈地结婚，又能让人心灰意冷地看破红尘。在这三年中，发生了太多我们过去都难以想象的事情。先说我，我不光结了婚，而且，还变成了一个妻妾成群的人，可尽管如此，在我的妻妾队伍中还是发现不了你的踪影。再说你，尽管成为我的小妾仍然还是你生命中最大的理想，但是，天不遂人愿，连皇帝都已经死了好几个，我的父亲也仍然还是没有死去，也正由于此，我最终还是没有办法将你——一个妓女娶回家中。但同时我们还是要满怀喜悦的心情看到：凭借天生丽质和一本《玉女心经》的指点，你已经变成了清河县中身价最高的妓女，一年下来，仅靠喝几桌花酒，挣下的银子也足足可以自己开一家妓院了。我知道，总是有人这样问你：挣下这么多银子，何不及早从良，还非要待在怡红院中受罪呢？我知道，你总是无法回答他们。都是我的错，金莲，一切全都是我的错。可你却从来就没有埋怨过我，仍然用那个看不到任何前景的理想来鼓舞自己，终日穿梭在酒席与酒席之间，穿梭在床笫与床笫之间，直到让自己全身上下所有的口袋都被银票填满。又有谁能想到，挣下这么多银子，除了几套必不可少的行头之外，你从来没有为自己添置一套多余的衣服，非但不像一个妓女，反倒像一个勤俭持家的良家妇女。别的妓女都是晚上接客，而你却不，你将整晚的时间都留给了一个人，那个人就是我。为了迎接我的到来，你病态般发疯地擦洗着自己的身体，到头来，你的擦洗却只能以突然降临的痛哭而告终，你对我说：无论怎样洗，也洗不干净了。

为了我，全都是为了我。每天早晨，当你从那张紫檀木床上把我叫醒，在递给我洗脸的毛巾时，同时递给我的，是一大叠厚厚的银票。如果我不要，你就会把这叠银票丢在地上，坐到梳妆台前去，不说一句话，但整个房间里都会回旋起你那压低了的哭泣声。到头来，我还是只有走上前去，把那叠银票拾起来揣进怀中，突然，我变成了一匹狂奔的野马，冲上前去把你紧紧地搂在怀中，咬牙切齿地说：如果真有那么一天，我一定要将你封为皇后！而你呢，你此时好像已经不再是一个人了，而变成了一根长藤，这长藤，由千万条丝线织就，不知道从哪里开始，也不知道到哪里才算结束。它却千真万确地缠绕在我身上，一直缠绕得我连一口气都吐不出来。哦，就这样死去该有多好。但死不了，不光死不了，还要每天早晨练长跑，另外，不管天气再怎么寒冷，我都必须在父亲的监督下为自己洗一个冷水澡。谁又能想到，我，堂堂西门大官人，每天都必须在规定的时间内向父亲展示一遍自己的赤身裸体？有一天，错过了规定的时间，我的父亲在气急败坏之后作出了一个决定：从此之后，不再允许我晚上出门。当天晚上，他就把我锁在了屋内，无论我怎样哀求，全都没有用，他的全部理由只有一个：既不洗冷水澡，又还要上妓院，我的身体怎能健康；没有健康的身体，我又怎能光复我西门氏的大好河山，重建我西门王朝？因此，我知道，现在，对于我来说，最重要的就是从你的怀抱中挣脱出来，回到自家的院子中展开新一轮的长跑。让我心碎的是，根本就不需要我来提醒你，你就先一步松开了自己的双手，继续在梳妆台前描眉、涂口红、画眼线，我们都知道：阳光已经透过窗缝洒满了房间，正如我即将开始长跑一样，新的工作，也已经在等待着你了。可就在要推门而出的时候，你却又狂奔上前，把脑袋扎在我的怀中，好半天都不肯抬起来。到终于抬起来的时候，我清楚地看到，你的脸上布满了泪水，泪水流在你的脸上，就像流在一张白纸上。我看着你，你也看着我，就像一对夫妻在等待一场劫难的来临，然后，再等待它的远去。你终于开了口：真有那么一天的话，我的死期也就到了。

该怎样说出我和你的第一次约会？又该怎样写下我和你的第一次性生活？金莲，从清河县出发直到现在，我已经在旅程中度过了整整三十天。今天的农历上写道：忌动土，忌出行。显然，这不是一个黄道吉日。整整一天，我都和随从们待在一家小旅馆里没有出门。可以告慰你的是，一路上，我和随从们平安无事，虽然有两个争风吃醋的小妾经常大动干戈，以至于互相打破了对方的脑袋，可这又算得了什么呢？没有你在我身边，什么我都不在乎，甚至，连那顶唾手可得的皇冠，我也一样不在乎。一路上，一如我们从前曾经计划过无数次的：经过乔装打扮之后，我和随从们的身上都洋溢着浓重的中药气息，看上去，和真正的药商简直毫无分别。当然，我本来就是个药商，拥有整个东平府最大的药铺，但是谁又能想到，就是这个年轻人，他不但是一个药商，还是一个即将登基的国王呢？当然没有人看得出来，他们做梦都不会想到，在他们的身边，行走着一个国王。让他们后悔一辈子去吧。就像今天中午，在我们落脚的小旅馆中，那个老板娘向我暗示说：她丈夫进城去了，我可以随时走进她虚席以待的房门内。听完她的话，我的第一个念头，就是想狠狠地给她一耳光；金莲，你说这不是在侮辱我又是什么？是的，我承认这个风韵犹存的老板娘确实还有几分姿色，如果是在清河县，我也可能早就将她掀翻在地了。即使是换作别人，突然看到有如此好事送上门来，我想也大都不会错过。可现在却有不同，要知道，现在我正行走在登基的路上，马上我就会变成一国之君，想想吧：三千个女人，同一个丈夫；而那世界上最幸福的男人不是别人，正是我。到了这步田地，金莲，你说说，老板娘的勾引对我来说还称不上是侮辱吗？

从早晨直到现在，天一直在下雨。我一个人坐在旅馆门外的一只石凳上发呆，不用说，我又想起了你。五年前，正是在这样的一个雨天里，我们相识了。那一天，在你狭窄的房间里，我们拥抱着，谈起了各自的人生和理想，最后，你还对我献出了你的贞操。而今天又是一个雨天，我怎能不再次想起你——金莲！现在，我就一个人坐在门外的石凳上，随从们对天气的咒骂声不断飘出身后的旅馆，直至钻进我的耳朵。听到这咒骂声，我不禁一阵恼怒，想杀了他们；可你知道，到目前为止，这个想法对于我来说还仅仅只是一个梦想，现在我毕竟只是一个药商，离我登基的日子还有不短的时间（上天作证，我多么渴望这一天早日到来）。但即使是这样，我依然还是清楚地从众多的声音中分辨出了那几个叫骂着天气的随从的声音，并且在心底里暗暗记下了他们的名字，我下定决心，在不久的将来我入宫后的第一件事情，就是将他们杀掉。他们又怎么会知道，我是多么狂乱地迷恋着这个雨天，对我来说，那从天而降的雨水好像根本就不是雨水，而是神赐的琼浆玉液。雨越下越大，而我的身体却纹丝不动，到后来，我还干脆离开那张石凳，在地面上放平了自己的身体。哦，躺在雨中，就像躺在你的身体上。金莲，你狠狠地打我吧，我又没出息了——当我在地上放平了自己的身体后，我发现，我又哭了。我想起了你的十六岁，当然，还有我的十八岁。我们那像江水一样滚流向前却永不回返的十六岁和十八岁。那一天，当那个死不瞑目的青年书生被人抬走后的好长一段时间里，我仍然无法止住自己的哭泣。同样，不管风声和雨声如何暴戾，它们最终也无法将你的歌声掩饰下去。现在我的耳边还经常回旋起你唱过的那段旋律，尽管那首歌只是一段淫词浪语，但是除了你，又有谁能将这段下流至极的淫词浪语也唱得这般动听？要知道，你从五岁就被卖进了妓院，又有什么理由让我从你的嘴巴里听到诸如《四季歌》《云想衣裳花想容》这样的小家碧玉们和大家闺秀们才会唱的歌？没有理由，没有任何理由。在漫天风雨中，我全然不顾地仰天大哭着，当然，你也仍然在继续着你的放声歌唱。突然，你的踪影消失了，门内的楼梯却响起了一阵激烈的、咚咚咚的声音，像狂暴的雨点，也像更为狂暴的擂鼓声。就在天旋地转间，你却站在了我的眼前。开始时，我们都没说话，可我们都知道，这短暂的沉默，迟早会被打破！果然，你打破了它，发足狂奔，冲上前来，连半刻都不曾停顿，抓起我的手就跑了起来。还是在天旋地转间，我也跑了起来。

我从来就没有抱怨过我们的相识，相反，我就像一个屡屡作案又屡屡得手的采花大盗，每一天，我的心里都装满了狂喜。你一定还记得，那时候，我还是一个青年书生，生命中最大的梦想，根本就不是光复河山、建立自己的王朝，而是想徒步上京华，和自己疯狂迷恋的诗人周邦彦见上一面。正因为如此，有好长一段时间我都闷闷不乐，一遍遍昂首，又一遍遍低头，不断地问苍茫大地：既然命中注定我们要在妓院相识，既然上天给我们的相遇已经安排了如此动人的场景，那么，你栖身其中的这家妓院，为什么竟然拥有怡红院这样一个俗不可耐的名字？要知道，我可是一个唯美主义者啊。在我的心目中，它完全可以叫含烟阁、听鹂楼，甚至可以叫凌霄宫，可它，可它为什么偏偏要叫怡红院这样一个铺天盖地的名字呢？是你，还是你，一语惊醒梦中人：等到你当皇帝的那一天，尽可以让全国所有叫怡红院的妓院都将名称改换过来。一语既毕，你送给我的，仍然还是一大叠厚厚的银票。就在那一天，我刚刚对父亲提及了我和你的婚事，是的，我想给你赎身（事实上又有何必要，前面早就说过，光是你自己挣下的钱，就可以重新开好几家妓院了），并且，我还要敲锣打鼓地迎娶你，可结果正如你看到的：我被恼怒至极的父亲一阵痛打，到头来却遍体鳞伤地来到了你身边。那段时间，正是我父亲痛不欲生的时刻，在年复一年的希望终究成空之后，在我连续第五年连一个秀才都没考上之后，这个可怜的人，竟然不顾自己的年老体衰，成天叫嚷着要再娶几个小妾，再生几个儿子，希望他们来重建我西门王朝。是的，我父亲曾经对我抱有比苍天还要高、比海水还要深的希望，那就是希望我博取功名，出将入相，等到羽翼一旦丰满，就亮出霍霍利刃对准自己的君王，直至取而代之。最后，还要将国号改为西门。不得不承认，这是一个无比复杂的过程，可我连这第一步关卡都迈不过去，天可怜见，又怎能不让他欲哭无泪？

先不说欲哭无泪，即便是泪流满面又能怎么样呢？不管怎样，不管我的父亲对娶几房小妾的念头是多么渴望，无奈，他的身体却不答应他。在对自己的身体彻底绝望之后，很快，他就又以迅雷不及掩耳的速度找到了另外一个崭新的希望：年复一年，无休无止地给我娶了一房又一房的小妾。其中，既有破落家族的落难小姐，也有某位千总的失足妹妹，甚至还有一位腰缠万贯的中年寡妇，他这样做的全部原因都只有一个：先认识各种各样的人，再用我的婚事与他们扯上牵连，有待一日到了举事的时候，自然就会多一份力量。到了最后，我痛心地看到，我父亲对给我娶小妾已经完全成瘾了。在我家的院子里，每隔几天就会想起一阵鞭炮声，我总是在还来不及认清自己新娘的面孔的时候，就又马不停蹄地迎来了另一位新娘。但即使是这样，我也从来就没反抗过父亲，我知道，我的婚事对他来说现在已经变得近乎于一场抗争，一场他和命运之间的抗争。在找不到新的希望之前，我的妻妾就是他最大的希望，就是照亮他苍老生命的微暗之火。起初我也曾经这样想：反正已经娶了这么多小妾，就是再娶一个你，潘金莲，又能怎么样呢？可我却想错了，我的请求只能让父亲在对我下手时力气用得更大一些。到最后，你和我，都已经再清楚不过：只要他还活着，我们就只能天上人间。而你，而你，纵算天上人间，纵算泪流满面——每一次，只要我来到你的身边，你仍然发疯地抱住我，然后狂吻我，最后还要承受我的践踏——就像我们的第一次。

我又怎能忘记我们的第一次！在呼啸声中，咚咚咚，咚咚咚，我被你拉进了怡红院，我被你拉进了属于你的小小房间。在从怡红院的大堂里经过的时候，我的眼泪更加汹涌。不为别的，只为即将带来的狂欢。我清楚地知道，尽管现在你我之间仍然还是一片纯情，但正像所有的纯情过后一样，肉欲最终在所难免。好了，我干脆承认这样一个事实吧：实际上，我的眼眶里早就已经没了眼泪，刚才还在门外的时候就没了。我还要承认，我根本就没有全身心地投入哭泣，而是一边哭泣一边张望着你，因为我知道你在歌唱的间隙也在同样张望着我。我知道我们之间会有故事发生，甚至，我们的一辈子都会牵扯在一起。终于，你跑出怡红院，气喘吁吁地站到了我眼前。开口之前，泪光就已经在我们的眼眶中打转。幸好我们根本就没有开口，所有的话都变成了动作，携手奔向了你的密室，我的天堂。在大堂中，看到飞奔而至的我，一个年老色衰的妓女突然伸出她的魔爪，闪电般奔向我的下体，我吓得尖叫起来，同样，她也尖叫起来。我们的尖叫在无边无际的怡红院中飞旋不止。终于，抵达了目的地，关上房门，再打开热气腾腾的嘴唇，两株燃烧的火苗吐着芯子纠缠到了一起。这一天，这一年，我十八岁，而你，还只有十六岁。我又如何能想到，这竟是你的第一次？此时此刻，我们谁也不知道，在几年之后，在千百年中，我会变成一个奸夫，而你却变成了一个淫妇。是的，我们不知道，我们又为什么要知道呢，我们只知道：这一年，我十八岁，你十六岁。尽管我已经拥有了三个妻子，但今天却是你的第一次。哦，我有福了，我，一个陌生人，竟承接了你的第一次。当我喘息着进入你的身体，你的身体却突然陷入了一阵既轻微、又激烈的颤抖，就像深夜中正在盛开的花蕾。你颤抖着说：疼，我疼。

一个国家能不能同时拥有好几个皇帝？在一个国家之内，不同的人能不能拥有自己不同的天子？答案是：当然不能。但是——这一让人悲痛的事实却不断地出现在中国的大地上（哦，我多灾多难的祖国）。当漫长的历史缓慢行进到兵荒马乱的中国十世纪，这种景象再次出现了。公元九〇七年至九一一年，在中国大地上，就一下子涌现出了好几位皇帝，在他们中间，有大唐皇帝，有半推半就之后终于登上帝位的梁王朝皇帝朱温，还有终日梦想着统一中国的契丹皇帝阿保机，正是在九一一年，河北人刘守光也揭竿而起，并且宣布自己统领的一块小小地盘变成一个国家，而他自己，则成为了这个国家的首任皇帝，当然，也是最后一任。在这短短的五年中，似乎一切迹象都在表明：我们的祖国，的确是多灾多难的。与这些虎视眈眈、声名显赫的大国相比，坐落在中国的东北边陲、与另一个小国渤海国毗邻的西门国，实在是一个微不足道的国家。果然，十五年后，前后相隔仅仅只有两个月时间，这两个国家就相继被辽国所灭。与渤海国亡国之后所有的贵族都无动于衷，反而集体搬迁到辽国的首都去继续他们骄奢淫逸的生活不同，西门国的所有贵族，在自己的城池被辽兵攻破的当天晚上，就全都自己割下了自己的头颅。多年之后，在各种典籍中，我们依然还能发现关于那场惨绝人寰的集体自杀的详尽记述：星光黯淡，黑云压城，鲜血横流，但是却听不到一丝哭声，在巨大的平静中，无数贵族在最后回望了自己美丽的国家后，举起短刀长剑对准了自己的脖子。但是，许多年后，我，西门庆，再来阅读这众多的典籍之时，却发现，这些典籍的记述都是错误的。我说的错误，当然不是西门国的贵族们在死去时有什么不干脆的地方，比如恐惧，比如害怕，甚至跪在地上抱住敌人的双腿苦苦哀求；相反，他们在死去的时候，脸上全都挂满了死不瞑目的仇恨和视死如归的笑容。我说的错误，是仍然有一个贵族没有死去，他成功地逃过了那场浩劫，并且如愿以偿地逃到了中原。他不是别人，正是当朝皇帝的幼子西门光。感谢西门国皇太后，正是这个善良的老人，在敌人杀进皇宫之前，抢先一步杀死了自己，而当敌人面对这个肥胖的老妇人的尸首时，却丝毫都没怀疑到她事实上根本就没有那么肥胖——在她的长袍中，此时正躲藏着最疼爱的孙儿西门光。后来，西门光逃出了西门国，来到了宋国的土地上，一住就是二十年，这个逃出西门国时才刚刚年满八岁的小男孩，就这样迎来了自己的中年时代。

幸好我们不必为西门光在中原的生计担心。要知道，他是帝王的后裔，随便拿一样东西出来就够自己活一辈子的了。事实上，在山东东平府清河县，他也正是出让了自己随身佩带的一块宝玉之后，才最终得以开起整个东平府最大的药铺来的。但千万不要指着他的鼻子破口大骂，骂他守着一间药铺不思进取，却忘记了西门氏的复国大计。事实上，他倒是想忘记，但又怎么忘得掉呢？每一天，他都会拿脑袋狠狠地撞墙，他实在不能忘记自己的父皇和王兄们惨死的场景，而他，这西门氏唯一的一支火苗，不但不能起兵复国，而且，这唯一的火苗还燃烧得越来越黯淡，被狂风吹灭的命运已经近在咫尺。果然，在三十二岁上，这支火苗终于慢慢熄灭了。所幸的是，他留下了一个儿子。长久以来，他儿子的心底里都一直隐藏着一个秘密：他的父亲是穿着龙袍下葬的。至于他自己，自然也希望穿着龙袍下葬，当然，他也如愿了。一代一代，就像演一场戏，他们在告别这个世界的时候全都穿着龙袍，只是他们的坟地都在清河县，而不在故国的祖陵中。一代又一代，都以各种不同的方式同命运做着绝望的抗争，包括我的父亲，也包括我。但在这不同的抗争方式中，有一点是相同的，那就是他们全都热衷于给自己的儿子娶上众多的小妾。但又必须承认，在我们家族的历史上，确实出现过一些非同凡响的女人，比如老祖宗西门光的祖母。再比如我的祖母，这个某县知县的女儿，在她短暂的一生中，就以自己非凡的手段帮助西门氏聚敛了大量的财富，除了药铺，在她手中还开起了十几家钱庄。时间一年年在流逝，西门氏的财富也在一年年以惊人的速度飞快地增长。

一切都早已注定了你的出现，潘金莲！就像那位挽救了西门光生命的皇太后的出现，也像我祖母的出现，纵算你天生薄命，只是一个妓女，但你还是出现了，仅仅只为你的出现，我就应该举起双手向你欢呼，想想吧：我家族的历史上竟然出现了你这样一个女人，除了感到骄傲，我简直不知道要说什么才好。金莲，现在我在旅程中已经度过了整整三个月，但我还是没有能够看到欢呼着向我扑上来的黎民百姓，更没有看到那座被紫气笼罩的金銮殿；相反，看到的只是战争、灾害，和预想中连绵不断的穷山恶水。明明知道会让你不高兴，但我还是要说：金莲，我甚至不再想当皇帝了。一路上，我不断地在生病，我的随从们也不断地在生病，那两个我发誓要杀掉的随从，现在再也用不着我来动手了，一场疟疾已经提前夺去了他们的生命。目睹他们惨叫着一步步走向死亡，我深深地明白：仅仅只是活下来，就已经是天大的美好。可除了我，其余的人却没有一个像我一样想，尽管他们大多已经变得蓬头垢面，但是，依然能够清楚地从他们的眼眶里看到希望。他们比谁都明白，一旦到达大理国，等待他们的，就是彻底的扬眉吐气。现在，好日子正在向他们频频招手，即便是一个挑夫，到时候，也完全有可能成为大理国的开国元勋。就像我的那两个小妾，一路上，她们仍然还在继续争斗不休，从出发到现在，她们脑袋上的伤口从来就没有合拢过。金莲，看到她们，我又怎能不想起你？我比谁都更加清楚地知道：发生在这两个小妾之间的一切，绝不是一场普通的争风吃醋，她们的争吵与打斗，全都因为那闪闪发光的皇后宝座。想错了，她们全都想错了。她们根本就不知道，此时此刻，我杀心已动，从她们开始争斗的第一天起，就已经注定了难逃诛杀的命运。你说，我能留下她们的性命吗？留她们下来结党营私、作乱宫廷甚至是败坏朝纲？对不起，我办不到，我只有杀了她们。你知道吗金莲——我要杀掉她们的真正原因其实就只有一个，那就是，她们不是你。如果是你，不要说什么结党营私，更不要说什么作乱宫廷，就是把大好江山放在你的股掌上，让你当女王，又算得了什么呢？在过去的时光里，你又哪一天不是我的女王？

我还要告诉你，你送给我的那本农历被我弄丢了。我曾经和随从们搜寻了一整条山冈，可我，可我还是找不到。现在好了，不知道哪一天才适合出行，我们干脆每天都出行。如果你在天有灵，化作一朵云团，正好这朵云团也随风而至，飘流到了我们头顶上的天空中，你一定会为这支正行走在深山老林里的队伍感到可怜，这是一支什么样的队伍啊：所有的人都面如死灰，上气不接下气；不断有人倒下，仅有的几副担架全都派上了用场；有人为了重新鼓起对生活的勇气而吹起了唢呐，但他们吹奏的乐曲，不是《步步升》，也不是《节节高》，而是《塞上怨》和《秋水长恨》，你说说，这与一支送葬的队伍还有什么分别。但纵算已经到了这步田地，命运还是没有放松对我的捉弄。几天之前，在经过一个黑人部族时，我被这个部族的公主看中了，强行要将我招作驸马，尽管我还从来没和黑人有过云雨之欢，但你知道，我的胆子无论如何都还没大到这个地步。我给她跪了下来，苦苦哀求，求她放过我，但是没用，她根本就听不懂我说的话，而只是指派她的手下使劲地把我朝她栖身其中的一个巨大的树洞里拉进去。请你告诉我，除了含泪就范，我又能怎么办？怪只怪自己长得太好看了。当然，你不用担心我最后的结局，要知道，我是东平府最大药铺的少掌柜，同时，作为一个浪荡子，我随时都有可能去暗害别人的丈夫，所以，随身携带的东西除了各种春药淫器之外，当然还有名目繁多的毒药。凭借一包迷魂散，我最终放倒了这个整个过程中都在淫笑不已的公主，这才逃出了那个暗藏着重重机关的黑人部族，和随从们一起，惊魂未定地来到了这条荒无人烟的山冈上。可是现在，在逃出魔掌之后，在经过了漫长的喘息之后，我却发现，你送给我的农历竟然弄丢了。

你不会哭吧？几年之前，我曾经弄丢过你亲手为我编织的一个香囊，结果你哭了整整半个月，说我没把你放在心上。而现在，我却铸成了更大的错，把你还留在我身边的唯一的东西弄丢了，哦金莲，即使是你不哭，我又怎能控制住像洪水一般泛滥的泪水？我记得，这本农历是你在偷别人的银子时顺手带回来的，当时，你手持这本相传是从宫廷里流传到民间的农历对我说：事关重大，从今往后，凡事都要小心，种种行事还须按农历教导才好。言犹在耳，而你的人却已不见了，不见了。我还记得，那段时间，正是我父亲几近癫狂的日子，死亡，开始在他耳边发出阵阵狂笑声，甚至，他已经为自己缝制了下葬的龙袍。但是，关于他一生中最大的那个梦想：先是想当皇帝，后来想当太上皇——实现之日仍然遥遥无期。可他还不死心，他的大脑很快就被另外一种狂想填满了：攒下足够的钱，再跑到天涯海角去找一个穷国，把这个穷国买下来，这样，不就可以重建我西门王朝了吗？他甚至异想天开地认为：也许世界上真有这样的国家，这个国家太穷了，穷得连国王都不想再继续干下去了，那时候，面对我西门氏富可敌国的金钱，这位国王焉有不动心之理？想到这里，我父亲不禁心荡神摇，不断地对自己说：干吧，老伙计，你的梦想总有实现的那一天。就这样，我父亲发疯地聚敛起了金钱，他不再热衷于给我娶回一房房无用的小妾，而将金钱全部投入到了开办新的药铺、钱庄之中，直至生命垂危。也正是从那时候起，你，潘金莲，养成了偷盗的癖好。每当客人们睡熟之后，你就会翻开他们的口袋，仔细地寻找银子和各种玉佩，把它们包好，再交给我。到后来，面对日益癫狂的父亲，事态的发展完全超出了我们的想象：只要有机会，你就不会放弃偷盗，就连远道从京城而来、点名要你作陪的钦差大人，你也不放过。而你，却从未为自己多买过一件衣服（天啦，你到底是一个娼妓还是一个烈女）。我也不得不接受这样一个事实：你不光是一个妓女，还慢慢地变成了一个飞天女盗。

金莲，你一定要笑我，走了这么长时间，我还没走到大理国。也许，我这一辈子永远也走不到了。哦错了，请原谅我说错了，你又怎么会笑我呢？每次当我陷入愁烦，或者又遭父亲的重创，我总是会在第一时间找到你，一找到你，不管你正在干什么，我都会像一头狮子般把你推倒在床上，然后，再把自己的身体放平在你的身体上。只有在你的身体上，这头狮子才慢慢地获得了安宁，他闭上眼睛，蜷缩着，直至最后变成一个婴儿。而你就是我的母亲！一个让我时时刻刻都可以安眠在她的身体上，并且，不断在我耳边唱响催眠曲的女人，不是我的母亲又是什么？如果是别的人，他们一旦生病，往往就会盼望着躺在自家的病床上接受亲人的服侍和探望，而我却不，只要一生病，我就会迫不及待地找到你，哭着告诉你：我病了。你慌忙走上前来，服侍着我在床上躺下，然后，就匆匆走出妓院，奔向了药房。只需要稍等片刻，你就会大声喘息着跑回妓院，由于跑得太快，身体长时间地起伏着，但你却不敢有丝毫停留，立刻就开始给我煎药。每一次，在煎药的时候，你都会情难自禁地痛哭起来，眼泪不断落入锅中，到最后，药汤烧开了，你的眼泪也烧开了。金莲，你打我吧，你狠狠地打我吧，甚至连我自己都不知道曾经喝下了你的泪水，可我现在居然说你会笑话我。我的心，真是被狗吃了。可是金莲，现在，我自己却没有办法不仰天长笑，因为到今天中午为止，我终于可以称自己为寡人了。啊不，你千万不要以为我已经来到了大埋国的地面上，当上了皇帝，只是因为：我的最后一个随从，为了拯救我的生命，今天中午也失足落下了千丈悬崖。

这一切，我真不知道该从哪里对你说起：首先是一场瘟疫的来临，它席卷了我大部分随从们的生命；然后是一只野豹的出现，正是这只野豹的出现，我的又一个杀人理想——结束那两个小妾的生命——再一次落空了，她们成为了这只野豹的食物。和她们一起成为食物的，还有我的费尽周折才活下来的另一部分随从。到最后，我所有的随从就只剩下了一个。但这个看上去瘦弱无比的人却有一颗勇敢的心，在目睹了发生在他身边的无数次死亡之后，对于死亡，他反倒麻木了。他甚至对天发誓：一定要把我安然无恙地护送到大理国的地面上去。我被深深地感动了，不光和他结为了异姓兄弟，还在心里暗暗决定：一旦到达大理国，我就将这个勇士封为九千岁！可好梦不长，就在今天中午，我们的身边发生了一件可怕的事情。当时，我和这个勇士正行走在一条陡峭的山岭上，突然却有一群猴子从山林间涌现了出来，并且很快就包围住了我们。它们把我们围在中间，不让我们通过，自己却又唱又跳。因为要急着赶路，一开始，我们试图强行冲破包围圈，但是不行，这群猴子好像立刻就明白了我们的想法，慢慢地它们就不再又唱又跳了，而是龇牙咧嘴地张牙舞爪起来，眼睛里也渐渐布满了凶光。到后来，我们几乎绝望了，我甚至捶胸顿足地说：天啦，这是个什么样的世道啊，连猴子都不放过我们！但就在这样的危难时刻，我们却突然发现，只要我们做什么，那群猴子就跟着我们做什么。就像我刚才的那一顿捶胸顿足，它们也跟着捶胸顿足了起来。现在，让我们一起看看接下来会发生什么事情：那个站在我身边始终都一言不发的勇士，突然用他嘶哑的喉咙喊叫道：送君千里，终有一别，掌柜的，我们就此别过了！还不等我明白到底发生了什么事情，他撒腿就跑，那群猴子也慌忙撒腿就跑。他跑到了千丈悬崖边，猴子们也跑到了悬崖边；他纵身一跃，猴子们也跟着纵身一跃。在他跳下悬崖的一瞬间，我的耳边，回旋起了一阵杂乱的哀鸣。有他的哀鸣，也有猴子们的哀鸣。

我竟然没有哭。金莲你相信吗，目睹勇士的死，我竟然没有哭。就像我父亲死去的时候，就像你离开我的时候。我的眼泪，早就流干了。那天深夜，正是武大郎死去的当天晚上，你气喘吁吁地回到了阔别已久的怡红院，我和你刚刚在床上躺下，你房间的门就被人敲响了。当时我就知道坏了，要出事了。要知道，在清河县，上至知县大人，下至衙门里的捕快，甚至连那些各霸一方的老员外，他们，全都是你的朋友。又有谁敢对你有半点粗暴？可这次却不一样，外面的人不但一遍又一遍粗暴地敲打着你的房门，甚至，在忍无可忍之后，还干脆使出全身力气把房门撞开了。撞开房门之后，我才发现此人竟然是我的家奴，还不等我破口大骂，这个家奴便抢先一步跪倒在我们的床榻前，语不成声地告诉我说：少爷——老爷，他，他，他升天了！听到这个消息，我不但没有悲痛欲绝，相反，还如释重负，一丝喜悦还正在从我胸腔间迅疾滋生。这喜悦开始时像雨滴，一滴两滴，淅沥不止。但很快，随着喜悦越来越大，这雨滴就变成了从地底喷薄而出的岩浆，它冲天而起，而又经久不息。是的，火山爆发了。房间越来越热，我的全身上下都像置身在火焰之中。我身上的汗，还有你身上的汗，一齐奔流下来，将我们身下的床单都打湿了。我想站起来，但站不起来，我发现，自己的全身都在打着哆嗦，甚至，连两排牙齿也在打着哆嗦。似乎这两排牙齿也想开口说话，它们想说：恭喜你们，这一天，终于被你们等到了。当即，当着家奴的面，我尖叫着，张开双臂，向你扑了过来。不得不承认，这一天，来得太晚了。在过去漫长的岁月中，我们就像是两支匆忙造反却一直在疲于奔命的军队，面对敌人的残酷镇压，我们不但没能合二为一，反而还越走越远。现在，我们终于会师了。是啊，在今夜，在怡红院，我们终于胜利地会师了。我慌忙穿上衣服，一边穿衣服一边对你喊叫道：快起来吧，还愣在这里干什么！明天，明天我们就举行会师礼，哦不，是婚礼！

当即，我迅速地穿好衣服，又迅速地走出怡红院，快步向着自己的家中飞奔而去。完全可以想象得出：此刻，在我的家中，没有凄惨备至的哭喊，也没有高高悬挂的招魂幡，与我的历代祖先一样，我的父亲也同样以沉默的方式告别了这个世界，这个美丽的、他深深热爱的世界。还可以想象得出：龙袍在他临死之前就已穿好，脸上也挂满了笑容。他好像想用自己满脸的笑容告诉大家，面对死亡的袭击，他没有惊慌，没有反抗，而是心安理得地接受了。是啊，他又有什么理由不心安理得地接受呢？事实上，他的死，正是由于他极度的高兴。在得知我不日之后就将奔赴大理国去做一国之君后，他从来就没有一天睡过一场好觉。就在他死去的当天晚上，这个未来大理国的太上皇，跑到自己的药房里喝下了半斤鹿茸酒，又找出一盒印度神油，这才来到了一位小妾的房间里，从此之后，他就再也没有走出过这个房间。只是直到临死之前，他也无法明白，天大的好事怎么会如此轻易地降临；那卖烧饼的小矮子武大郎，又怎么会和我们一样都拥有高贵的血统和星辰般闪亮的历史？

不光他不明白，我也不明白。就连你，金莲，你又何曾想到：自己的生命怎么会和一个名叫武大郎的小矮子纠缠在一起，而且，最终互相了结了对方的生命呢（从某种意义上来说）？是啊，想不到，谁都想不到，就是这个小矮子，却突然闯到了怡红院，并且，指名道姓要见你。真是上天弄人——因为百无聊赖（没有我在你身边），你竟然答应见他一面。刚刚一见面，武大郎就在你面前跪下了，并且声嘶力竭地呼喊道：金莲，嫁给我吧！你被他吓得几乎快要闭过气去了，好半天都没有说出话来。但他却不肯罢休，还在一遍遍重复着相同的话：金莲，嫁给我吧！活该你有这样的兴致（也活该我西门氏有这样的好福气），你竟然没有生气，却反而笑嘻嘻地问道：你凭什么娶我呢？听完你的话，武大郎笑了，而且还哈哈大笑了，伴随着这笑声，他的脸色急剧地变幻着，就连两边脸颊上的那两块膏药般的肌肉，也恶狠狠地抽搐起来。他把双手伸向怀中，转眼间就摸出了一样东西，他把这样东西举在头顶上大叫道：就凭这个！就凭我是大理国第十三代皇帝（真是连谁都不能小看啊）！如果是别人，面对这个疯子的胡言乱语，可能早就把他赶走了，但现在在场的却不是别人，而是你，潘金莲。我早就说过：仅仅只为你的出现，我就应该举起双手向你欢呼。果然，现在，欢呼的时刻真的到来了。在过去，我曾经无数次向你谈起过我的故国，当你问及国王是否也像我们一样都拥有自己的印章时，我还取笑过你的无知。我说，国王的印章不能叫印章，而叫作玉玺，甚至这玉玺也不能完全算作印章，而是一道令牌，一道只要在自己的国家内就可以杀人于千里万里之外的生死令牌。说起来，我还要感谢我自己，我不光告诉了你什么是玉玺，还仔细向你描述了它的形状，这才不至于——当它出现在你的面前时，却被你错过。是的，你没有错过，并且，你第一眼就认出了它：武大郎咬牙切齿地从怀中掏出来的那个小东西，正是一国之君才有的玉玺！你大惊失色，却故意问：这是什么东西呀？到这时，武大郎的身世之谜也终于由他自己揭开了——

四十年前，在遥远的大理国，一位年仅十三岁的皇子被逐出了宫廷。说起这个皇子，我们大家都认识他，此刻，他就跪倒在你的面前。没错，就是武大郎。在当时的大理国宫廷，这个年仅十三岁的皇子所犯下的过错，已经远远超出了他的年龄。从七岁那年他就开始偷看宫女们洗澡；十岁那年，在一次醉酒之后，他和他父亲的一个妃子过上了第一次性生活。十三岁，他强奸了自己的嫂嫂——这位将来的皇后、当朝太子的妻子。就在当天晚上，他终于为他犯下的过错付出了沉重的代价：当朝太子在闻知自己的妻子被强暴的噩耗之后，连半刻都没停留就火速召集了御林军，朝着他的府邸冲杀而来了。但来势汹汹的御林军却没能够找到他的踪影。早在天黑之前，他就逃出了府邸。不光逃出了府邸，他还逃出了首都，直至后来逃出了自己的国家。不逃又有什么办法呢？事实上，由于他犯下的滔天罪行，当天晚上，老国王就被气得永远闭上了眼睛，怒气冲冲的太子甚至还来不及换一身干净的衣服，就不得不匆匆赶往皇宫继承了大位。自此开始，上天就已经注定了他的一生必当在流亡之中度过。可是现在，四十年过去了，在这漫长的四十年中，尽管后宫佳丽如云，他的哥哥却没能为自己留下一个儿子。在临死之前，这位国王不得不痛心疾首地留下遗言，让大臣们赶快去将他的弟弟找回来，继承自己的大位。为了让他的弟弟相信自己，他甚至把自己的玉玺交给被他派出去寻找武大郎的人，把它当作自己的信物。一旦找到武大郎，就把玉玺交给武大郎，这个可怜的国王认为，也只有这样，他的弟弟才有可能完全相信自己。到现在，国王死去已经两年，大理国也已经整整两年没有国王，他们才终于在清河县找到了武大郎。

那么，那么你为什么还会有一个名叫武松的弟弟呢？哦金莲，只有你，才会如此细心。你忍住激动，忍住战栗，但你忍不住声音的颤抖，你继续问：既然如此，你，为什么，还有——一个名叫武松的五大三粗的弟弟呢？听完你的话，武大郎又笑了，看上去，显得那么神经质。武大郎说，不如此，我又怎么能够骗过天下人？原来，关于他的弟弟武松，实际上只是他收养的一个白痴。这么多年来，这个白痴让他吃尽了苦头，且不要说他经常把尿撒在裤子里，也不要说他总是和猪睡在一起，仅仅只凭他过人的饭量，就实在是够他受的了。要知道，他仅仅靠卖几个烧饼才得以谋生，可是现在，这个白痴的饭量却是把这所有的烧饼吃干净都不够，但没有办法，他却离不开他。这个白痴的力气实在太大了，如果是赤手空拳，几十个人也拿他没办法，面对一次又一次的追杀，有他在身边，无疑自己可以活得更长一些。后来，许多年过去了，可能连大理国国王都对年复一年的追杀感到了厌恶，武大郎这才迎来了他一生中为数不多的平静日子。他和他的白痴弟弟搬到了清河县，仍然以卖烧饼为生。但是，就在不久前，他的白痴弟弟却在街上走失了，走失了就走失了吧，他也懒得去寻找他，反正来自大理国的谋杀到此时已经完全偃旗息鼓了。他完全可以猜测得到，自己的哥哥，那位比自己大二十岁的大理国国王，现在恐怕也来日无多了。是的，他想得没错，他的哥哥不光已经来日无多，而且，还正在派出队伍对他展开了新一轮的寻找，只不过这次寻找却被赋予了崭新的意义：找他回去继承大位。终于，花了整整两年时间，他们找到了他。由于这支寻找的队伍自踏上中原就分兵各路，所以，事实上，只有一个人找到了他。但就是这个人，怀中却揣有大理国的玉玺，面对这千真万确的玉玺，他只能怀疑自己死了，他甚至找出一根针来刺进自己的身体，但却一如既往地感受到了疼痛。

事实上，就在那天下午，他才刚刚听到了一个惊人的消息：他的那个白痴弟弟，在清河县大街上走失之后，竟糊里糊涂地走到了邻县的景阳冈，并且凭借一身蛮力杀死了几只猛虎，竟然被当地人奉若神明，被请进当地的县衙当上了一名捕快。就在当天下午，他收到了白痴弟弟派人送来的信，告诉他自己不日之后就将回来看望他。随信一起送来的，还有几两银子。这封信，还有这几两银子，让他对这个世界产生了深深的疑惑：他实在不知道，一个白痴，怎么就突然变成了一个捕快？可是现在，面对眼前的玉玺，面对奄奄一息的故国老臣，更大的疑惑也随之而来，这疑惑就像一块巨石重压在他的心上，让他受不了。他想大喊大叫，但眼前给他送来玉玺的人却及时阻止了他。这个跋山涉水才到达清河县的人，流着泪，跪倒在他面前说：皇上，事不宜迟，赶快动身吧。是的，武大郎连半刻都没有犹豫就出了门。可刚刚一出门，麻烦事就到来了。这个跋山涉水才到达清河县的老臣（看上去更像一个衣衫褴褛的乞丐），由于无法承受这突然降临的幸福，大叫一声就倒在了地上，从此后再也没有醒来。站在门口，武大郎没有举步向前，也没有掩埋这个老臣的尸首，而是一遍又一遍地在门口徘徊着，他想起了什么？对了，他想起了你，潘金莲。

在清河县，如果有人斗胆说他的梦中情人不是你，那么，想都不要想，他肯定是在说瞎话。现在我终于可以说：和你在一起的每一天，我都过得心如刀绞。想想吧，你是我的爱人，却不只是我一个人的爱人，而几乎是所有男人的爱人。我的每一天又怎能不过得失魂落魄？这些男人，包括少爷相公，包括走卒贩夫，当然，也包括武大郎。也正是因为想起了你，现在他才跪倒在了你的面前，并且声泪俱下地告诉你：金莲，我爱你。嫁给我吧，当我的皇后吧！而你呢？你答应了他。是的，我没说错，你答应了他。第二天晚上，当我来到怡红院，却没能见到你。与此同时，一个所有的人想破脑袋都想不到的事实却产生了：你，一个绝色美人，拿出钱来为自己赎了身，却嫁给了卖烧饼的武大郎。听到你从良的消息后，有多少人都在为你号啕大哭，他们实在不知道，自己有哪一点比不上一个卖烧饼的小矮子？更可怕的是，其中一位自称只要和你共度一晚就是死了也愿意的、名叫施耐庵的老秀才，自听到这个消息，就如五雷轰顶，立刻就向无数人打听，在终于得到妓院老鸨的证实之后，一气之下，竟然要投水自杀，幸亏别人发现得早，这才保全住了性命。好在是，你没有让我痛苦太久，在我最需要你的时候，你出现了。当时，在怡红院，晚来一步的我面对人去楼空的房间，当时就不想再活下去了。当怡红院老鸨告诉我你从良跟随武大郎而去的消息之后，说什么我也不肯相信，我宁愿把你想象成跟随某位突然降临的富商、高官，甚至是皇帝远走高飞了。在过去，我们曾经无数次谈起过京城里的名妓李师师，这个已经成为全国所有妓女心目中最大偶像的女人，却被你认为是痛苦的、可怜的，她过的日子，实际上丝毫都不值得别的女人羡慕。而她最大的不幸，就是因为她所爱的人是一个皇帝。你曾对我说起，毫无疑问，李师师还没有你幸福。因为我每晚都和你待在一起，而李师师呢？她的爱人不但不能每晚和她待在一起，即便是相会，也只有通过一条幽暗、漫长、潮湿的地道才能最终得以实现。可话虽这样说，一旦到了遍寻不见你的踪影的时刻，我还是怀疑你跟随那些突然降临的富商、高官和皇帝远走高飞了。我清楚地记得，一位曾经有幸目睹过李师师芳容的人就一口咬定：李师师的美色根本就不及你。想想吧，对你这样一个美色甚至胜过李师师的人，我却什么都不能给你，你凭什么不离开我？尽管那个老鸨对天发誓说你是真的跟武大郎一起走出了怡红院，而我却根本就不相信，我情愿认为这是她在笑话我、辱骂我。可就在我最需要你的时候，你还是出现了。

我没有怀疑自己是在做梦，和你在一起，我也从来没有过做梦的感觉。当你出现，那就只能说明你确实是真真切切地出现了，你并没有离我而去。但你却又是真的离我而去了，在此后相当长一段时间里，你只能每天都和武大郎待在一起。但出人意料的是，听完事情的经过，我并没有给你跪下，苦苦哀求你不要去，即使我一辈子都当不上皇帝；我也没有对你感恩戴德、热泪盈眶地称你是我（甚至我全家）的再造父母；我知道，不需要，全都不需要。如果此时置身于此情此景中的不是你我，而换作了别人，那么，这狭小的房间必当会变成一片伤情的舞台——首先是我给你跪下，叫你不要去；然后是你哀怨的笑容和流淌不止的泪水，你哭着说：郎君，这一次，我一定要去，要不然，活着比死了都难受。最后，我只好默认了你的离去，这场戏，也顺理成章地在两个人的抱头痛哭中收场了。可现在我们不光没有置身于舞台上，反而，我们连半句话都没说，就急切地奔向了你的紫檀木床。你和我都清楚：这一次，你是真的去定了。在做爱的时候，我叫出了声，一遍又一遍地呼喊道：皇后，我的皇后！而你却没有，你没有像往常一样疯狂，你不光没有疯狂，甚至还流出了眼泪。我慌了，轻声问道：怎么了？你没有回答我，也没有看我，眼睛却一直死死地盯着窗台。猛然，我呆住了。天啦，就在此刻，就在窗台上，一盆昙花在完成了最后的绽放之后，正在慢慢地枯萎。这枯萎，是如此迅速，又是如此决然，它颤抖的花蕾和同样颤抖的叶片都好像在说着同样的话：是的，我要走了；这个世界，我早就来过了。再看看你：轻柔得像一张白纸，一缕月光，没有喘息声，连整个世界都在为你沉默。哦，我再也无法忍受了，眼泪倾巢而出，狂吻着你的脸——一遍，一遍，又一遍。而你，在漫长的沉默过后，也终于开口说话了，这声音竟如此冷漠，好像从来就没有在我耳边响起过：那个死在武大郎家门口的老臣，昨天晚上我已经和武大郎一起把他掩埋了。大理国，从此再也没有第二个认识武大郎的人了。现在，唯一的问题是——什么时候动手？

把砒霜送到你手上的，实际上并不是我，而是我的父亲。当我离开怡红院，回到家中，当我把事情的原委告诉他，就不得不接受了这样一个的事实：这个可怜的老人，不顾年老体衰，竟然赤裸着身体在院子里奔跑了一个晚上。开始时他是穿着衣服的，但后来随着动作的加快，身体越来越热，他干脆将自己脱了个精光。当然，我理解他，一个风烛残年的老人，除了赤裸着身体跑跑步，他还能找出什么更具想象力的庆贺方式呢？事实上，从那天晚上开始，在半个月中，他独特的庆贺方式就没有一天停止过。当然他也找到了别的庆贺方式，比如：先喝上半斤鹿茸酒，再随身携带一盒印度神油，雄赳赳地进入了一个小妾的房间，但仅仅就那么一次，他就再也没有能够活着走出来。当然，他是心安理得地死去的，没有恐惧，也没有反抗，这一切都只因为武大郎已经先行一步死在了他的前面。事实上，就在我们相会后的第二天，我父亲就手提着半斤砒霜在武大郎的家中找到了你，告诉你，事成之后，他就让我们拜堂成亲。此时，武大郎已经和你商定好：第二天一早就和你双双离开清河县。尽管前一晚的行踪非常诡秘，你一直等到他睡熟之后才火速赶到怡红院和我见面，结果却还是被他一觉醒来后发现了。虽然他不知道你到底上哪里去了，但直觉告诉他：有麻烦，还是走得越早越好。所以，早晨一起床，他就吵着要赶快离开清河县，你不得不花了大半天时间才说服他多留一天。真是难为你了。也正是在此时，我父亲手提着半斤砒霜找到了你。从我父亲出场的那一刻起，一切都已注定：你和武大郎，离死亡都只有一步之遥了。

第二百天！金莲，从清河县出发直到现在，已经是第二百天了。如果你并没有死去，如果你还站在我的身边——你还会认识我吗？哦金莲，你一定不会再认识我了，甚至连我自己，也认不得自己了。当我刚刚变成一个寡人的时候，尽管好长时间都没洗过一次澡，但眉宇之间依然弥散着一股浓重的破落贵族的气息，所以，每当我向沿途的人乞讨，他们都会客气地把我迎进屋中，给我饭吃，给我水喝；再看看现在，沿途的人能够打发我的，只是一些残羹剩汤，在他们眼中，我和一条狗已经毫无区别。抢亲倒是依然存在，只是这一次想把我抢回去做驸马的，已经不是黑人公主，而换作了一只欲火中烧的母猩猩，幸亏山林之间突然出现了一只公猩猩，我才保全了自己的性命。金莲，如果你在天有灵，就请你和我一起对那只公猩猩表示感谢吧，让我们祝福它，祝福它和那只母猩猩白头偕老、早生贵子、合家团圆。金莲，如果你在天有灵，你也一定看到了我：从母猩猩的手中捡回性命之后，我并没有撒腿狂奔，而是干脆在一棵棕榈树下坐了下来，一边大口大口喘着气一边目送它们的离去，直到它们的背影消失在漫漫荒野中。我倒是想跑，但是跑不动，三天没有吃过一口饭，我哪里还跑得动啊？是的，我已经三天没吃过一口饭了，我也曾经想掏出随身携带的金银和当地的人交换一些食物，可他们根本就不买账，他们从来就没见过金银，时至今日，他们的钱币仍然还是一些古怪的贝壳。金莲，我不知道自己是不是就快要死了：躺在棕榈树下，眼前阵阵发黑，冷汗在全身流淌，大脑似乎也停止了活动，在黑暗中，一些星星状的火花还在眼前胡乱地飞舞着。金莲，在你死去的时候，是否也曾和我面临相同的情形？我只能再次想起你，为了证明自己还活着。似乎也只有想起你，我的大脑才能重新开始活动起来。

我说过，我从来就没有埋怨过我们的相识，当然，你也没有。但我现在终于明白，也许我们根本就不该相识，如果没有那个风雨交加的下午，如果我不哭泣，而你也不歌唱，这人世间的一切该有多完满——和我的历代祖先一样，我也同样半点都看不到自己当皇帝的希望，到头来，穿上龙袍下葬，却把满腔希望寄托在后代的身上；而你呢，只需要在怡红院待上三五年就可以体面地结束自己的妓女生涯，嫁给那些高官、富商，去做他们的小妾，和他们生儿育女，再全身心地抚养自己的儿女，这一辈子也算知足了。可上天却偏偏让你遇上了我，上天偏偏给我们安排了那个风雨交加的下午，并且，这还不够，除此之外，上天还要你去充当一个杀手。事实上，在目睹武大郎死去的长时间里，看着他乌黑发肿的脸孔和他抽搐不止的身体，你的颤抖从来就没有停止过。直到你手持那只玉玺狂奔着来到我身边，这颤抖也还是无法平息下来。你实在无法相信，一个人，在死去的时候怎么会如此平静：武大郎躺在床上，身体虽然在激烈地抽搐着，但看得出来，那抽搐并不是他的本意，他甚至想控制住。由于在喝鸡汤的同时还喝下了砒霜，此时，他的眼睛里、嘴巴里、耳朵里，全都血流如注。但他没有破口大骂，只是惨笑着连声说：好，好，一切总算是到此为止了。在临闭上眼睛之前，他甚至用抖抖索索的双手从怀中拿出了玉玺，递给你，对你说：拿去吧，并且，请你代我祝福这个未来的大理国的国王。不管他是谁，我都会一样祝福他。告诉他，他是有福的。至于我，当然，我也是有福的。

一个有福的人终于没能活着走出清河县，而另一个有福的人又当如何呢？事实上，当你，还有那只玉玺，一起出现在我面前的时候，我更多的注意力，却被那只玉玺吸引过去了。你没有说话，直至后来的好几天里都一直没说话，但唯有一件事从来没有在你身上停止过，那就是呕吐。我知道你又想起了武大郎血溅在床的情景，那冲天的血腥味一直都萦绕在你的头顶上，你想赶走它，但它却不放过你，紧跟着你，折磨着你，直到你远离尘世的那一天。每一天，你都躲在怡红院的房间里闭门不出，连饭菜也是别人送进房间里来（又有什么必要呢，反正你一口也不吃）。透过房间的窗户向外看去，就像过去一样，每天仍然都有无数个男人结伴徘徊在武大郎的家门前，踮起双脚向内窥探，但屋内一片黑暗，他们什么也看不见。是啊，时至今日，他们都还关心着你，想对你知道得更多一些。几天来，关于你的种种传说非但没有减少，反而越来越多。有的人说武大郎本来就是你的养父，为了避免损害你的声誉，这么多年来，他才一直默默地生活在你的背后，现在，你终于忍受不了了，为了报恩，你毅然走向了这只矮脚虎；也有人说是因为我辜负了你，骗走了辛辛苦苦赚回来的钱，你才故意嫁给了武大郎，为的是让我的内心一辈子都不得安宁；更有甚者，有人甚至把你嫁给武大郎的原因直指了武大郎的生殖器，他们都说：我见过武大郎的那个东西，它真的很大。面对这种种传说，你又怎能不让他们想对你知道得更多一些？幸亏，幸亏他们的好奇心没有再膨胀下去，如果继续膨胀，并且在情难自禁之下推开了房门，那么，从他们目睹武大郎血淋淋的尸首的那一刻起——我，还有你，我们共同的生命也就只能到此为止了。那天晚上，甚至连武大郎的眼睛还没有完全闭上，你就狂奔着跑出了烧饼铺，跑向了怡红院。你知道，我正在那里等着你。事实上，在别的妓女的眼中，你简直就像一个神话，就是她们看得见的偶像，所以直到你离去几天之后，她们都不敢搬进你的房间。另外，她们也知道，我还住在里面。她们只是不知道，这间房子里不光住着我，同样还住着你（哦，轻轻地你来了，正如你轻轻地走）。她们仍然还被巨大的疑惑淹没着，即使是在与客人们做爱的间隙，她们也还是忍不住问自己：潘金莲，到底出了什么问题？就这样，直到几天之后，我们才想起武大郎的尸首还没有掩埋，但你好像已经完全不在乎了，现在你每天都和窗台上的那盆昙花待在一起，看着它盛开，再看着它枯萎。后来，你干脆把它搬到了床上，就放在枕头边，和它说话，唱歌给它听，甚至，用自己的泪水来浇灌它。你好像已经看见：一把寒光闪闪的长刀正在像一支飞箭般朝着你的脖子破空而来。

我找来了我的父亲，把他拉扯进房间，给他跪下，哀求他，让他现在就为我们举办婚礼。可他，这个对你许下诺言的人，听完我的哀求，竟然不愿开口作答，好半天后他才终于开了口，却是一阵足以让人丧命的狂笑声。我回头看去，发现你的脸上竟然没有泪水；写满的，全都是看一眼都要断肠的恐惧。你仍然置身于紫檀木床之上，却在我父亲的笑声中不断地向床角里紧缩过去，双手却紧紧地捂住了自己的耳朵。到最后，你缩到了最角落的地方，实在是没有地方可去了，这才突然伸出两只手把那盆枕头边的昙花抱在了怀里。就好像蚁群般密集的大刀长矛已经对准了你，只有那盆昙花才是你最后的城池与堡垒。而我的父亲呢？除了笑声，还是笑声，直到笑得连气都喘不过来了，脸色才狠狠地一抽搐，展开乾坤挪移大法，箭矢般冲过去，指着你的脸说：小贱人，有你无我，有我无你！一语未罢，新一轮的狂笑却又开始了。这时候，谁也没有想到，就在几天之后，在这个世界上——你和他，就全都没有了。我即使把全世界都找遍，直至磨破了双脚、舍弃了生命，也还是找不到你们。同样，还想不到的是，你和他，竟会在同一个晚上死去。所有的不同，仅仅只是他穿着龙袍下葬；而你，却身中二十刀，连叫都没来得及叫出一声，就这样离去了，离去了。那天晚上，当我得知他死去的消息之后，就慌忙从床上跳了起来，甚至连衣服都来不及穿好。在临出门之前，我还对你吼叫了起来：还愣在那里干什么？明天，明天我们就举行会师礼，哦不，是婚礼！

只是——只是我们都不知道，在这个月黑风高的晚上，这个世界上绝不只有我们两个才是世界上最幸福的人。比如那个名叫武松的白痴，他就同样是一个幸福的人，起码，他自己是这样认为的。现在，就在我飞奔着跑回家参加我父亲的葬礼的时刻，武松，这个刚刚卸任的捕快已经在月色中靠近了东平府的城门。在快要靠近城门的时刻，他还有一丝担心，他担心自己的兄长见到他之后，不光不会高兴，相反，还要破口大骂。毕竟，自己是不声不响地离开清河县的，就算是好不容易当上了捕快，却因为思念兄长而同样一声不响地逃了回来。是的，他害怕极了。但渐渐地他就不再感到害怕了，因为他的手突然触摸到了一件软绵绵但却鼓突突的东西，他知道，就凭这件东西，兄长就不会责怪他，因为这件东西是一大叠厚厚的银票。哦，银票！他情不自禁地念出了声。再加上，自己本来就是一个白痴，即使是挨兄长一顿痛打，等他火气慢慢消了之后也就好了（天啦，谁说他是一个白痴）。想到这里，他不禁长吁了一口气，更加加快了行进的步伐。好了，现在，他终于站在了自家的门外，在徘徊了好长一阵时间之后，他才鼓足勇气敲响了房门：兄长，是我呀，是我回来了。但是屋内仍然一片黑暗，他的兄长也并没有像他想象中的那样：骂骂咧咧地起床给他开门。现在该怎么办呢？他实在是不知道自己该怎么办才好，就在这时，他发现有扇窗户没有关好，他走上前，试着用手推了推，竟然是开着的。又在这扇窗户外边徘徊了好长一段时间之后，他才终于决定：就从窗户里翻进去，只要不把兄长吵醒就行了。好了，没问题了，他往后退了两步，又往手心里吐了两口唾沫，纵身一跃，就这样，他就置身在了屋内的黑暗中。良久之后，一声凄厉的惨叫划破了夜空。

哦金莲，原谅我，我再也无法说下去了。其实我们都已经明白，这个故事，也终于迎来了它结束的时刻。实际上，那天晚上，我们都听到了那声凄厉的惨叫，只是都没想到这叫声和你我有关。我还奔跑在回家的路上，并且，一边奔跑一边在心底里暗暗计划着明天的婚礼。你呢，你也并没有像我预想中的那样立刻开始为自己打扮，而是仍然待在床上，只因为，那盆昙花此时又在开口说话：是的，我要走了；这个世界，我早就来过了。可我们不知道，不光我们听到了那声惨叫，几乎所有的人都听到了。听到之后，他们纷纷披衣起床，并且走出了家门，最终来到了武大郎的家门口。他们太兴奋了，几乎所有的人都手持一根火把，这些火把照亮了夜空，也照亮了那个白痴颤抖的脸。再往下，你和我都已明白：这些手持火把照亮夜空的人，也必将打开他们滔滔不绝的嘴巴；同样，那个白痴腰间的长刀，离你的脖子已经只有一步之遥了。哦金莲，我再也说不下去了，眼前一阵阵发黑，冷汗在全身流淌，大脑似乎也停止了活动，在黑暗中，还有一些星星状的火花在我眼前胡乱飞舞着。现在，当我目送着那两只猩猩的离去，全身瘫软地躺倒在一棵棕榈树下，大口大口喘着气的时候，如果你在天有灵，你还会认识我吗？你肯定不会认识我了，甚至连我自己，也认不得自己了。哦金莲，你慢些走，我来了。

解 放

忽闻邻女艳阳歌，南国诗人近若何？欲寄数行相问讯，落花如雨乱愁多。

——苏曼殊

我既过得了今天，就过得了明天；我既过得了这个月，就过得了下个月。在别人的眼中，尽管我已经是个快要进入风烛残年的老人，但正和天下所有即将进入老年的人一样，我也不肯承认自己的衰老。每天早晨起床之后，我所做的第一件事情，就是站在屋后的台阶上使劲地撒尿，看看那股浓黄色的水柱到底能够飞出多远。从一九三三年到一九四八年，在这漫长的十五年中，由于没有性生活可过，站在屋后的台阶上撒尿成了检验我是否年轻的唯一办法。我记得，并将永远记得，十五年前的那个冬天的晚上，在从南京到上海的航程中，当我从那艘名叫吉和号的轮渡上腾空而起，最终跳入冰冷的江水之中的时候，脑子里充满的，只是铺天盖地的悲哀，就像那时候我头顶上的夜空，没有一点星光，铺满的，全都是堆积如山的阴云。我又怎么会想到（谁都不会想到），十五年之后，我，诗人朱湘，还会生活在自己曾经千百次诅咒过的这个世界上呢？并且，我还不得不羞愧地承认，生活竟是这样地美好。十五年之后，我终于还可以承认，从前，当我还是一个诗人的时候，却更多地像一个轻佻的寡妇。这些词——悲哀，忧郁，愁苦——遍布在我的诗歌之中，你说说，这不是轻佻又是什么呢？现在，当我隐居在湖北省荆门县硖石镇上，再翻开自己在一九二七年写下的一首诗时，看见了这样一句话：这样灭亡了也算好呀，省得家人为我把泪流。多么拙劣的句子！读到这里，我的全身都愤怒地颤抖起来，尽管我懂得平和的心态对一个老人的健康是多么重要，但是没办法，我实在控制不住自己，伸出同样颤抖的右手给了自己一记狠狠的耳光。是的，我在痛悔着我自己。谢天谢地，我终于不再是一个诗人了，还有什么比这更让人高兴的吗？让我告诉你，没有了。

十五年前，当我死亡的消息传遍整个中国的时候，由于我的朋友赵景深的奔走相告，更多的朋友都知道了我死亡的消息，他们都不知道，我已经获救，而且下决心永远告别诗人生涯，去过另外一种崭新的生活。最初，我被一只小船从水中救起来之后，还没有完全脱离诗人们固有的表演特征，挣扎着还要再次跳进冰冷的江水之中。但是，挣扎了半天我也没跳下去，一边挣扎一边回头眺望，寄希望于那把我救起来的人伸出手来阻挡我，果然，他伸出了他的手，好了好了，必要的过程完成了，我下决心告别人世的愿望已经被人了解无遗，尽管他不是一个诗人，而只是一个渔夫。于是，我放弃了挣扎，换上干净的衣服，陷入了一阵突至的狂喜之中。在随后的半年里，我跟随着这只渔船从长江来到了汉江，又从汉江来到了更多的不知名的河流里，到最后，我终于在湖北荆门永远地居住了下来。原因说来很简单，在此地，那个救了我命的人染上了风寒，拖延了一段时间后竟然不治身亡了。从他死去的那一天开始，时至今日，我渐渐地忘记了自己曾经是一个在著名的美国芝加哥大学留过学的诗人，而是年复一年地将生命投入到打鱼、补网、上街叫卖这些单纯的劳作中去了。十五年中，每次到了夜深人静的时候，我都睡不着，我不敢相信——这简单而梦寐以求的生活，终于被我过上了。

一九三四年春天，当我驾乘那只小船抵达荆门县硖石镇的时候，立刻被当地的美丽的景色迷住了。当时，我的小船从一片芦苇荡里钻出来，远远看去，我发现在辽阔的烟波之中，硖石镇的上空被奇怪地笼上了千万道光轮。当即，我就决定在此地定居下来，直至死后也要长眠在这里。我把船泊在一处码头上，只身上了岸，在镇上的茶馆里买了一份报纸，就在这张报纸上，我发现了我的朋友郑振铎的文章，他劈头就写道：闻朱湘投江自杀，为之愕然，不怡者累日！后来，我竟然吃惊地发现，这张报纸整版都在谈论着同一个名字，那就是我，朱湘。在接下来的几篇文章里，我又见到了另外一些熟悉的名字：闻一多，柳无忌，陈翔鹤。闻一多写道：子沅的末路实在太惨，谁知道他若要继续活着只比死去更痛苦呢！柳无忌也说：子沅自杀的消息，如打雷一般，深深地震动了我的心。子沅，是我的名号，现在当我在报纸上看到这在过去的时光里曾被朋友们无数次叫起的两个字时，一时竟然不能自制，顿生恍若隔世之感，眼角里浮现出了点点泪光。但是朋友们，即使我并没有死去，你们也不要再指望我回到上海，回到你们的身边去了。从报纸上发表的文字看来，我不无悲哀地发现：到头来，最懂得我的心思的，不是别人，却是闻一多。他曾经是我的朋友，但是在过去很长一段时间里我们又互相把对方当作敌人。不过从那天早晨起，我就彻底地原谅了他，在心底里把他当作自己最好的朋友。两年前的一天，我在集市上卖鱼，回家的时候顺便买了一份报纸，就在这张报纸上，我发现了闻一多被人刺杀后辞世的消息，当即，就如五雷轰顶，我差一点就要栽倒在地上了。那天晚上，买了一瓶好酒，带上一些纸钱，把船划进了芦苇荡，在芦苇深处，我点燃了一堆小小的火焰，我知道，在茫茫夜空中，这火焰在照亮我的时候，它也一样照亮了闻一多居住的天堂。

现在，已经是一九四八年冬天了，我早就说过，我已经是将老之人，自然也知道这个浅显的道理：往事就像一味毒药，过多地沉湎其中只能让自己的身体变得更加虚弱，直至最后死得更早一些。因此，相比往事，我更关注自己的生殖器。如果是在从前，每天早晨当我醒来的时候，尽管有一些困难，但是由于尿液的帮助，它也会像个慵懒的哨兵一样直起身体站立一会儿；可是现在，虽然尿液仍然像往常一样多得急着从我的身体里挣扎出去，可那个慵懒的哨兵却仍在呼呼大睡，再也听不到起床的号声，我拿它又有什么办法呢？关注它，并不意味着仅仅只关注它本身，而是在关注着自己的生命，对我来说，它好像就是我的另外一颗心脏，它的跳动和停止都让我感到无与伦比的紧张。有一阵子，我老是怀疑自己再也活不了多长时间了，原因很简单：那股浓黄色的水柱经由它喷薄而出的时候，它竟然没有任何反应，即使是凛冽的寒风也不能让它颤抖一下，就更不用再指望那股水柱能够飞出多远了。再接下去的时间里，绝望纠缠着我，时间好像也停止了，就在屋后的台阶上，我蹲下来掩面痛哭，是的，我舍不得离开这个美丽的世界。在别人的眼中，像我这样一个终年累月沉默寡言的老鳏夫，简直没有半点活下去的必要，他们更不能理解——我，一个老渔夫，怎么会养成了读报纸的习惯，每天早晨都会按时到镇上的茶馆里买一份报纸。在他们眼中，我早就该死了。但我不想死，甚至还害怕死，那股早晨的水柱还在冒着热气告诉我：你仍然年轻，还远远没到死的时候。可是近几天来，那股水柱却越来越黄，射程也越来越短，我甚至不敢再面对它，它让我绝望。我知道，在硖石镇，那些与我同龄的人几乎每一个都想死得更早一些——没有粮食，只有战争；甚至连自己的儿子都已经化作了战争的炮灰；看不见希望；对未来的生活满怀深深的担忧和恐惧——这样的日子还过下去干什么呢？可我仍然想过下去，几乎没有任何理由，如果确实要找出理由的话，我想那仍然还是出于对从前的那段诗人生涯深深的厌恶，正是这种厌恶，让我在十五年前跳入江水，又让我不远千里来到此地，谁都不会知道：在此地我经常一个人把身体伏低，狂吻着脚下的青草和大地。哦，住在这里，就像住在巨大的喜悦里。打鱼，补网，上街叫卖，这就是一个渔夫，一个鳏夫的全部生活，可就是这样的生活，我却过不够，永远都过不够。

如果我可以，我一定会放声歌唱，歌唱我十五年来的每一天。在这些交替出现的白天和黑夜里，尽管我也会像别人一样经常陷入沉思，甚至是愁烦和苦闷，但它们也只是这样一些小问题：打上来的鱼不多，菜里经常没有油，想做件棉袄却买不起棉花，最让我苦闷的，也只是自己打上来的鱼经常被还乡团的人抢走。它们从来都不是这样一些问题：人生的真谛是什么，到底是为艺术而艺术还是为人生而艺术，韵体诗是否比无韵体诗更具中国传统文化的魅力。就像昨天晚上，我在大街上边走边看报纸，却不小心撞在了三个来历不明的伤兵身上，二话不说，他们其中的一个当即就恶狠狠地打了我一拳头，正好打在我的鼻子上，霎时间我的脸上就流满了鲜血。正如每个人都知道的，面对这三个伤兵，无论是作为一个诗人还是作为一个渔夫，我都没有还手的力气，甚至连勇气都没有。但是在过去，在遭受到不幸之后，我会将怨气发泄在自己的身体上，把自己当作自己的敌人。在幽暗的书房里，我经常会拿脑袋撞墙，甚至用一把小刀割破自己的手指，看着鲜血一滴滴地滴落在书桌上，我也会获得一阵阵潮水般袭来的几乎要断气的快感。必要的时候，我还会哭泣。

而现在呢？让我们一起来看看现在，挨了伤兵的拳头之后，我不光没有用小刀割破手指，出乎意料地，甚至还获得了某种快感。为什么会这样呢？我站在大街上问自己，当然答案很快就被我找到了：源于对生活和时代的爱，我已经变成了一个既与世无争又心平气和的人。对这个发现我感到欣喜若狂，我离开大街来到芦苇荡中，坐在芦苇中，我想起了一句诗，那是我年轻时在芝加哥写下的，献给了一个身材饱满的美国少女。可现在这首诗却好像自己从大地和烟云深处走了出来，它的每一个字、每一句话都涌到了我的嘴唇边，迫使着我要把它念出来。我只好听命于它，念出来，用它赞美自己，就像赞美身材饱满的美国少女。轻微的风在我耳边回荡，我的眼睛中涌出了泪水，我竟然伸出双手去抚摸自己的全身，一边抚摸一边对自己说：哦，我爱自己。

提起我生活其中的这个时代，唉，一时我还不知道说些什么才好。这个时代大概由这些东西组成：连年不断的战争，哀鸿遍野的饥荒，妻离子散的家庭，还有响彻天空的哀号和余音绕梁的怒吼。死去的人很多，有恶霸地主，也有平民百姓；有该死的人，也有不该死的人。我知道，眼下正在进行的战争是一场正义的战争，不久之后，在整个国家里飘扬了几十年的青天白日旗就将被美丽的五星红旗所取代，但我也不得不承认：战争实在太残酷，死去的人太多了。每天晚上，在固定或不固定的时间里，我总是会被隆隆的炮声所惊醒，那些垂死之前的呼喊声从远处传来后，像刀子一样插在我的身体上，我大叫一声从床上直立起来，叹息着坐到后半夜，再也睡不着。每天早上，我都会看见一批批的伤兵被人用担架从前方的火线上抬下来，再抬进镇上的医院，可我却从来没有看到有人生还着走出医院。显然，临时搭建的医院无论如何都已经容纳不下越来越多的蚁群般的伤兵，近半年来，在医院的上空，几乎每天都飘荡着凄惨的哭喊声，在哭喊声中，一些人就此永远闭上了眼睛。更可怕的是，几乎每天我都要目睹一些伤兵的自杀，在对自己的身体彻底失去希望之后，他们夺下别人手中的枪对准了自己。是的，这一切都似乎在证明着一件事：一个旧的世界已经被打破，一个新的世界就要建立起来。不日之后，新生活，就要来临了。

昨天晚上，枪声又响了一夜，临近拂晓的时候，战斗越来越激烈，连小镇的城墙似乎都被打穿了，正如我早已预感到的：战争，终于在硖石镇打响了。一颗子弹不知道从什么地方飞来，居然穿透了我的门板，又从我的耳边呼啸而过，再穿透我身后的泥墙，最终落在了屋后的一堆干芦苇上，很快就起了火。我吓了一跳，赶紧从床上跳起来提着一桶水去救火，在我救火的时候，不远处的城墙上传来一声巨响，一颗炮弹爆炸了，那些埋伏在城墙上的人转瞬之间就化作了漫天飘飞的碎片。在火光中，我看见由于极度的恐惧，一些人的脸孔已经变了形，他们往更安全的地方连连躲闪，但正如大家都知道的，那些地方躲藏着他们的长官，长官们还用枪指着他们大声喊道：兄弟们，给我上。看到这里大家就已经知道，这些人，包括他们的长官，迟早都会被飞奔而至的另一支军队消灭。我想说的是，这一夜，我没干别的，只是救了一夜的火。每次等到火快要被我扑灭的时候，这堆干芦苇，却又被另外一些子弹或炮弹爆炸后的碎片点燃了。直到天快亮，战斗近结束，枪声越来越稀少，我才进屋睡了一会儿。躺在床上，我发起了高烧，全身战栗不止，越想睡着越睡不着，就在我打定主意不再睡的时候，却又睡着了。后来，我被一阵敲锣打鼓的声音惊醒了，渐渐地，这敲锣打鼓的声音变得越来越大，一直大到将所有的声音都淹没了的地步。突然，我想起一件事，马上就吓出了一身冷汗，赶紧从床上跳起来，胡乱披上一件衣服后就走了出去。今天，是我向硖石镇远近闻名的渔霸张生交租的日子，想到他的名字，我就一阵胆寒，我从来就不曾也不敢错过向他交租的日子，我知道一旦错过就会面临什么样的结果：羞于启齿的惩罚（幸亏我没有妻子和女儿），惨无人道的殴打，甚至还有可能被逼迫得家破人亡。

走出家门之后，冷风一吹，我立刻感到自己清醒了许多。空气中弥漫着浓重的硝烟味道，但毫无疑问，另一种味道似乎更为浓重：血腥。我吃惊地发现，墙上贴满了标语，每一个人的脸上都喜气洋洋。他们在街道两边的屋檐下站成两排，手中挥舞着各种颜色的小旗，在他们中间，一支雄姿英发的军队正在陆续向城内挺进。但我发现一些著名的地主恶霸也站在列队欢迎的人群中，他们脸上的笑容甚至比那些苦大仇深的人更加发自内心，这是怎么回事？在此地我已经生活了十五年，我清楚地知道，一些人简直像从生下来就站在各种名目繁多的欢迎队伍中，由于战争局势的不断变化，这些人常年准备了大量的标语和小旗，用来欢迎每一支入城的军队，通常这些军队入城之后又会把他们请到酒楼里通宵达旦地狂灌烂饮。我说的这些人，显然就是作恶多端甚至犯下了滔天罪行的地主恶霸们。可是这一次，他们的希望却落空了。因为，这支每个人的军帽上都戴着一颗小红星的部队刚一进城，立刻就开起了公判大会，第一个被押上审判台的，就是渔霸张生。在台下的人群中，开始时只是骚动，后来就变成了骚乱，愤怒的人群冲上了审判台，对准张生拳打脚踢，没有机会冲上去的人，则死命地往张生身上扔石块。我也被人群挤上了审判台，在惊天动地的一片喊打声中，我的心脏猛烈地跳动着，感到那些早已经被我遗忘的记忆正在一点点复苏：前年三月十九张生打了我一耳光；去年大年初一张生踢了我一脚；今年中秋节张生不光打了我一耳光，还顺带着踢了我一脚。在人声鼎沸中，这些复苏的记忆流进了我的血管，又流到了我的脚趾上，脚趾活动起来，膨胀起来，它们不再听我的使唤，它们挣扎着飞奔出去，朝着张生的脑袋狠狠地踹了一脚。我喘息着，发现那些混迹在人群中的地主恶霸们呆呆地站在台下，都被吓傻了，极度的惊恐让他们全都忘记了逃跑。事实上，他们又能往哪里逃呢？要知道：新生活已经来临，到处都是我们的人。

如果我可以，我一定会放声歌唱，歌唱解放军进城后的每一天。几天来，地主恶霸们已经被悉数枪决。即使是那些漏网之鱼——由于没有做下什么伤天害理之事，最终被免除一死——也终难逃脱家财散尽、田地被一分而光的命运。几天来，我没有卖鱼，更没有下河捕鱼，像别的人一样，我也终日忙于各种庆祝和打开地主恶霸们堆积如山的粮仓。是啊，分田分地真忙。走在大街上，很容易就听到此起彼伏的歌声，陷入狂喜中的人们甚至忘记了地域的界限，像北方人一样扭起了夸张的秧歌。在这样巨大的欢乐中，我又怎么会知道，天大的麻烦正在像一群乌鸦扑扇着翅膀向我俯冲过来呢？昨天晚上，我正坐在幽暗的油灯下补网，三个来自军管会的军人走进了我的家门。看上去，好像是两个年轻人和一个中年人，他们自我介绍说，他们是军管会的文书，打听了好多人才终于摸到我的家里来。他们说，再过两个月，新的镇政府就要宣告成立，因为你帮大家写了很多标语，因此我们发现，你是这个镇上所有的人中毛笔字写得最好的一个，所以我们想请求你的帮助，请你到军管会去工作一段时间。我呆住了，脑子里一片空白，在我看来，他们完全可以和从前的那些野蛮的军人一样，先是给我一耳光，再大声命令我和他们一起走。但是他们没有，他们给我送上的，不是耳光，而是笑容和请求。说实话，我感到手足无措。就在这时候，他们中间的一个，那个戴眼镜的中年人，突然大声咳嗽起来，开始时他极力使自己不咳出声来，甚至用手捂住嘴巴，但是没用，咳嗽声反而变得越来越大了。

这时我才想起来，从这个中年人进门，由于油灯过于幽暗，我还一直都没看清楚过他到底长着一副什么样子。一念之下，我禁不住直盯盯朝他看了过去，就在我的视线快要落到他的脸孔上时，他却响亮地打了一个喷嚏，顺势把脸扎下去，好半天都再也没有抬起来。后来，我干脆放弃了想把他看得更清楚一点的想法，因为他的身体已经完全缩到了两个年轻人的背后。他好像得了重感冒，隔了好远都可以听见来自他喉咙深处的连绵不断的喘息声，再往后，我还感到他的身体似乎陷入了狂乱的颤抖之中，他想掩饰住这颤抖，但又如何能掩饰得住呢？两个年轻人慌忙回过头去问他，不要紧吧？他没有说话，口里却发出一连串含混不清的声音。这时，一阵大风袭来，撞开了门板，吹熄了油灯，我赶紧走到墙角边去找火柴，在我从那个颤抖着的中年人身边经过的时候，他好像吓了一跳，突然大吼大叫起来，伴随着这大吼大叫声的，还有一声凄惨的哀号，尽管看不见，我也可以猜测到他正在呕吐，一开始就结束不了，他高一声低一声地呕吐着，听上去连他的心脏都快要被呕吐出来了。我站在那里不知所措，忘记自己该干什么，好半天才想起来自己原本是要去找火柴的。我找到了火柴，擦亮了它，顿时，就在这一刻之间，我被惊呆了，一张苍白、虚胖、浮肿的脸孔正好出现在火光的照耀之下。然而这张脸孔上的两只眼睛却正在直盯盯地与我的两只眼睛对视着。突然，一个影子出现在我的脑袋里，可是——这又怎么可能呢？我在心底里暗暗对自己大喊了一声：这不可能！我想再多看他一眼，可手中的那根火柴已经燃烧到了尽处，当我慌忙擦亮另一根时，这张脸却不见了，它躲藏到了墙角的阴影里。这个可怜的人，蹲在墙角的阴影里继续着他的呕吐，那两个年轻人也蹲在他身边，为了能使他好过一些，他们一个扶住他的身体，另一个在他的后背上轻轻地敲打着。我点燃了油灯，手提着油灯走过去，他却一下子回过头来（嘴唇边簇拥着一大团白沫），声嘶力竭地对我呼喊道：你不要过来！那两个年轻人尽管不知道发生了什么事情，却也只好慌忙对我说：大爷，请你不要过来。就在这个时候，中年人突然终止了他的呕吐，就像一只猴子，狂奔着跑出了我的房子。敏捷的姿势使他看上去一点都不像是一个肥胖的中年人。这两个年轻人只好也跟随着跑出了我的房子，在跑出门之前，其中一个年轻人焦急地问我：老大爷，你想好了吗？现在，我们要送他去医院。此时，我的脑袋仍像昨晚一样陷入在一片空白之中，可不知道为什么，我却点了点头。

现在，天色逐渐接近黄昏，结束一天工作的时刻就要到了。是的，尽管内心里装满了巨大的慌乱和不安，但我仍然一大早就赶到了镇上的军管会。整整一天，我没有再见到昨天晚上的那个古怪的中年人，显然，他病得不轻，现在可能还躺在医院中。实际上，除了写写标语和公告之外，我在军管会并没有更多的事可做。那些重要的机密文件不可能让我去起草或抄写，因此更多的时候我都和食堂里的大师傅待在一起，帮助他生火做饭。从食堂大师傅的口中我打听到，昨天晚上的那个中年人名叫李春风，从前是一位战地文工团的编剧，现在战争已经结束，他的工作则变成了教镇上的小孩子们演街头剧。我还知道，他就住在这个院子里。不知道为什么，李春风的那张脸孔整整一天都在我眼前不断浮现着，这张患病的脸是如此苍白、虚胖、浮肿，但又如此让我牵肠挂肚。与这张脸一起浮现出来的，是另外一个暧昧不清的影子。这个影子仿佛是从某个不知名的幽冥之处走出来的，我看不清面容，但他的形象分明又是这般地真切：白色的西装，鲜亮的皮鞋，头发收拾得一丝不苟，鼻子上还架着一副锃亮的金边眼镜。似乎连他身上的香气都被我闻到了，那就是曾在这个国家里短暂出现又迅疾消失、专供男人们使用的印度香。哦，我到底怎么了？这个神秘的影子到底是谁？我明明记得，这种印度香的气味我只是年轻时在上海见到过，那时候我还是一个诗人，在我的诗人朋友们中间，曾经有为数不多的人使用过它。可是现在，它的气味怎么会如此逼真地在我的鼻子周围飘荡、发散呢？昨天晚上的那个疑问终于再次出现：难道——莫非——但是这又怎么可能呢？我再一次暗暗在心底里对自己大喊一声：这不可能！

是的，这不可能。徐志摩不可能还活在这个世界上。在我认识的所有人中间，尽管徐志摩是最早使用这种印度香的，但是连日来我仍然一遍遍对自己说：李春风不可能是徐志摩，李春风只能就是李春风。作为徐的朋友，我甚至对他为何会使用印度香的原因都知道得一清二楚，但我绝不相信他还活着。一九二八年六月，徐志摩为了减轻一点婚姻生活给他造成的苦闷，从上海出发，踏上了他一生中的第二次欧游旅程，先是取道日本、美国，然后横渡大西洋来到英伦三岛，最后又乘风破浪地穿过地中海来到了印度。在印度，他拜访了大诗人泰戈尔的农村理想乐园，正是在农村理想乐园的一棵棕榈树下，泰翁送给了徐志摩十盒珍贵的印度香。回国之后，在各种各样的聚会上，他曾无数次不胜唏嘘地追忆起上述情景，而且每一次的追忆都毫无例外以泪流满面而告终。我相信，对这一幕，当时上海滩的每一个诗人都不会觉得陌生。实际上，别人后来之所以也用上印度香，全都出自徐志摩的慷慨馈赠。时隔多年之后，这种香气却再次在硖石镇军管会的院子里飘荡起来，这到底是怎么回事啊？我想破了脑袋，却一无所获，当然，这香气事实上是没有出现的，它只出现在我的回忆中。我早就说过，往事就像一味毒药，过多地沉湎在其中只能让自己死得更早一些，看起来，我简直说得一点都不错，在无度的回忆中，我感到自己的身体变得越来越虚弱。但即使我的脑袋真的已被汹涌而至的回忆撞破，那个在我心底里盘旋了无数次的声音也依然还在固执地重复着相同的话：不可能、不可能——不可能——哦，上天，我到底该怎么办才好？我记得，一九三一年十一月二十日上午，即徐志摩乘飞机遇难的第二天，我就和另外一大帮朋友匆匆赶到了他的家里。正是在他的家里，我第一次见到了他的那个著名的遗孀。墙上仍然挂着他的照片，照片里的他仍然是那么神采飞扬。我和另外一些著名的朋友：胡适，梁思成，林徽因，张奚若，孙大雨，集聚在挂着他的照片的那面墙下，涕泪横流地背诵起了《再别康桥》：但我不能沉默，悄悄是别离的笙箫；夏虫也为我沉默，沉默是今晚的康桥！背诵到这句话的时候，胡适哭了，我也哭了，我们大家都哭了。在回忆中，一切都像真的一样。可是，到底是为什么，那股印度香的气味时至今日还在湖北荆门县的一个小镇子上纠缠着我呢？

好了好了，我不想再说下去了。结束一天工作的时候已经到了。我离开军管会，回到家中，拾起网准备下河捕鱼，在面对了一天的工作之后，现在我必须面对自己已经感到饥饿的肚子。我没有驾乘自己的小渔船来到芦苇荡中，事实上也不需要，几天来，似乎在庆贺硖石镇的解放，鱼群蜂拥而至，站在岸上随意撒上一网就可以捕获到为数不少的鱼。此时，我刚刚在岸边站定，突然就听到背后传来一阵风吹草动的声音，我想回头，但是已经回不了头：转瞬之间，我被一只大手推进了河中。一切都发生得如此之快，我的脑子里全然一片空白，在这一刻之间，恐慌是必然的，哀号也是必然的。但是，就在我像只大鸟般扑扇着两只巨翅快要栽入水中之际，脑子里的空白却逐渐被另一种东西填补了——快乐。是的，我没说错，就是快乐。多年以来，由于职业的原因，我早就变成了一个可下五洋捉鳖的人，现在区区一点水流能奈我何呢？告诉你吧，我死不了。就这样，我恐慌着、哀号着、欢乐着跌进了水中，脑袋都触到了水下的泥土和水草的根须上。在水中，我感觉到，这里简直就像一个巨大而温暖的子宫，一个恐怖的念头不请自来：就让我在这巨大而温暖的子宫里死去又能怎么样呢？但岸上的脚步声惊动了我，这脚步声促使我立刻就中断了狂想，我不得不承认，我实在是太想看看那个对我痛下杀手的人到底是谁了。尽管嘴巴里还衔着泥巴和水草，但我已经管不了那么多，急剧地抖动四肢钻出了水面，但是，这脚步声却离我越来越远，眼前只是一片芦苇在大风中此起彼伏地摇晃着，我又到哪里才能看得见他到底是谁呢？长叹一声之后，我徐徐地弯下腰，把脑袋重新钻进水中，回到了巨大而温暖的子宫里。

我丝毫都没想到，当天晚上，我就发起了高烧。是啊，毕竟年纪不饶人了。半夜里，突然下起了大雨，雨点敲击在屋顶的瓦片上，就像敲击在我的心上。我支撑着身体下了床，去给自己熬药，就在熬药的时候，我竟莫名其妙地哭了起来。我不知道自己怎么会哭泣，也不想知道，因为那短暂的哀伤很快就让位于连绵不断的愤怒了，我愤怒地对自己说：生活如此美好，你到底还想干什么？很快我就告诉自己：我并不想干什么，我不过是想哭一哭而已。没有妻子，没有孩子，别人可能早就自杀了，难道我连哭一哭都不行吗？但很快我就又告诉自己：没有妻子，没有孩子，全都是你自己心甘情愿的，甚至是以自杀才换取的结果，没有他们丝毫都不值得你后悔，反而应该哈哈大笑。出乎意料地，我竟然就真的张开嘴巴哈哈大笑起来，直到笑得流出了眼泪，眼泪流进装满药汤的碗里，一起被我喝下了肚子。喝完药，我继续上床睡觉却再也睡不着，辗转反侧之后，我坐起来背靠在身后的墙上，却突然发现自己想写一首诗。一念之下，那只曾经写下过无数首诗的右手就开始了颤抖，它似乎比我的头脑更急迫，是啊，这只手也许原本就是该用来写诗的，但是多年来它却无可奈何地散发着一股挥之不去的鱼腥味。如果我没猜错，它可能早就对这种肮脏的生活感到厌倦了。但是我不能，躺在床上我告诉自己：无论如何，我都不能再踏上那条老路。多年来的生活已经证明：即使是一堆牛粪的香气也比玫瑰花的香气更持久；而墨水瓶也远远不及渔网可爱；与带庭院的栽花小楼相比，我更愿意住在眼下这样破败的茅草屋里。再说，如果我现在重新开始写诗，那么多年来我销声匿迹于此又有什么意义？就在我陷入这样的疑问的时刻，门外响起了一声沉闷的枪响，开始我并没注意到那是一声枪响，以为又是当空而下的一声惊雷。后来才发现那并不是一声惊雷，一颗子弹已经穿透黑夜落在了我的床上，它提醒着我：窗外有敌人。我吓了一跳，猛然向前看去，才发现是我映照在对面墙上的影子救了我。那颗子弹是径直奔向对面的影子而去的，现在，它撞击在墙上之后，又掉落在了我的床上，把被子都点燃了，一小束火焰此刻正在慢慢升腾起来。

开始时我吓了一跳，但那只是开始，很快我就扑灭了那一束小小的火焰，掀起被子下了床。我打开了两扇破旧的门板，但除了黑暗、暴雨和闪电外，别的什么东西也没看见。可是我不相信，说什么我也不相信这颗子弹是误入歧途才飞进了我的房间，我环顾四周，只见得黑茫茫一片，就在此时，一道闪电照亮夜空，果然，我的猜测被验证了：在我的窗下，两排深陷在泥泞中的脚印历历在目。在一道更比一道狂暴的闪电照耀下，我追寻着这两排脚步而去，但很快这脚印就中断了。在暴雨中遍寻不得之后，我只好回到了房间里，生起了一堆火，喘息着颤抖着烤热自己的身体。恐怖环绕着我，让我突然觉得一阵阴冷，发现自己身处其中的这间茅草屋变得就像一座迷宫，墙壁上站立着无数青面獠牙的妖魔鬼怪，现在，他们正张开血红的嘴巴朝我展现出狰狞的笑容。我对自己说：并没有什么好怕的，早在十五年前你就已经死过一次了，还有什么好怕的呢？可到头来我还是陷入了更加巨大的恐惧中。我闭上眼睛数着数字，强迫自己入睡，竟然天遂人愿，我真的睡着了。不知道过了多长时间，耳边传来一阵巨响，我被惊醒了。睁开眼睛一看，两个荷枪实弹的士兵正站在我的床边，一惊之下，我想说话，甚至还想发出一声惊叫，但嗓子好像被堵住了一样，发不出任何声音。过了一会儿，我终于看清楚这两个士兵军帽上的红五角星，心底里才稍稍安静下来。刚才在恍惚之中，我还以为那些被我们的人打垮的军队又卷土重来了，现在，当我看清楚他们军帽上的红五角星之后，至少已经肯定了这样一个事实：起码不会遭致惨无人道的毒打。即使是我被他们大声呵斥着下了床，再被戴上手铐，最后甚至被五花大绑，我的心里始终也是一片平静。在这样一个太平盛世即将到来或已经到来的时代，这支仁义之师又会把我怎么样呢？我连想都没多想就告诉自己：他们肯定是抓错人了。

时隔一晚之后，我又来到了军管会的大院。与上次不同的是，这一次我是被人捆绑着走进来的。上一次，我被人请进了这个院子正中间的堂屋中，军管会的政委还主动泡了一杯茶递给我。而现在，尽管我一眼就看到了正坐在那间堂屋里喝茶的政委，但是他却没有理睬我，看到我被押进院子，他只是一挥手，当即，我就被关押在了整个院子最角落的一间房子里，而这里原本却是堆放柴火的地方。把我关进这间房子之后，那两个士兵径直而去，再也没来过。整整一个上午，没有人来告诉我到底发生了什么事情，我也没有用拼命呼喊来表达自己的冤屈，后来，我还和自己下起了盲棋，就在我和自己下盲棋的时候，隔着窗缝却看见了李春风。看起来，他的病已经好了，现在他正步履匆匆地走进军管会的院子，直奔堂屋而去，最终来到了政委的身边。他把自己的脑袋和政委的脑袋凑在一起神秘地耳语着，在耳语的间隙，他的目光则不断瞟向关押着我的这间房子，也许他不知道，我也在这里紧紧地盯着他。突然，政委的目光变得像一把细长尖利的刀子，这把刀子猛然掉过头来对准了关押我的房间——它让我头脑发热，心脏立即就开始了猛烈的狂跳。尽管听不到他们的谈话，但他们的谈话仍然让我感到紧张，身体上的汗珠迅疾诞生又扑簌而落，我的脑子在短暂的时间里尽快回忆了自己的一生，可结果仍然是：我确实不知道自己曾经做过什么伤天害理的事情。片刻之后，李春风走出了院子，脸上散发着一丝别人琢磨不透的笑意，而政委则放下了手中的茶杯向我走过来。走进屋子之后，政委站在那里阴冷着脸不说话，而我，尽管内心里就像有一只正在承受敲击的木鼓般咚咚作响，却依然还在梦想着政委能够先给我一个微笑，然后再开始我们的谈话。政委果然笑了起来，但不是微笑，却是冷笑，继而又变成了哈哈大笑，他哈哈大笑着对我说，放弃你的白日梦吧！把电台交出来是你唯一的出路！哦，我简直不知道该怎样回答他才好，如果你是我，你又能怎样回答他呢？直到现在为止，我仍然还不知道这个世界上到底发生了什么事情。一个人，正在床上睡觉，眼睛一睁，却被人戴上手铐押进了监牢，整个过程就像一部小说，即使我从前是一个诗人，但我也仍然读不懂这部小说。

直到黄昏快要消逝、夜色已经降临硖石镇的时候，我才终于走出了军管会的大院。现在我终于知道这个世界到底发生了什么事情了：在别人的眼中，我已经变成了一个身怀一张秘密图纸和一台电台的特务。尽管连我自己都不知道什么时候曾经拥有过这两样东西。整整一天，尽管从来不曾遭遇到严刑拷打，但义正词严的呵斥声却没有停止过：把电台和秘密图纸交出来！再说一遍，把电台和秘密图纸交出来！哦，除了一具逐渐衰老的身体，我能交给他们什么呢？我又要到哪里去才能找到电台和秘密图纸？现在，他们将我放了出来，让我回家，可我已经走不动了，巨大的恐惧从来就不需要想起，但从来也不曾忘记。还有衰老，更是让我痛断肝肠。就这样，恐惧和衰老让我几乎是爬行着才回到了家，可通体上下连掏钥匙开门的力气都没有了，我坐在门前的石阶上喘着气，觉得自己简直像一条狗。在不远处的沉沉暮霭中，有几个黑影在晃动，事实上，早在我回来的路上这几个黑影就在我身边的树林中和田野上晃动。没有才怪。如果我是政委，在苦苦问话却没有丝毫结果的时候，我会怎么样呢，我也会和政委一样先把嫌疑犯放回家，再派人跟踪，我相信，不久之后嫌疑犯的蛛丝马迹就会不断显现出来。现在，我自己就正面临这样的事实，我的每一个动作，对于不远处的那几个黑影来说，都可能是意味深长或别有用心的蛛丝马迹。费尽周折，我才掏出钥匙开了门，一头倒在了床上。可是，家并没有带来平静的力量来促使我入睡，没有灯火的房间反而更加加深了我的恐慌，老是怀疑故伎即将重演——就像昨天晚上一样，窗子下此刻正有一管黑洞洞的枪口对准着我。另外，我还怀疑自己活不长了，早在今天上午，我在被人看押着走出监牢去撒尿的时候，就发现胯下那股黄色的水柱像一股间歇泉般时断时续，有好长一段时间，它喷不出任何泉水，等到我把生殖器放回裤裆里又走了好长一段路之后，这股泉水却像一支飞箭般从我的身体里迸射了出来。我的眼泪夺眶而出，伸出双手抓紧裤裆，但是一双手又怎么能抓得住那股泉水呢？它打湿了我的裤子，又顺着我的大腿蜿蜒而下，直至最后钻出裤腿滴落在了地面上。与它一起滴落到地面上的，还有我的眼泪。当时，我打开裤子，看到里面已经是江洋一片，在汪洋中，我的生殖器像朵烂棉絮一样蜷缩成了一团。我的眼泪滴在它的身体上，但根本就无法将它惊醒。很快我就意识到，仅有哭泣是不够的，最重要的还是挽救。我迅速地把双手伸进了裤裆，在尽可能短的时间里，我尽可能多地想到了世界上几乎所有的女人，她们没穿衣服，全都一丝不挂地赤裸着身体。最后的结果是：生殖器仍然在沉睡，这里的黎明静悄悄。而我自己，却哀号不已地被人押送着回到了监牢中。现在，夜已经很深了，我身处自己的家中，坐在自己的床上，想起上午发生的事情，全身上下却陷入了一浪高过一浪的哀伤。毫无疑问，这哀伤已经大过了我满怀于心的对未知生活的深深恐惧。必须承认：我之所以不敢入睡，对那子虚乌有的电台和秘密图纸的牵挂并不是唯一原因，更重要的，还是害怕一觉醒来后会口齿松动、须发尽白。哦，一念及此，眼泪便再一次潮湿了我的脸庞。拉不出尿，什么才是我能证明自己不会猝死的办法？突然之间我发起狂来，我对自己说：再也不能这样活，再也不能这样过。猛然就脱掉了裤子，将下身赤裸在黑暗之中，然后，再次伸出双手，抖抖索索地，向着下身的中心地带探了下去。然后，再狠狠地用力抓住了它。很快，我的全身上下就被从自己喉咙里发出的时断时续的喘息声淹没了。

全身上下被喘息声淹没又能怎么样呢？今天晚上我所做的一切努

力，注定都是徒劳的。窗外的夜风撞击着窗棂，使得薄薄的窗纸发出扑簌作响的声音，听上去显得那么凄凉，正恰似我的心境。我的手啊，我的手，你是如此无能，你费尽了气力，但却仍然无法唤醒那个沉睡的哨兵。到最后，再也没有别的办法可想，我只好放弃了对哨兵的希望，是的，我知道，从今往后，再也不可能指望它能收拾好行装重新投入战斗了。我走到窗子边，透过窗纸的缝隙向外看去，发现那几个黑影仍然躲藏在不远处的柴火堆下，显然，寒冷已经使他们放弃了对我的注意力。他们站在那里不停地跺着脚，时而还不得不发出一两声尽力压低了的咳嗽声。一些轻声细语的交谈声或咒骂声也不为人知地传递到了我的耳朵边：他们寄希望于我不要太狡猾，通过屋里的某条暗道偷偷溜走，从此永不回返；他们还寄希望于我不会在这寒冷的长夜里暴病身亡，从而将线索中断，使他们丧失了建立奇功的机会；当然，他们也流露出了对我深深的不屑，其中的一个黑影就激动地摇晃着脑袋说：一个糟老头子，就算把命都搭上去又能干得成什么呢？后来，天气越来越冷，他们跺脚的响声也越来越大，我万万没想到的是：为了使自己好过一些，让身上变得更暖和一些，他们干脆在柴火堆前的一块空地上摔起跤来。面对这突然发生的事情，我简直不知道该要说些什么才好。毫无疑问，对我来说，他们就像三个密探，但现在这三个密探显然已经忘记了他们肩负的使命。在他们摔跤的时候，有好几次，我的内心十分冲动，想把脑袋伸出去对他们说，喂，你们忘记你们的任务了。可是，我并没有把脑袋伸出去，因为柴火堆前的空地上发生了更加让人想不到的事情：密探们激烈地争吵起来，声音大得甚至不再顾及屋中的我是否能够听见。原因很简单，摔跤的时候其中一个把另外一个的眼睛抓伤了，还没有争吵两句，摔跤就终于不可回避地变成了真刀真枪的殴打。那两个人喘息着撕扯在一起，在地上一遍复一遍地翻滚着自己的身体，当然除了翻滚他们还没忘记另外一件事情：重重地向对方痛下杀手。那个没有参与殴打的密探显然也和我一样，怎样也无法相信事情会发展成这个样子。他不停地劝说两人住手，但他们却根本就听不进去，百般劝说终究无效之后，我吃惊地看到：他也变成了一头愤怒的狮子，咆哮着扑了上去。我，还有陷入打斗中的他们，谁都没有想到，一个深深地掩藏在黑暗中的阴魂已经出现，此时此刻，他正迈开幽灵般的步伐静悄悄地向我逼近。

无论如何，我都不曾想到，自己的屋子里走进来了另外一个人。这个人，已经站在了我身后，当我站在窗子下借着窗纸缝向外窥探的时候，他也在悄无声息地窥探着我。而我，却没有半点知觉。因为不知道他已经到来，所以，当然就不知道他是何时到来的。也许，他比我进屋更早，早在我还被关押在军管会里的时候，他便躲藏到了我的床下。也许屋子里的灰尘太大了，使得我身后的人不由自主地咳嗽了一声，但是由于我全神贯注于向外窥探，却竟然把它当成了自己的咳嗽声。谁知道早点听到这声咳嗽会不会更加让我感到恐惧呢？要知道，他的一声喘息就已经让我觉得所有的空气都像突然被凝固了一样，而巨大的恐怖也像一滴滴入宣纸的墨水般正向我周身迅疾地蔓延。与那声咳嗽一样，开始的时候，我也以为那声粗重的喘息来自我的喉咙，可最终我还是明白了：它并不来源于我，而是源自他人。我猛然回过了脸，一道闪电当空而下（为什么每到这种时候都会有闪电出现），竟然像支利刃般刺破屋顶上的瓦片，降临在我和他的头上，在闪电的照耀下，李春风那张苍白、虚胖、浮肿的脸显得更加苍白、虚胖和浮肿。现在，他已经不再是李春风（他本来就不是李春风），而像是个三头厉鬼，现在，这个三头厉鬼正手持一支双刃利剑向我猛冲过来（天知道他是怎样找到这把古怪兵器的）。我还看到，由于某种邪恶但足以激动人心的力量，终年累月笼罩在他脸上的苍白之色此刻正迅速消散，很快就被匆忙而至的另一种猩红色覆盖住了。他的嘴巴里低语着，嘟哝着，因为窗外就有密探，他不敢叫喊出更大的声音，但是，他并没有因为嘴巴里发出的只是低语声和嘟哝声，就把刺杀我的力气用得小一些，相反，他用得更大。需要说明的是，整个过程我虽然唠叨了半天，但是如果真的发生起来，则只需要眨眼的工夫。我根本就不可能有躲闪的机会。在那一刻之间，我愣住了，除了愣住之外我也不知道该怎么才好。怪事也正好是在此刻发生的，那道闪电又重新回来了，它就像长了眼睛，仿佛另外一把更加狂暴的利刃，一头刺进了李春风手中的那把怪模怪样的兵器上。咣当一声，那把双头利刃当即就被刺成了一刀两断，随后，又是咣当一声，掉落在了地上。天啦，我该用怎样的语言才能形容出李春风此刻的脸色呢？此刻，由于突如其来的变故和无法承受的痛苦，他的五官全部都扭结在了一起。我张大嘴巴目送了那道闪电的离去，又继续张大嘴巴紧盯住了掉落在地上的刀，简直找不到半句话可说。李春风，我更愿意称他为徐志摩，现在也正张大嘴巴目送闪电的离去，又继续张大嘴巴紧盯住掉落在地上的刀。显然，他不能相信自己的眼睛。读者们，如果是你们，你们也会和他一样不能相信自己的眼睛。所以，请你们理解他，而不要嘲笑他。我知道，在你们看来，作为一个谋杀者，当他手中的刀被闪电击断后，应该立刻清醒过来，再对我展开新一轮的刺杀。可李春风没有，他不光忘记了自己的任务，而且还蹲在地上号啕大哭了起来。

李春风哭着问自己：为什么会这样？为什么会这样？显然，他回答不出这个问题，也没有别人来回答他。好半天，他才醒过神来，用袖子擦着眼泪，转而像一枚炸弹般重重地朝我撞击过来，他的嘴巴里还在低语着嘟哝着，但那也只是胡言乱语的叫喊，我甚至都听不清一个词，我没有逃避（为什么要逃避呢）就被他撞到了地上。李春风的全身压在我的身体上，让我连一口气都喘不过来。看起来，十几年没有见面，他实在是长胖了许多。我没有反抗，喘着粗气瞪大两只眼睛看着他，开始时他也瞪大两只眼睛看着我，忘记了殴打，已经抡圆的拳头停留在半空中迟迟没有落下。突然他就爆发了起来，哭泣着把拳头掷向我的脸孔，眨眼之间，这只拳头就再也没有停下，一记接一记地掷向我的脸孔上、脑袋上和胸膛上。我还是没有反抗，还是瞪大两只眼睛看着他，果然，面对我的两只眼睛，他受不了了，对我狂吼起来：你为什么不说话？你为什么不说话？我猛然想起，在这个对于他和我来说都显得一言难尽的夜晚里，直到现在为止，尽管他承受了常人难以想象也难以承受的打击——凶器竟然被一道闪电折断——但是，他还是保持着某种足以令人敬佩的镇定。因为直到现在，不管他的内心正陷入于怎样的恼怒之中，他所有的大喊大叫也还是始终保持着一致的低音。看起来，他并没有忘记自己作为一个谋杀者应该具有的最起码的形象。因此，面对他的怒吼，我的回答竟是如此地温柔、慢条斯理：那么，你想我说些什么呢？又是一记重拳击向我的牙齿，牙龈里冒出的血汩汩而出，我先是听到了自己的闷哼声，然后才听清了他的第二句话：你就说说是什么时候发现我的真实身份的。与他下手的深重与狂暴相比，他的说话时的声音却和我的声音一样显得温柔和慢条斯理。

哦，我曾经用心去发现过他的真实身份吗？我实在想不起来。我记得，第一次见到他，是在大洋彼岸的美国，说起来，那还是在我恍若隔世的青年时代。事实上，当我远渡重洋来到芝加哥的时候，他已经满怀对哲学大师罗素先生的钦敬离开美国到了英国，按照他的计划，原本是要奔赴罗素先生的门下做他第一个来自东方的学生的。因为从来就不打算和他做一对密友，所以我实际上对他知之甚少，而且，他短暂一生中的众多毛病——为人圆滑、喜与名人结交等等，我都是从别人的口中才得知的，而且，这些缺点在我看来只能算癖好而已，还都不能称之为毛病。对他一生中与众多名人的优游唱和和杯觥交错，许多人都不会觉得陌生。维新英雄梁启超、美术大师刘海粟就不用说了，即便是萧伯纳、泰戈尔、曼斯菲尔德这样享誉全世界的名人，也更是不在话下。在他的日记里，就大量记录着他与上述名人一起游玩——见面时互唤对方的小名，离别时执手相看泪眼——等等无数次动人的经历。我第一次见到他时，他正好重返美国拜访当时一位刚刚开始走红的女作家，在马萨诸塞州他的母校克拉克大学里，我和他相识了。但是说实话，一见之下，我对他的所有感觉只有二字可表：失望。在克拉克大学，我们曾挤在一张床上睡过觉，因此我发现了他不为人知的最大秘密：口臭。或许，这也正是他在此后的漫长年代里使用印度香的真正原因，当然这只是猜测，谁又有可能对谁知道得更多呢？后来，我们回到了共同的祖国，在上海，我们开始频繁地见面，有时候，因为出刊或者结社的事情，我们一天甚至要见好几次面。但这又能说明什么呢，还是那句话：谁都不可能对谁知道得更多。那时候，我和他，谁都不会想到：我和他，两个人加在一起在这个世界上存活的时间，已经可以掰起手指头来计算了（当然，这死亡是针对个别人的回忆录和普遍存在的文学史而言的，对于他和我，还有这篇小说的读者，这种死亡却并不存在）。那一天，那一刻，命中注定是要来到的，一九三一年十一月十九日正午十二点三十分左右，那架司汀逊式小型运输机终于在济南上空起火，片刻之后就栽在了地面上，又过了片刻，这架小型运输机，连同坐在机舱里的他，在熊熊烈焰中便一起灰飞烟灭了。仅仅时隔两年，在从南京到上海的航程中，我也一头扎进了冰冷的江水。谁又会想到，我和他，就像一场十五年前就已订好的约会，双双逃出个别人的回忆录和普遍存在的文学史，在对方都不知道的地方生活了多年之后，又在湖北省荆门县硖石镇上碰了头呢？

我必须提醒自己，废话说得太多了。他向我提出的问题是，我究竟在什么时候发现了他的真实身份。我想说的是，直到今晚以前，我从来就不曾发现过。感谢那道当空而下的闪电，它让我终于确认了自己的预感。在此之前，那个神秘的影子虽然已经无数次从天地和烟云深处跑出来，与李春风的面孔重叠在一起，纠缠着我，但我仍然始终都无法确认自己的预感。在那重要的时刻，那道闪电不远万里奔赴至此来参加我们的约会，并在最关键的时刻照亮了他和我，真相终于大白，他就是李春风！李春风就是他！而这原本应该产生无数细节的过程：先是迟疑的眼神，再是激动的表情，还有狂跳的心脏，最后是大叫一声的相认，这一切，却全都没有出现。所有的过程，只是一个念头的诞生，这念头让我屏住呼吸，抿紧了嘴巴，颤抖着身体告诉自己：他就是李春风！李春风就是他！除此之外，头脑之中、天地之间一片空白。世间万事，原本就是如此简单。是的，此时此刻，我不知道该怎样回答，这一切，又怎么能通过彼此并不熟悉的方言传达给对方呢？而他却不管这些，他还保持着一个谋杀者最起码的形象，继续压低嗓音问我：你是什么时候发现我的身份的？现在他逐渐停止了殴打，喘着长气紧盯住我，甚至还伸出手替我擦去了嘴角边横流的鲜血。看起来，即使我从不还手，由于用力过度，他也还是照样感到有些累了。我发现，在屋外柴火堆前的空地上，那三个忘记了任务的密探还没离开，他们还在继续着疯狂的扭打。是啊，完不了，完不了，永远都完不了！突然，我的全身上下变得烦躁起来，非常非常的烦躁，我猛地一用力气，将他掀翻在地，转瞬之间，我就把他压在了身下。连想都没有想，一拳头就猛击在了他的鼻梁上。

和我想象的一样：这么多年过去了，我们各自的生活都发生了翻天覆地的变化，我变成了渔夫，他变成了街头剧的编剧，可是，他懦弱的性格却一点都没有发生变化。早在一九三一年，他的那个著名的遗孀，继爱上他之后，又爱上了当时的一个浪荡子翁瑞午，当即他就受不了了，一时间自怨自艾，一时间又装疯卖傻。如果别人碰上这样的事情，也许早就抡起了拳头，甚至已经擦亮了决斗的长枪。但是他没有，除了无度地给朋友们写信诉说自己的苦闷之外，也就是借酒买醉，甚至跑到陈定山家里抽两口大烟。在他抽大烟的时候，一旦被人面对面地撞见，他的脸上又马上会浮现出大家已经习以为常的凄苦之色，摆出一副强作欢颜的样子对人说，我也要尝尝它是什么滋味，看它到底有什么本事把她迷住。这里所说的她，当然就是指他那著名的遗孀。时至今日，时隔多年之后，我仍然遗憾地发现，他还是没有能够变得更坚强一点。在我的三两拳重击下，他终于无法忍受，小声但又分明是如此急切地对我说：快住手，快饶了我吧。我却没有住手，依旧对准他拳打脚踢，我感到自己的双手上已经沾满了他的血，就像他的双手上沾满了我的血一样。显然，他也明白我的痛殴一时半会都不会出现停止的机会，所以，他干脆也放弃了哀求，躺在地上不说一句话，简直就像传说中心甘情愿向河神献身的民女。哦，我应该尽快纠正自己的错误，他哪里像个民女啊？肥胖的身躯、披散的头发、欲哭无泪的表情，这一切，使他看上去倒更像个不对生活抱有任何希望的寡妇。一开始，我指望通过殴打能使自己的心情变得好过一些，但是不行，一拳头砸下去，反而使自己更难受，喉咙里好像被一块巨石堵住了。尽管我的形象现在看上去就像一个勇士，身体下面躺着的是一个已经彻底丧失希望的被征服者，但我还是觉得非常不快乐，全身上下就像有成千上万的小虫子正在爬进我的毛孔，它们吞噬着我的肌肉，喝干了我的鲜血。我问他，你又是什么时候发现我的真实身份的？问完之后，我简直想狠狠地给自己一耳光。这还用问吗？显然是我和他第一次相见的时刻就发现了，一个快乐的文工团编剧做梦也不会想到，在此地命运会让他碰上自己根本就不想见面的人，可以想象，从一九三一年开始，他的每一天过得是如何的快乐。再也没有红杏出墙的妻子，再也没有对自己的妻子满怀梦想的朋友，这种生活对于他来说，难道不是神仙过的日子吗？即便是性生活压抑，但那也只是小问题，仅靠手淫就可以解决。可是，上天自有安排，它安排我生活在硖石镇，以渔夫的身份等待着我这位多年不见的朋友的来临。可笑的是，这一切，都是我连做梦都想不到的。当然，他也没想到。因为他现在终于苦笑着说，对于你的现，我是真的没想到，那天晚上，我第一眼就认出了你。真的，不用多看，只看一眼就够了。可就是那一眼，我就觉得，天，快要塌下来了！

你知道，我一直都以为你已经死了，就像别人都以为我已经死了一样。我还记得，得知你的死讯时，我正好在河南一带行军。当时，那场与我有关的空难已经过去快要两年，可关于我的悼念文章还在一些报纸上零零星星地刊出，我还发现，尽管这些文章的作者大多并不是我所看重的朋友，有的甚至还是我的敌人，但是我一死，他们就好像都变成了我的密友，都在极尽怅惘地追怀着与我的相识与相知，一如当初我也曾极尽怅惘地追怀过萧伯纳、狄更生和曼斯菲尔德。看着这些报纸，我经常在行军的途中哈哈大笑，他们在悼文中煞有介事编织的无数情节，连我自己都不知道曾经发生过。可是有一天我却笑不出来了，那天我正带领文工团的演员们去刚刚获得解放的一个小县城演出，在途中，我从地上捡起了一份别人看过后又扔掉的报纸，正是在这张报纸上，我看到了柳无忌、闻一多等人的文章，这才知道了你投水自杀的消息。我还记得，这张报纸上还刊出了一副朋友们献给你的对联，上联是：肠断人琴感未消，此心已久寄云峤；下联是：年来更识荒寒味，写到湖山总寂寥。老实说，自此之后，我就总是会在做梦的时候梦到你，梦到在马萨诸塞州克拉克大学里我们的第一次见面。不知不觉间，眼泪就经常打湿了我的面孔和衣衫。所以，如果说我在硖石镇上和你见面时就像在和一个魔鬼见面，那简直一点错都没有。当时，在黑暗之中，除了用疾病来掩饰自己内心的慌乱与绝望，我再也找不到更好的办法。事实上，当我们的部队一进入湖北，我就感觉自己的生活中出了问题，但又找不到到底出在哪里。后来，部队一天天向荆门逼近，我感到身体却像被感染上了伤寒一样，越来越虚弱，每天都头昏脑涨，但是，我还是找不到问题出在哪里。直到最后，我们来到这个名叫硖石的镇子，这才终于知道，我的问题就出在这里。你知道，我是浙江海宁县人，但你不知道的是，我是海宁县硖石镇人。没有错，我的故乡和现在的这个镇子居然拥有同一个名字！在这个镇子驻扎下来的头三天，也许你不相信，我连大门都不敢迈出去，即使上厕所，也常常是草草了事，还不忘了在头顶戴上一顶厚厚的帽子——我害怕有人朝我头上扔石块。

一切都正如已经发生了的：从来都没有人朝我的头上扔石块，反倒是我，伸出了自己那一双颤抖的手，把你推下了河水中。后来，我还冒着巨大的风险趁别人睡着的时候偷走了他的枪，准备用它去袭击你。说来惭愧，自从加入这支仁义之师，尽管无数次地目睹过枪支的威力，但我还从来不曾真正地拥有过它。因此，当我走在去袭击你的路上时，那把枪不但没有让我镇定，反而觉得是那么地烫手，内心里装满的，实际上只有慌张，以至于还没看清你到底坐在什么地方，就对着墙上的影子开了枪。枪响之后，我看见你追了出来，一时竟吓得忘记了逃跑。在那一刻，我甚至想，我干脆不再躲藏了，就让真相大白于世吧。但这个想法很快就让我狠狠地扇了自己一耳光，咬牙切齿地对自己说：你到底想干什么？你他妈的怎么会如此无知呢？果真如此的话，我多年来的隐居又有什么意义；那每日都像血流不止一样让我感到疼痛的诗人生涯难道就不再值得我憎恨了吗？这么多年，在我的军旅生涯中，见到过许多经常腰酸背痛的人，他们在腰酸背痛的时候总是会习惯地看一看天空，然后说：又要开始下雨了。而我呢？我也经常像他们一样腰酸背痛，可那正是我受难的时刻，那只能说明这样一件事情：我又想起了自己曾经威风八面的诗人生涯。长期以来，我的脑袋里充满了各种对未来的展望，然而只有我自己知道，这一次又一次展望的诞生全都出自被迫，因为我的脑子里已经容纳不下一丝星星点点的对过往生活的回忆，回忆只会让我产生痛恨！而可恨的是，我，却害怕自己成为一个全身上下唯有仇恨二字可表的人，原因很简单，因为我现在是这支仁义之师中间的一个士兵。这么多年，我身患十几种疾病：心绞痛、胃病、腰椎间盘突出、脚气等等，太多了，但是谁又知道，这十几种疾病的病根竟然全都缘自无度的回忆！年复一年总是担心被别人认出来让我患上了心绞痛；一想到往事就吃不下饭睡不着觉让我患上了胃病；干活的时候，因为往事的刺激，我狠狠地一用力，只听得喀嚓一声，腰被扭伤了，终年累月之后竟然逐渐转化成了让人坐卧不宁的腰椎间盘突出症；更有甚者，有一次在洗脚的时候，往事又自动浮现，我又狠狠地一用力，竟然把自己的脚抓破了。如果是别人的脚，可能在经过一段时间的疗养之后早就完好如初了，可我的脚却不行，直到最后，那被我抓破的一点点小伤口，终于无可回避地化作了严重的、大面积的溃疡，更可怕的是，这溃疡还一天天向我身上的其他地方大肆蔓延着，这一切，自然还是由于往事对我的不断刺激！它不光刺激着我的脑袋，让我变得神经质，同时它还在刺激着我的伤口，希望我身上的每一寸土地都变得同样的神经质！

可是，就在这样的时刻，你，诗人朱湘，却在这个镇子上出现了。本来，对于你，我并没有什么感到可怕的地方，可是，问题出现在我们的队伍身上，前面说过，我们的这支队伍，是开天辟地以来人所罕见的仁义之师，但正是由于他们的仁义，如果我的身份一旦败露，它就必将成为让我生不如死的麻烦——他们会让我马上停止目前的街头剧编剧工作，不断参加简朴但人情味浓郁的宴会，不管走到哪里都会受到他们隆重的礼遇，也许他们还可能以民主人士的身份把我接到首都去居住（据我所知，我从前的众多诗人朋友们就正在竭力逮住这样的机会），只是，就在这样人与事不断发生变化的同时，我的身份也发生了悄悄的变化：我必将重新变回一个诗人（哦，哦，哦）。用一句话来说就是：仁义把我送进了回忆，而我又必将千疮百孔地死于回忆，死于重新铸就的诗人生涯。天哪，我害怕。放眼整个硖石镇，只有你，是我的心腹大患。我只有让你去死。于是，在突然袭击和放冷枪都无法使你结束自己的生命之后，我摆出一副慌张的样子走进了军管会的大院。在大院中，一个弥天大谎诞生了，我摆出一副慌张的样子告诉政委，说你的真名字叫戴贞德，是大特务戴笠的远房亲戚，早在年轻时代我们曾经是同居一室的同学，从那个时候起，你就是个特务，曾被戴笠委以重任。日本人在的时候，你加入了霞飞路七十六号，日本人走了以后，你又加入了中统，后来又背叛中统去了军统。现在，全中国解放在即，而你却在这个小镇子上留了下来，其中必有不可告人的秘密！但我万万没想到的是，由于证据不足，你竟然被放了回来。

他们的英明将我的借刀杀人之计终究化成了一场泡影。得知你已经被放回来的消息之后，我躲到芦苇荡里痛哭了一场，心机已经费尽，到头来仍然还是只有我亲自出马。我已经明白无误地确信，再过一晚，你就会想清楚你的所有厄运全都是因为我卑鄙无耻的所作所为。显然，当你把一切情节都想清楚之时，就是我的厄运到来之日。那时候，我就将重新变成一个诗人（哦，哦，哦），被人接到首都去居住，自然，又将会有十几种新的疾病来纠缠我，直到我死去的那一天。连半刻都不能再在这里待下去了！我擦干了眼泪，从芦苇荡里奔跑出去，跑到了镇子东边尘封已久的寺庙中（由于仁义之师已经成为居民们眼中的活菩萨，昔日香火繁盛的景况早已不复存在），到这里来并不是要给竖立在寺庙里的各位菩萨磕头——即使我没有加入这支队伍，也从来就不曾相信过诸位菩萨的魔力——到这里来的主要原因，是我曾在两尊泥菩萨之间的缝隙里发现过一柄被人弃置不用的双刃利剑。它果然还在，现在它正在暗夜中放射出寒白的光芒，我稍作计算，算定你肯定还走在回家的路上，我还有时间抢在你之前躲藏到你的床下。说时迟，那时快，操起那柄长剑，我便朝着你家的方向发足狂奔，只听得耳边风声呼啸，顿时就消隐在了黑暗之中。一路上，不断有布谷鸟的叫声从密林中传出，这叫声就像是战争之前的擂鼓声，萦绕在我头顶上的夜空中经久不散。

——如果你是我，诗人朱湘，听完他（还是让我们称他为李春风吧）的话，你能对他说些什么呢？如果你是一个心胸开阔、处世达观的人，也许会让我原谅他，并且希望我们从此成为一对密友，手牵着手在这个美丽的镇子上永远安居下来，直到我们共同死去的那一天。反之，如果你的心胸算不上开阔，甚至还是很冲动的人，那么，情况就不一样了，你也许会建议我事不宜迟，当即就对他施以杀手，让他立刻就在我的面前命丧黄泉，就算明天早晨就被押赴刑场也在所不惜。可是我要提醒你，现在摆放在你眼前的，只是一部小说，而且是一部非常蹩脚的小说。在这部小说里，没有正面角色和反面角色，请你冷静下来想一想，即使是那个已经被我彻底征服，现在正躺在我的身体下面默默承受着我的重压与打击的可怜人，也仍然算不上一个反面角色。在这部小说刚刚开始的时候，我曾经说过，和天下所有即将进入风烛残年的老人一样，我也不肯承认自己的衰老，而到现在，这部蹩脚的小说行将结束，尽管我的内心装满了不情愿，但我也要流着泪承认这样一个事实：我已经老了。活在这个世界上的所有日子都可以掰开手指计算，即便是一条河中的鱼，说不定也比我更有理由对世界、对生活抱以信心和希望。请你们相信我，我之所以要这样说，绝不是单纯出自某种虚妄的悲观，而是因为：这个长夜里的凉风拂去了我眼角上的阴悒，让我的两只眼睛重返了它们自己的年轻时代，清澈，澄明。仿佛有圣光的照临，在这个惊心动魄已经远去、清风明月重新回来的晚上，在漫长的打斗后更加漫长的虚无里，这两只清澈、澄明的眼睛洞穿了我的一生，当然，还有他的一生。你们可能已经猜测到，我下一步的路要走到哪里去，面对我身体重压下的另一具身体，我哭了，我发现，那具身体也哭了，我们的身体共同轻微地颤抖着，我们更加轻微地共同哭泣着。尽管今天晚上他已经无数次地声泪俱下，但他和我都清楚，这一次的泪水，是我们成长的泪水。这样的泪水，我们是如此熟悉，但又如此陌生，我们曾经在第一次失恋的时候见过它，也曾经在十六岁第一次手淫后暗无天日的恐惧中见过它，还曾经在自杀的念头第一次从我们的头脑中闪现的时候见过它，它的每一次出现都是为了记录我们的成长。可是我们早就已经忘记了它，我们谁又能够记得，最后一次见到它是在何时，又是在何地？可是现在，我又见到了它，它明白无误地告诉我，尽管你已经来日无多，但是你却还在继续成长。啊，我还在成长。与此同时，我听到了自己身体内部风声鹤唳的声音，它明明从我的身体里发出，但却更像来自地底，像惊雷，像一支远道而来的军队发出的整齐的马蹄声，以至于只有号啕大哭着用耳朵贴近地面才能听清。啊，这正是成长的声音。

是的，你猜得一点错都没有。哭泣着，颤抖着，我张开双手向他扑了过去；他也哭泣着、颤抖着张开双手向我扑了过来。拥抱，就这样开始了。不知道拥抱了多长时间，连屋外那三个激战了一夜的密探都已感到疲倦，终于摇摇晃晃地互相搀扶着离开了柴火堆前的空地，我和他，这才将拥抱结束，互相搀扶着从屋内来到了屋外。我看见，天空中，已经朦胧透出一丝亮色，而月亮，仍然还挂在树梢上。在月光下，我撒了一泡尿，发现那股水柱一片清洌，从上到下居然都披满了月光的颜色。突然，天空中燃放起了礼花，开始只有一朵，两朵，到后来，则变成了无数朵。我抬头看去，发现现在的天空已经不能完全算作是天空，而是变成了一片美丽的花园。在花园中，天庭里的琼楼玉宇依稀可见，鼓琴箫瑟依稀可闻。他伸出手搭在我的肩膀上，嘟哝着说，真美啊。我也伸出手搭在他的肩膀上，嘟哝着说，真美啊。他告诉我，尽管在遥远的地方还在进行着声势浩大的渡江战役，但是那些败类残余现在已经行至了溃逃台湾的途中，我们的领导人，此刻已经从太行山下一个名叫西柏坡的小村庄搬进了北平城内，就在明天早上，新的硖石镇政府就要提前宣告成立，这美丽的礼花，就是按捺不住激动的居民们提前燃放的。真美啊，我和他，齐声呼喊道。在礼花的照耀下，两张苍白的脸在夜空中闪烁，两张嘴巴，一起张大开来，贪婪地呼吸着天空中弥久不散的礼花的香气，哦，这硝烟般的香气。就在此刻，就像一颗硕大的流星，一朵还没有燃放的礼花又从我们的身后的某个地方升起，途经我们头顶那一片辽阔的疆域，呼啸着向更高更深的地方冲刺过去。我站在原地没动，可身边的他，却迈开双脚发足狂奔，也跟随着那朵绚烂的精灵呼啸而去，他一边跑，一边回过头对我叫喊道：快跑啊，还站在这里于什么？我如梦初醒，与他一起奔跑起来，沿着礼花消逝的方向追寻而去，但是上天注定我们永远都无法追赶上它，眼睁睁地看着它结束了自己光芒四射的短暂生命，拖着一条灿烂的尾巴永远消失在了远处的密林中。我和他，喘着长气，搜寻着它的踪迹，终于，它从树梢上轻盈地降落下来，在湿漉漉的地面上进行着最后的燃烧。我们围住这堆小小的火焰，看着它逐渐化为了纷纷扬扬随风而逝的烟尘，没有说一句话。突然，一粒烟尘钻进了我的眼睛，让我的眼睛睁不开了，我伸出手轻轻地揉着眼睛，身边的他走过来，再次把手搭在我的肩膀上说：不要紧吧？听到他的话，我再也受不了了，扯开嘶哑的喉咙对他叫喊道：哦，我的兄弟！然后，一把就将他抱在了自己的怀里。是啊，一粒烟尘，能把我怎么样呢？我早就说过，我既过得了今天，我就过得了明天；我既过得了这个月，我就过得了下个月。

肉乎乎

有一刻，他感到自己像一只野兽，蹲在地上，紧紧地捂住胸口，喘息着，不安地挪动自己的身体。天就好像要塌下来了。他不能不感到紧张。花了好半天他才想清楚：天好像也从来就没有塌下来过。真是高兴啊，连这个问题都被自己想清楚了，他多么想把自己的发现对别人倾诉，不由得连着好几次回过头去张望黑暗中的病房。可是很遗憾，此刻的病房里除了他，和他的儿子，再也没有第三个人。晚餐是盒饭，他却斗胆喝了一瓶啤酒，事实上并没喝完，几乎剩下了一半，就在那时候，儿子疼得叫喊起来，他慌忙丢下那只墨绿色的酒瓶狂奔到儿子的病床边，又狂奔着跑出病房，大呼小叫地找来医生，再手忙脚乱地把儿子送到急诊室，就在急诊室的门被关上，他坐在门外的长椅上不知所措的时候，突然，他想起了那剩下的一半啤酒。他被自己吓了一跳，这个时候，自己怎么会想到要喝酒呢？怎么能这样呢？急诊室里传来了儿子低微的哭声，他心急如焚，想让别人知道他的痛苦，把哭丧的脸对每一个从他身边匆匆走过去的人，但是，几乎所有的人都视而不见。过了短暂的一小会，他再也无法忍耐下去了，把那条长椅拖到急诊室的门前，再站上去，踮着脚，把脸紧紧地贴住那扇油腻腻的望窗想知道儿子到底在受着什么样的罪。可是，他想，并且在心底里几乎哭了出来：为什么没有人知道我在受着什么样的罪啊。就在这时候，脚下传来一阵清脆的响声，还没来得及反应过来，他就结实地摔在了地上。手被划破了，血正在汩汩地流出来，他惊慌地按住伤口，希望这些血再流回自己的身体，天地良心，这些血还有大用场啊。他一边惊慌地按住伤口，一边愣愣地打量着眼前已经破碎的长椅，正是它的突然破碎，才使自己被摔倒在了地上，还划破了手。

突然，他猛地从地上站起来，又缓慢地走向儿子的病房，呼吸紧促，面色发青，身体微微地颤抖。他还把脑袋低下去，再把手递到嘴巴边，他的嘴巴毫不迟疑地贴在了伤口上，但却是轻轻地，不使一点力气，为的是怕血流出来得更多。可对于那些已经流出来的血，他不能不管，那是属于他和儿子两个人的，他不能不把它们再吸回去咽进喉咙里。一走进病房，他就看到了她，她好像刚刚来，正在给她的儿子费劲地换衣服，她只要一动，她的儿子就会叫疼，她已经累得气喘吁吁了。她显然也看到了他，但她却就像没有看到过一样，她的眼神在匆忙地回避着他，这让他感到愤怒：她怎么可以这个样子对待自己呢？更何况，她这个样子已经好多天了。所以，从她背后经过的时候，他故意停留了一段时间，他好像正在心疼地打量着流血的伤口，实际上他是在打量着她，她的头发，她的日益变粗的腰，还有她的因为上衣被汗水打湿而隐约显露出的胸罩的轮廓。他感到愤怒，并且也感到委屈。

他故意弄大声响从她背后走过，却又装作不小心般撞了她一下，迫使她回过头来——多么关键的时刻：他迅速地把手伸出去，让血滴落在她儿子的床单上，他终于看见她吃惊地张大了嘴巴。然后，他更加迅速奔向他的目的地，一把就将墙角里的那只墨绿色的啤酒瓶抓在了手中。是的，想喝下这还剩了一半的啤酒，他不能就这样将它们浪费，刚才在急诊室的门外他就想喝干他们，但是他觉得没有理由，但是现在自己流了血，自己简直太可怜了，更何况，我的血不能就这样白白流掉，我必须喝着酒把那同样还剩下一半的盒饭吃完，这样才有力气，这样才有更多的血留给儿子。

但是，他还是怕，别的父亲和母亲都在张望着他。他们都知道他的儿子还躺在急诊室里，这种时候他怎么可以把那剩下了一半的饭和酒吃完喝完呢？好在是他很快就想好了办法：先从儿子的枕头下拽出一件还没来得及洗的衣服，然后，再把剩下了一半的饭和酒塞进衣服之中，慢腾腾地走出病房，然后，一出门他就撒腿狂奔，转眼间就站在了走廊尽头的卫生间里。好在是，卫生间里没有人。他在水槽前站定，一仰头，喉结急剧扭动起来，三下两下就把啤酒喝干了，但是，他却不敢再把那盒饭也吃完，因为门外响起了脚步声。他像兔子一样支起耳朵聆听门外的动静，在终于确信无疑后，他突然把饭盒高高举起来，像喝酒一样把盒里的饭菜倒进嘴巴里，狠狠地嚼着，就在卫生间的门被推开的一瞬间，没有被他吞下去的饭菜被他毫不留情地倒进了水槽，哭丧着脸和推门而入的人点了点头，对方也对他沉重地叹了一口气。后来，他耐心地洗好饭盒，走出了卫生间，在走廊上，他发现自己哭了。

现在，病房里空无一人，就连她也带着自己的儿子回了家，他终于信就是那半瓶躲在卫生间里喝完的啤酒害了自己，让他全身都觉得不舒服，胸口也钻心地疼。当他蹲在地上，有一刻，他感到自己就好像一只野兽，两只眼睛恶狠狠地盯着窗户外面树杈间的月亮。是啊，所有的人都回了家，除了自己和儿子。可是，一想起儿子，他的眼神就柔和了许多，回过头去，走到病床边，叹息着给儿子掖好被子，又叹息着伸出手去抚摸了一下儿子的脸。睡梦中，儿子的脸色依然痛苦，丝毫都没有放松，他心疼，一刹那之间，他感到自己也好像变成了一个小孩子，不知道如何是好，只好一遍遍地叫喊起来：啊，儿子，我的儿子。他想起了儿子刚刚出生的时候，那时候的儿子可真是一个肉乎乎的小家伙啊，全世界的肉都好像长到儿子一个人身上去了。在儿子出生前后的那段时间，他还在肉联厂上班，两只手每天都要抚摸无数块猪肉，一开始，他还不觉得有什么，但是当他的儿子一出生，他马上就觉得受不了了。这哪里是肉啊，只有儿子身上的肉才是肉。所以，每到下班回家之后，他都要疯狂地洗澡，给自己打五遍香皂，然后才敢把儿子轻轻地抱在怀里，闻着儿子身上的肉香，再把儿子举起来对着阳光细细打量，他觉得自己的心都要碎了。

肉乎乎啊肉乎乎，他的儿子越来越肉乎乎。除了儿子，他真的对什么都不关心了，甚至他的妻子告别人世，永远闭上眼睛——在寒酸的葬礼上，他神经质般的动作，是抢先一步伸出手去蒙住了儿子的眼睛。妻子死得太惨了，她是一个环卫工，在最后的时刻甚至还没来得及叫喊一声，身体就被呼啸而来的卡车拦腰截断，他不能让儿子看见他的母亲被分成两截后装在棺材里。妻子死后不久，厄运接踵而至，工厂解散，他成了无业游民，但是他竟然不着急，每一天，他小心地从大衣柜里的最底层取出那个用枕巾做成的小包裹，打开它，里面装着厚厚的一叠钞票，那是妻子的抚恤金。他一张张地取出那些钞票，跑到菜市场去给儿子剁排骨，一天天，一趟趟，剁回来的排骨越来越多，儿子也越来越胖。但是，好日子总是长久不了：出问题了，问题出得太大，以至于没花完的抚恤金一天之内就花完了。那天下午他本来是要去菜市场剁排骨的，可一出门就遇见了从前在肉联厂里的同事，他们一大群人不由分说地把他拉扯到了从前的工厂里，工厂里还欠着他们的工资。他根本就不想去，可是又一想，真要是要回了工资，还可以给儿子剁好多次排骨呢。于是就和他们一起去了。事实上，还没走出多远天就下起了雨，而且越下越大，他不由得慌乱起来，他怕儿子被雨淋着，拔脚就走。可是，因为他从前的工厂在郊区，所以当他撑着刚刚买来的雨伞赶到儿子的学校的时候，天已经黑了，儿子已经走了，而雨还在越下越大。当他蹚着还来不及流进下水道的积水赶回家，儿子已经躺在床上发起了高烧。第二天晚上，他抱着儿子气喘吁吁地跑进医院：先是仓皇地叫喊；然后是值班医生睡眼惺忪地走出急诊室；再是急诊室的大门轰的一声关上；他自己则背靠着急诊室外的白墙，像个呆子一样直盯盯地看着急诊室的大门。再后来，他的双腿不知道为什么突然没了力气，支撑不住他的身体了，他只好蹲下。过了好长时间，就像过了一辈子，值班医生仍然睡眼惺忪地走出急诊室大门，对他宣告道：肾炎，赶快去交押金。他蹲在那里痛苦地倾听医生的宣告，惨白的日光灯照耀在他身上，他不禁紧紧捂住了自己的脸。他想：这一次是真的完了。

每个星期四，他都要去福利彩票摊点上买一次彩票，恰好她也是。因此，他们的真正认识，并不是在他们各自的儿子的病房里。福利彩票摊点就在医院外面的一条街上，夹杂在副食店和一家回民餐馆之间。自从儿子住进医院，他已经欠下了过去根本就无法想象的债，但是他已经想好了办法：只要等儿子的病好，他就带着儿子永远离开这个城市，再也不回来。是啊，他总是有办法。但是和每个人一样，他也在指望奇迹的诞生，所以，每个星期四的下午他都会准时出现在副食店和回民餐馆之间的福利彩票摊点上，花上两块钱，买一注彩票，但他粗心大意，经常忘记买报纸来查看中奖号码，好几次，装在脏衣服里的彩票都被他连同脏衣服一起扔进了一九八五年出产的荷花牌洗衣机。事实上那天下午他们并不是第一次见面，他只看了她一眼就立即断定，他们已经见过了，而且是在他们各自的儿子的病房里。他从来就不是个对女人不留心的人，相反，特别留心。那时候，她刚刚从不远的水果摊上买了几个苹果，又挤到福利彩票摊点上买了一注彩票，当她挤出来的时候，他看到：她身上的四个口袋装满了苹果，鼓鼓囊囊的，只要她稍不注意，苹果就会滚出她的口袋，她不得不一边走一边费力地按紧自己的口袋。他也抓紧时间跑过去买了一注，又赶紧折回来，一路小跑着追上她，劈头就对她说：人家也在当父母，我们也在当父母，可是你看看，我们都当成什么样子了啊！

在病房里，他在万般推辞无果之后，在他的儿子也吃下了她削好后递过来的苹果之后，他又叹息着接过了她递过来的已经削好的第二个。没办法，他真的推辞不掉。刚才，在从福利彩票摊点到医院的路上，他们说了一路，她也哭了一路。快走进住院部大楼的时候，由于她只顾得上擦眼泪，没有紧紧按住口袋，苹果竟然滑出来一个，在地上滚出去好远。她突然就终止了哭诉，发足狂奔，就在那只苹果就要滚进一条肮脏的水槽的时候，她抢先一步弯下了腰，捡起了它。然后，她再走回他的身边，就好像什么事情也没发生地继续向他哭诉，只是由于刚才的这场小小变故，失而复得的喜悦冲淡了她的悲伤，她的心情好像平静了许多。但他的心情却无法平静，因为：就在刚才她弯下腰去的一瞬间他目睹了她腰部不经意露出的一道肌肤，并不那么白，甚至有一点发红，因为正好在腰部，还隐约透露出被皮带紧紧勒过的痕迹，但是谢天谢地，这对他来说就已经足够了。这就足以让他心惊肉跳了。即使现在，他们在病房里继续对坐着哀叹和垂泪，他的心底里，甚至他的身体也都好像着了火，迫使他不得不不断在椅子上不安地扭动着。她注意到了，问他：你怎么了？没有怎么啊，他生怕被她看穿了心思，慌忙接口道：没有怎么啊，就是，坐骨神经有点痛。这可怎么得了啊！她马上夸张地叫喊起来：这可怎么得了啊，你可不能也倒下，倒下了你儿子还能靠谁啊？就像我，我吃糠也要活着，要不然我儿子就谁也靠不上了！一句话还未说完，她的眼圈又红了，他赶紧乖巧地给她递过去一块布满了黄渍的手帕。

她当然会继续活下去，吃糠也得活下去，她的儿子也还活着，但是几乎所有的人都非常明白：她的儿子，已经来日无多。当然，她也知道了。明白了这个事实后，她反而胆大妄为起来：白天继续把儿子留在医院里接受治疗，一到晚上，她就咆哮着要带儿子回家，医生阻拦不住，只好眼睁睁地看着她使出吃奶的力气把儿子背下楼，一直背出医院外，最后挤上了公共汽车。一开始，他有点怀疑她是不是疯了，有好几次想声色俱厉地指责她，但终于没有，因为每到第二天，他就会从她儿子的床单上发现各种各样的门票：动物园、鸟语林和儿童水上乐园。有一次，他甚至在她儿子的床头柜上发现了一个没吃完的汉堡包，这真是让他吃惊地张大了嘴巴，他终于明白她到底在搞些什么名堂了。病房是巨大的，甚至是辽阔的，住着四个患儿和六个父母——除了他的儿子和她的儿子，其他的儿子都拥有完整的父母，他们的床头柜上都摆放着三口之家的合影，这代表了巨大悲惨下的一点偷偷的、甚至是见不得人的欢乐。是啊，他们的欢乐早就被悲惨吓退了，吓得缩回了他们的体内。很快，其他的父母也开始效仿她起来，每到结束一天的治疗，他们就要带着他们儿子回家，他们早已没有了眼泪，学会了麻木，所以，当医生上前阻挠，他们根本不会和医生争吵，而是在承受着医生的威胁的同时，想出各种各样的办法背着儿子离开医院，就像一个个地下党。第二天早晨，他们会在最准时的时间里再把儿子干干净净地送回医院。可是他却从来没有过，无论如何，他都不会走出这一步，他不敢想象这一步，他觉得他的儿子不会和病房里别的儿子一样躺在床上没有知觉，他还在喊疼，可其他的儿子却好像获得了暂时的宁静，他们并不觉得有多么疼了。他们离那个最后的日子不远了。哦，真的，他真的希望儿子永远能够喊疼。

医院的草地可真好啊，躺在上面，他觉得全身都好像散了架，而且体内的力气总也恢复不了，他尝试着动弹了一下身体，感到不会有什么大的问题，就决定在草地上睡一觉，好让自己有力气一些。于是，他勉强支撑着身体，几乎是爬行着滚到一张报纸前，又把那张报纸盖在自己的脸上，闭上了眼睛。他感到，草地就像一床厚厚的褥子，让他觉察不出自己的重量；他又感到，草地就像他儿子身上的肉，软绵绵的，但却是结实的，一把抓上去竟然抓不住肉，像一根弦般绷得紧紧的。可那是过去的儿子了。现在的儿子比从前更胖了，但他清楚地知道，那不是因为儿子的身上又长了肉，那只是附在儿子身上的一个巨大的气泡，现在，只要他再轻轻抚摸一下儿子，被他抚摸过的地方就会凹陷下去，好半天都得不到恢复。从上午卖完血直到现在，他滴水未进，饥饿是肯定的，但他又实在什么也不想吃，只想好好地睡一觉。每个星期，他除了在固定的时间买一次福利彩票，还要在固定的时间里卖一次血。不能卖给医院，那得不到太多的钱。每一次卖血之前，他都要喝下一肚子的盐水，再坐上一辆公共汽车，风尘仆仆地赶往一家郊区采血站，那里的价钱要比市内医院的价钱高得多。一路上，尽管肚子被盐水涨饱了，但他可不敢随便地撒尿，他怕自己卖完血后会晕倒，从前，在他还没学会喝盐水的时候，就曾经晕倒过好几次。

一般说来，卖完血，拿到钱，他又风尘仆仆地赶往儿子住的医院，通常是这些钱还没在口袋里焐热，他又不得不拿着这些钱去给儿子买来他所需要的血。他从来不敢给儿子输自己的血，事实上曾经有过一次：刚输了一半，他就想起了肮脏的采血站、在采血站外等着卖血的那些人面黄肌瘦的脸，突然，他神经质地哭喊起来，对着正在抽血的医生说：求求你了医生，快给我把针头拔掉吧，我有钱，我要买血。

狗日的，如果一开始就想到卖血，他的儿子说不定还有救。他登门拜访过所有的亲戚，但亲戚们也都和他一样住在狭窄、潮湿的弄堂里，在这个城市里，他好像还没有一个亲戚是住在单元房里，对于他，他们已经尽了最大的努力，他们再也没有别的什么办法了。他还能说些什么呢？肾炎，肾小球肾炎，尿毒症，一次次地，医生对他冷漠地宣告；一步步地，医生把他逼迫到了没有退路的境地。尿毒症——当他第一次听到这个词，他的双腿马上又软了，在惨白的日光灯的照耀下，他又一次紧紧捂住了脸，自己对自己说道：这一次，是真的完了。此时，太阳直射在医院的草地上，让他的全身都留下了冷汗。他想动，但是动不了。有一刻，他怀疑自己没有知觉了，再也活不下去了，可是，可是儿子还躺在病床上拜托她照顾着呢，他失声叫喊起来：儿子啊，儿子！费尽力气之后，他想到了一个办法：伸出手去，在地上拔起一根草，再把这根草放进嘴巴里仔细地咀嚼起来，还好，尽管不觉得这根草有多么苦，但他毕竟可以发现自己还是有知觉的了。真是要命，他想真是要命，就连这根草，被他含进嘴巴里之后也觉得胖乎乎的，像儿子身上的肉。他还记得，正是在医生宣告他儿子的病已经恶化为尿毒症的当天晚上，正好，他听说一个久未谋面的亲戚来到了这座城市，他失魂落魄地跑出医院，跑到亲戚住的宾馆，还没来得及歇口气，他就撞开了亲戚房间的门，扑通一声在亲戚的面前跪下，摇晃着对方的双腿：求求你，借我一点钱，我的儿子快要活不长了！当然，他无论如何也没想到：就在那天晚上，在他和她之间，竟然发生了一件事情。是那种事情。

理所当然，事情是从她的哭诉开始的。一开始，他就感到这件事有什么不对，后来他才想清楚：原本是该自己哭的啊。可现在自己却变成了一个耐心的听众，和她一起，他们共同回顾了她花季般的青少年时代和她正在度过的、不说也罢的中年时代。时间虽然不长，但涉及的人物却不少：好吃懒做的丈夫，心怀叵测的厂长，还有那些没有任何理由、却总是处处和她作对的更多的人。一时之间，他觉得那些人就像几块生硬的峭石，矗立在她泪水组成的漫长河流里，抬高了河床，阻挡着河水的向前流淌。但同时他又觉得他们像一些正在腐烂的浪花，在旋涡里打了几个转之后，最终都缓慢地、却是顺利地离开她漂流而去了。但他还是忘记了哭泣，惊叹着对她说：你啊你，怎么会有这么多事情？隐隐地，他竟然有一丝不高兴，心里不是味道，他不希望她有那么多事情，但他很快警醒：我凭什么管人家，人家又是我的什么人哪？可是，必须承认，话虽这么说，可他还是想知道得更多。而她呢，每到关键的地方，他越是想知道得更多，她就越是闭口不讲。比如：那天晚上，我本来在好好值班，可是厂长一个电话，把我叫到了他的办公室里——话锋一转，时间就到了第二天早上：第一天早上，我走出厂长的办公室，一路上我就想——哎呀，我还是不说了，反正都是一个字，命；反正都是两个字，命苦。哦天哪，他就知道会这样的：他越想知道那天晚上她在厂长的办公室里到底干了些什么，她就越是不说。

他差点忘了他们是怎么坐到一起来的了。竟然想了好半天，他终于想了起来：晚上，他捧着亲戚给他的五百块钱跑回医院，儿子已经睡着了，他就坐在儿子的床边抽着烟发呆。她竟然还没睡，于是他们谈了起来。她劝他：还是别难过，要知道，迟早都会有这一步。他一下子就跳起来：能不难过吗？能不难过吗？为什么一定要到这一步？为什么一定要到这一步？声音有些大，似乎惊扰了儿子，儿子在睡梦之中皱了一下眉头，他马上就被吓住了，马上将嘴巴紧闭，哽咽着，几乎再也说不出话来。她用手对着门外的走廊指了指，示意他到外面去谈。他接受了，低垂着头颅，恶狠狠地吸着烟，和她一前一后走出病房。在走廊上，她对他说：一开始，我也不相信，可事情就他妈的真的到了这一步，想想我，二十岁的时候——于是，话题转到了她的二十岁。不知道是谁首先移动了步子，他们竟然一起走到了楼梯口，在楼梯口，话题就转到了她的三十岁。话题看来暂时还完不了，于是他们鬼使神差地走出了住院部的大楼，一起坐到了这块草地上。他们都不知道具体的时间，只知道肯定已经是后半夜了，在头顶上映照他们的是路灯散发出的幽暗的光，时隔多年之后，他们再次表现出他们这个年纪难以想象的勇气，赌气似的不管时间了，也不打算睡觉了，把刚才已经说过的话再拿出来重新说一遍，唉声叹气，泪雨滂沱，不在话下。她有些坐不住了，想站起来伸一下懒腰之后再坐下来，可是，就在她站起来的一瞬间，她的裤子突然从腰际处掉落下来，一下子就掉落在了草地上。和裤子一起掉落下来的，还有她的皮带。在如此关键的时刻，他还以飞快的速度关注了她的裤子为什么会掉落下来的原因，原来是她皮带上的头突然断了。哦，天哪，她绝望地叫了起来，迅疾地蹲下，把裤子提起来护住赤裸的两条腿。然后，两只手匆匆在草地上探寻，寻找皮带头的踪影。就在这时，他猛扑了过去，把她按在了草地上。他听见她又细细地叫了一声：哦，天哪天哪天哪天哪，自己怎么会一点力气都没有了啊！他顿时就懊恼起自己来：早上，去郊区采血站的时候，自己为什么不吃一点东西呢？从他躺到这片草地上，大概有三个小时快要过去了吧，实际上，他没有一刻合上过眼睛。太阳光直射在他的脸上，尽管脸上盖着一张报纸，但他还是依然可以感受出太阳光的毒辣。

后来，他干脆掀掉了这张报纸，任由太阳照射，他什么都不管了。可是，他注定又不能这样下去，他还要在乎自己，因为儿子还躺在病床上等着他去在乎。一个卖冰棒雪糕的老太婆从他身边经过，他叫住了她，抖抖索索地掏出五毛钱，买了一根冰棒，这才感觉到嘴巴里有一丝苦味了，冰棒的甜味让他的嘴巴更觉得苦。但是不管怎样，这甜味毕竟使他正在恢复着的器官活跃了起来，他仍然躺在原地，把手和脚伸出去动弹了一下，慢慢地，他站了起来。事实上，直到现在他才发现：刚才他躺下的地方，正是那天晚上他和她一起躺下的地方。那也是他们仅有的一次。奇怪的是，自从那次之后，一直到现在，她竟然和自己不再说一句话了。就像昨天晚上，在病房里，他故意把自己手指上的血滴在了她儿子的床单上，她也还是没有跟他说话。他愤怒地想：她凭什么这样？难道这么快就把他们之间的事情忘了吗？昨天晚上，天快黑下来的时候，她又避开医生的注意，鬼鬼祟祟地把儿子背出了病房，在楼梯口，他拦住了她，示意她，自己可以帮她把她的儿子背回家，但她一下子变得异常激动，眼泪夺眶而出，一把就将他推开了。今天早上，当他刚刚走出病房准备前往郊区采血站，在走廊上又看见了她。她背着她的儿子，一边急匆匆地往病房里走，一边大声呼喊：医生啊，快救我儿子的命！他定睛一看，发现她的儿子人事不省地匍匐在她背上，气若游丝，嘴巴里正在不断向外喷吐着白沫。他急忙走向她身边，和她一样大呼小叫：怎么了？怎么了？她没有理他，继续向前狂奔，跑进了医生的值班室。以后又发生了什么，他就不知道了，因为他必须在规定的时间赶到郊区采血站，否则就只有再等到下个星期。现在，当他虚弱的身体忍痛从草地上站起，他突然之间非常想知道在他走之后又发生了什么事情，他喘息着离开草地，往前走了两步，却又折了回去：阳光还是太强烈了，照得他的眼睛发黑。他折回去，重新捡起了那张刚刚被他丢弃的报纸，准备将它罩在脑袋上遮挡一下阳光。他丝毫都不知道：一场奇迹，就要发生了。

多亏他认得几个字。所以，等他重新捡起那张报纸，他的第一个反应，还是对着那张报纸多看了两眼。突然，他再也无法控制住自己了，上下全身开始激烈地抖动——鼻子在抖动，嘴巴在抖动，身上所有的肌肉都在抖动，一个趔趄，险些摔倒在地，好在是眼前有一棵高大的梧桐树，他一把抱紧了梧桐树，将身体全部铺展了上去，像一个垂死之人般抓紧了自己的胸膛。是的，他没看错，他中了巨奖。报纸上清清楚楚地印着中奖号码，而第一个号码就正好是被他买下的。他没有记错。他真的没有记错。喘息了一阵子之后，他把手伸进口袋四处翻找，但口袋里空空的，除了刚刚从采血站里挣回来的一点钱，再也没有别的任何东西。不要急，他提醒自己，千万不要着急。他的手不听使唤了，于是，他就用一只手抓住另外一只手，再插进口袋里去，可还是没有。巨大的晕眩感就这样轻易击倒了他，突然，他笑了起来，他终于想了起来：原来自己早晨出门的时候是换了一件衣服的，而那张彩票就装在被他换下来的那件衣服口袋里。还用说什么呢？还用想什么呢？除了撒腿狂奔，他还能干些什么呢？于是，他变得像匹野马，张开双腿，四蹄生风，跨过草地的栅栏，再跳上住院部大楼的台阶，从幽暗的大厅里一闪而过，不到两分钟之后，他就跨越几百步楼梯，跑上四楼，惊魂未定地站在了儿子的病房前。

他没有想到：首先映入眼帘的，是一片杂乱的人群；首先进入他的耳朵的，是此起彼伏的哭声。他的心顿时往下一沉：难道，莫非，她的儿子？可很快他就发现不是，透过人群之间的缝隙，他清晰地看见了她。她正紧紧地搂抱着自己的儿子，拼命往身后的墙上退缩过去，可并没有一个人在逼迫她这样做。他变得异常冷静，顺着她的目光，仍然透过人群的缝隙，他终于看到了事情的真相：尽管不是她的儿子，但却是别人的儿子。此刻，那对伤心欲绝的父母再也哭不出来，他们呆坐在已经彻底闭上眼睛的儿子身旁，紧握着儿子的手，面无表情，却哭不出一声。那些正在号啕着的人，恰恰是他从来都没见到过的人，反正，自从他的儿子和那对父母的儿子住进一间病房，他是从来没有看见过他们的。他大着胆子向前迈进，终于可以看一看那个小人儿的脸。说实话，他根本就不相信这个小人儿已经死去，尽管眼睛已经闭上，但脸上仍然些微地点缀着丝丝红晕，尽管那红晕看上去显得如此可怕。突然，他猛地一掉头，目光直视儿子的脸：同样闭着眼睛，同样点缀着丝丝红晕。顿时，一声呼喊在他的心里炸裂开来：不要，千万不要！但他终于又恢复了刚才的冷静，胸中尽管有一堆熊熊烈焰在燃烧，脸色却依然是铁青着的，他缓步走向儿子的病床边，屏住呼吸，伏下身去，在墙角里找到了那件早晨被他换下的衣服。还在，果然还在。于是，仅仅就在片刻之后，全病房的人都将看到：他将手举着一张花花绿绿的小纸片，三步两步奔向簇拥的人群，不知道从哪里来的那么大的力气，他竟然毫不费力地从人群之中抓出一个头戴白帽身穿白大褂的人，几乎要把对方拉进自己的怀里；全病房的人还将听到他冷笑着发出的咆哮：换肾！老子有钱了，快给我儿子换肾！

整整三天，他心绪难宁，焦急地盼望兑奖的日子早日来临。现在好了，明天就是兑奖的日子了，可他仍然胆小如鼠，思来想去，他还是决定买来一把西瓜刀放在了怀中，时刻防备有人来抢夺他的彩票。

有的时候，当他沉睡，依稀听见身边传来任何风吹草动的声音，他就会暗暗把手伸进怀中，紧紧抓住西瓜刀的刀柄。他好后悔，后悔三天前不该如此失态，现在好了，几乎全世界的人都知道他中了巨奖，他想让别人不知道都不可能了。每一天，都不断会有人朝着这间病房奔赴而来，对着他指指点点，议论纷纷。他哀求过他们：别来了，我儿子需要休息。但他们才不管这些，他们就好像着了魔，走了一拨，又来一拨。没办法了，他只有躲着他们，他们既然不想安生地让他在病房里继续待下去，那他就只有避开他们，另找出路。他想把儿子拜托给她，犹豫了半天也没敢开口，毕竟，她已经有好几天不和他说一句话了。没想到的是：等他终于结结巴巴地开口，她却爽快地答应了。于是，他得以在医院外边度过了轻松的一天。当他快要走出医院的时候，不经意碰上了儿子的主治医生。主治医生诚实地告诉他：尽管现在仍然说不清楚最后的结果，但他们仍然愿意为他的儿子再换一个肾看看。主治医生还亲密地拍着他的肩膀说：行啊，有你的啊，这么大的大奖就这样被你弄到手了。上天作证：此时此刻他有多么激动，主治医生居然拍了一下他的肩膀。他立即下意识地把手伸进裤兜里紧握着那张彩票，他怕它飞了，他的肩膀还想让主治医生多拍几次。后来，他欢快地、甚至还吹着口哨离开医院，走上了拥挤的大街。他在大街上徘徊了半天，始终也拿不定主意到哪里去，后来，他终于想起了一个地方，一个他和儿子从前经常去的地方。

那个地方其实就是一家濒临关门的商场。从前，在夏天，每当儿子放了暑假，而天气又酷热难当，他就会和儿子一起在这里度过整整一个下午。全部原因只有一个，那就是这里有空调。实际上，这里离他的家已经很近了，但回家又能干什么呢？他站在空旷的大厅里环顾四周，发现商场里人很少，眼前所见的一切都已残破不堪，并且看样子，它们还要继续残破下去。他买了一张报纸——他现在是多么热爱报纸啊——在最靠近空调的地方铺下，坐了上去，背靠白墙，漫无目的地四处打量，渐渐地，他睡着了。感谢这家濒临倒闭的商场，感谢那些没有光顾这家商场的人，天知道他这一觉睡得有多么沉！当他被商场保安粗暴地叫醒，揉了揉眼睛，这才发现：已经是晚上了。商场外的大街，还有大街上的人，在霓虹的照耀下全都显得流光溢彩，当他走到大街上，面对流光溢彩的一切，不禁暗自惊叹：生活竟是这般地美好。但这惊叹竟也是这般地短暂：一种强烈的怨恨很快席卷了他。他在怨恨自己想一想都觉得可怕，自己竟然在毫无知觉的情况下熟睡了一下午，如果，万一，那张彩票被人偷走了，又该如何是好？他不敢再想下去，他要永远忘记这些让他不得安宁的事情，张开双腿，向前跑去，逐渐消失在夜色之中。半个小时之后，他出现在了儿子的病房门口，手里还提着一只油腻腻的烤鸭和一瓶啤酒。她也在，正在来回为他的儿子和她自己的儿子掖好被子。看到他，她用食指竖在嘴唇边嘘了一声：小点声，都睡着了。说罢，静悄悄地坐下。他看得心里一动，他觉得他们就好像一家人。顿时，他放慢了脚步，蹑手蹑脚地走到她的身边，脚底下轻得就好像连一点灰尘都不曾带起来。还没等他走近，她就找到一张报纸铺在两张病床之间的床头柜上，压低了喉咙对他说：把烤鸭放到这上面来吧。于是他向着床头柜走过去，却不小心碰响了地上的开水瓶，她低低的但却是慌张的声音很快便再度响起：小声点，再小声一点。哦天哪，真的，他真的觉得他们多像是一家人啊！

半夜里，躺在地铺上，不管他努力了多少次，却总也睡不着。她也没有睡，时间已经这么晚了，可她却坐在一只小板凳上洗起了衣服。直到现在他才注意到：原来她今天一直穿着一件几乎是透明的红色衬衣。此刻，在昏黄的灯光下偷眼看过去，尽管胸罩的轮廓有些影影绰绰，但只要你再认真一点，它终究还是历历在目。更加要命的是，她的乳房，她的肉乎乎的乳房，随着双手在衣服上的搓动而来回跳跃着，直让他想哭。直让他的小腹处一阵燥热。可是他却毫无办法，他不敢怎么样。于是，他只好还是又含泪闭上了眼睛，躲在被子里掰开手指，几乎是习惯性地再一次仔细掐算兑奖的日子。三天以来，他每天早晨醒来之后的第一时间，还有每天晚上入睡之前的最后一段时间，全都是这样度过的。但是今天，他却没有在这件事情上浪费过多的时间。因为他马上就意识到：还掐算什么呀，好日子就在明天啊。他抬起手腕上的那块斑驳的机械手表，好好计算了一下，发现好日子离此刻只剩下不到十个小时了。尽管在此之前他还没有任何经验，但他毕竟知道：明天还有一场不小的仪式在等待着他。作为奇迹的创造者，他将披红挂绿，登上一辆卡车遨游这座城市的大街小巷，在卡车上，他还必须要不时把一块写着奖金数额的牌子高高举起，举向半空，与此同时他要接受的是别人艳羡和嫉恨的目光。来吧，快一点来吧，他躺在被子里想：没什么大不了的，不就是嫉妒吗？那我他妈的就让你们好好嫉妒一次吧！终于，不知道又过了多长时间之后，他的身体在被子里又翻转了好几个来回之后，脖子一歪，睡着了。

那个从地铺上一跃而起的人是谁？是他。那个走到窗台前把脑袋伸出窗外学了几声鸟叫的人是谁？是他。那个哼着七十年代的流行歌曲跑进跑出的人是谁？是他。都是他。真是不稳重啊，轻薄得简直不像个中年人——手拿一条毛巾，两眼惺忪地径直前往卫生间里的水龙头下去洗漱，走到之后才发现根本就没带牙膏和牙刷，于是跑回来，再跑回去，等到再跑回去却又发现自己把毛巾掉在病房里了。他不禁苦笑起来，并且暗自决定：用两只手在脸上胡乱擦一把就算拉倒了。

看起来，他熟睡的时候下过一阵雨，四周的空气都显得湿漉漉的，尽管已经是早上八点，但因为是阴天，窗外的天色依然显得一片昏暝。可是够了，真的够了，仅有这些就足以让他神清气爽了。事实上，直到现在他才发现，走廊上实际上是一直在喧闹着的，一连几天前来看看他长什么样子的人们，今天早晨又来了。只是他们隐蔽得很好，坐在长椅上诡秘地交谈，让他刚才出来的时候还以为他们都是些来探视病人的人呢。由于卫生间就紧靠在楼梯口的地方，所以，他竖起耳朵，想听听他们都在谈论着些什么，结果还真让他都听见了，什么也没逃脱他的耳朵。他觉得自己就像万能的神。

可是，万能的神啊，在水龙头下，你为什么全身突然一阵颤抖？是因为你觉得冷吗？不会吧，这可是夏天的早晨啊。你又为什么大吼一声之后扔下手里的牙刷，疯狂地从卫生间里冲出来，朝着病房里狂奔而去？当你跑进病房，为什么连半句话都还来不及说就一头栽倒在了地上？在走廊上走动着的人们是多么不理解啊，一大早，他们都来了，他们好像比你更加高兴。早早地来了之后，还不敢吵醒你，却只敢躲得远远地窃窃私语，你说说，你不是个万能的神又是什么？霎时之间，人群蜂拥而上，将你紧紧围住。有人给你叫来了医生，但医生也无法将你弄醒，只好再去找别的医生。好在是：别的医生还没有来，你自己却悠悠醒转了。人们都快要被你吓死了，全都像参加一场葬礼般不敢发出半点声息。空气凝固，时间停止，这是一段多么难熬的时光！人们根本就不知道发生了什么事情，要知道，在他们之间，绝大多数的人都还是病人，你这样来对付他们真是太残酷了。他们中间的好多人都预感到有什么事情即将发生，所以纷纷寻找速效救心丸。果然，这件事情发生了——他醒过来，好像变成了一个白痴，面无表情，嘴巴里发出些含混不清的叫喊；正在这时，当人们的心渐渐放宽的时候，他却突然朝墙上猛撞过去（哦，兄弟，求你了，别这样，我们受不了），又轰然倒地，鲜血淋漓。

时间已经接近下午三点，他决定先走一步。他吻别了睡梦中的儿子，缓步前行，快走出病房的时候，还回过头去对着儿子挥了挥手。吻别和挥手的一刹那，他有点害羞，毕竟是在众目睽睽之下，但他马上又想：都他妈的什么时候了，我还能管得了那么多？在他身后，仍然有黑压压的人群紧紧跟随，他们声泪俱下地请他珍重，劝他想开一点：即使不为你自己，也要为你的儿子多想一想！说这句话的是一个年过六旬的老太婆，听完老太婆的话，他却猛然转身，一把抓住老太婆的衣领：都这样说，都他妈这样说！她也这样说过！可是又怎么样呢？她还不是照样把我的彩票偷走了？还不是照样！没有人敢喝令他放开老太婆，可怜的老太婆，只有被他抓在手中跟他步步前行，走到了楼梯口，再一层层上楼，最终抵达了住院部大楼的天台上。到了这时候，他才发现老太婆已经吓得闭上了眼睛，口吐白沫，好像已经不再有任何知觉。他一松手，把老太婆扔在地上，再紧张地看看自己刚才抓过老太婆的手，脸上的神色反倒像自己被毒蛇咬了一口。终于，他站在了天台上面低矮的围墙上，不再有人敢上前阻挠他，他却回过头去对跟随着他的黑压压的人群说：大哥大姐，大爷大妈，你们就让我死吧，让我先走一步，假如你们可怜我，就请你们在我死后可怜可怜我的儿子——他心口顿时剧烈地疼痛，脸色也随之一变，凄凉地苦笑起来：不过也无所谓了，反正他也活不了多长时间了。但是很快他发现，人们根本就没听他说话，他们都在自顾自地叽叽喳喳，他着急了，再次重复自己刚才说过的话，还辛苦地再次咧开嘴巴露出凄凉的苦笑。可是，说完，发现人们仍然没有听，仍然还在自顾自地叽叽喳喳。幸亏这时候人群里传出一个男人的声音：干什么干什么？大家都在干什么？我提醒你们别忘了谁才是主角！好了，人群这才安静下来，全都一起睁大眼睛张大嘴巴看着他，看他到底怎么办，只是没有人再敢上前劝说，他们生怕自己也落得像那个老太婆一样的下场。可是，当他凄凉地回望了周围的人群，又环顾了整整一座城市，却突然蹲下来，自己对自己说：容我想想，再容我想想，不想清楚我死不瞑目。

是啊，是该好好想想了，再不好好想想就真的来不及了。他的脑子里迅速闪过已经发生的一切：早上八点，他起床了，哼着歌，又学了几声鸟鸣，这才走进卫生间洗漱。洗着洗着，他突然大惊失色，原因很简单——他发现自己竟然只穿着一件背心！可是，昨天晚上，甚至好几天来，他从来就没敢脱掉过身上的衬衣，因为彩票就放在衬衣口袋里，他早已发过誓，即便热死也不脱这件衬衣！可是，现在，穿在身上的衬衣却不见了。实际上，他一下子就明白了，他知道为什么会这样了。当他从地铺上一跃而起直到现在，他都没有看见她，甚至她的儿子也不见了，可就在昨天晚上他入睡之前，她还坐在一只小板凳上洗衣服，他还记得他们像一家人般吃了烤鸭，当然他也记得她的乳房，让他全身都觉得燥热的乳房。刚才，在刚刚起床的懵懂中，他实际上已经发现她和她的儿子双双不在病房，但他自作聪明地认为那是她背上儿子上厕所去了。所以，当他飞快地从走廊上跑过，他已经明白：仅仅一个晚上，彩票的主人便已换作了她，巨额奖金还没装进他的口袋就已经变成别人的了。在众目睽睽之下，他变成了一个白痴，面无表情，嘴巴里发出些含混不清的叫喊；突然朝墙上猛撞过去，又轰然倒地，鲜血淋漓。大约半个小时之后，他如梦初醒，跑出医院，跳上了一辆出租车，直奔兑奖的地点，但结果可想而知：那个最后的结果只能更加使他活不下去——大奖早就已经被她领走了！他没有在兑奖的地点耽误得太久，马不停蹄找到了她的家，一脚就踹开了她家的房门，但房间里空空如也，饭桌上的几碟子饭菜正在慢慢腐烂。他马上意识到：她现在不在家，将来也不会在家了。拿着那么多的钱还住在这样的房子里会被人当成白痴的！他不知道自己是怎么回到医院里来的，就像现在，他也不知道自己是怎么会站到天台上来的，他想不清楚。在离他不远的地方，黑压压的人群仍然经久不散。时间已经过去了这么久，事情也发生了这么长时间，他却还是没有跳下去，这让他和关心他的人群都觉得有些尴尬。他想：不能这样下去了，该到了断的时候了。于是，他腾的一下从地上站起来，张开了双臂——可就在这个时候，又发生了一件事情。一旦这件事情发生，他就永远也死不了了。只因为，儿子的主治医生也出现在了人群中，一旦他出现，大家都闭上了嘴巴。主治医生冷淡地扫视了一下沉默的人群，又冷淡地直视着他说：别闹了，快下来吧，你儿子又在抢救了。话未落音，他就像道闪电般从人们的视线里消失了。不过请放心，他并没有跳下去，而是呼喊着儿子的名字向抢救室方向飞奔而去了。

到现在为止，时间已经持续了整整半年——每一天的中午，他都决定先走一步；每一天的中午，这个医院里几乎所有还能走动的人都会蜂拥而来，紧紧跟随他步步前往住院部大楼的天台上。每一次，他都会对着围观的人群大喊大叫：我要死，你们别拦着我。可是，每当到了那个最关键的时刻，他又会突然蹲下去自己对自己说：容我想想，再容我想想，想不清楚我死不瞑目。半年来，在他的观众中，有的人仍然活着，但有的人却已经死了，所以，有一点还是必须要肯定的：跟随他的人群正在一天比一天减少。但是减少的速度太慢了，医院的人终于再也无法忍受他了，在百般劝阻忠告无效之后，他们请来了警察，警察甚至对他和他的观众动用了水管和催泪弹，到后来，观众是再也没有了，但他，却根本就不管这些，仍然会在固定的时间赶往固定的地点，医院里的人和警察拿他一点办法都没有。终于，有一天中午，当他再次前往固定的地点，却发现从顶楼通往天台的门被彻底堵死了。目睹着这扇已经被堵死的门，他禁不住潸然泪下，却又只好原地返回，返回儿子的身边，半年来头一次在儿子身边待上了整整一个下午。有一点是必须要说明的，半年来，无论如何，只要认识他的人都会竖起大拇指对他说：人才，你真是个人才！是啊，他实在是个人才，半年里，不知道他用了什么办法，不知道他从哪里挣来了儿子的医药费，竟然使儿子几乎在毫无知觉的情况下在他身边又多待了半年。

到现在为止，时间已经持续了整整半年——自从那扇从顶楼通往天台的门被彻底堵死，他又重新找到了让他兴奋、落泪和长吁短叹的地方：那就是她的家。天气逐渐转寒，但他对寒冷的天气却视若无睹，每天中午，他只穿着薄薄的衣裳就出发了。像一只猎犬般躲藏在她家的厨房里、大衣柜中和双人床下，毫无倦意，两眼炯炯有神，而且还武装到了牙齿，为每一阵细微的声响操碎了心。不用说，他几乎每一个晚上的后半夜都是在她的家里度过的，前半夜，他要在病房里照顾儿子，先是百般费力地、但对他来说早已异常熟练地给儿子的嘴巴喂进食物，然后，他就会径直前往她的家，他早已不指望奇迹发生：她束手就擒。因为他已经上万次地确认自己是一个白痴，他对她的智慧充满了尊重，她绝对不会比他更白痴。这一点他早已确信无疑。但是，他却无法停止自己的脚步，他无法不让自己通宵达旦地安眠于她家的厨房里、大衣柜中和双人床下。长此以往，悲剧的发生在所难免：有一天深夜，正当他沉睡，头上挨了一棒子，顿时血流如注。原来进来了两个小偷。他静静地躺在地上，任由鲜血流淌，耐心地等待小偷结束翻箱倒柜后离开他，离开这所房子。可是，更大的悲剧还在等待着他：当那两个小偷终于疲惫地结束辛勤的工作，却又一无所获，顿时怒从心起，立即又分别给了他猛烈的一棒，这才骂骂咧咧地离开。两个小偷离开之后，他的身体上没有一丝力气，动不了，所以他只好不动，并且只好睡着了。

到现在为止，时间已经持续了整整半年（当然更早的时候就已经开始）——每个星期，他都要去一次郊区的采血站。一路上，他要经过大片的棚户区和一条泥泞的、他经常怀疑甚至一辈子都不会走到头的土路，间歇，他还要经过一块贫瘠的、几乎没有什么庄稼的庄稼地。因为起得早，在拥挤的公共汽车里，他往往都能占上一个座位。在座位上，他扎下脑袋就睡，无论车外发生什么事情都不会将他惊醒，他知道，发生不了什么事情，每当公共汽车经过那片长不出庄稼的庄稼地，尽管他仍然闭上眼睛沉睡，清鼻涕滴落在了胸前，他也仍然知道：已经是早上八点了，目的地就要到了。一切都没有变化，一切都在他的意料之中。对于他来说，最重要的事情就是使自己睡着，不是由于困倦，而是怕醒着就会想要撒尿，一旦撒了尿，那满肚子的盐水就算白喝了。一切都没有变化，一切都在他的意料之中：抵达目的地之后，他要穿越木器加工厂和农机公司之间的一段路才能从汽车站走到采血站。别小看这段路，这段路可不好走，由于年久失修，这段路就像一块沼泽地，有好几次，他的两只脚都陷在里面，无论如何也拔不出来了。就在昨天，他揣着钱从采血站里走出来，两只脚又陷在了那片街道上的沼泽地里。谁也没有想到，他一下子倒在了这片沼泽地里，嘴巴里鼻子里全是泥巴，有人上来拉他，但他却不配合，他宁愿就这样躺在铺天盖地的泥巴里。他觉得这些泥巴可真是好东西啊，就像他儿子的身体，软乎乎的，肉乎乎的。他伸出手去，按了按伸手可及的一块泥巴，这块泥巴顿时就变成了儿子身上的肉，凹陷下去之后，好半天也得不到恢复。他轻轻地叹息了一声，闭上了眼睛。

星期四的早晨，天还没亮，他精神抖擞地从地铺上爬起来，先到卫生间里痛痛快快地撒了尿，又回到病房，痛痛快快地灌下了满肚子的盐水，他要出发了。突然，他的身体一震，如遭雷击——他听到了一句话：爸爸。那是他的儿子在呼唤他：爸爸。爸爸。他多么害怕这一天，可这一天终究还是来了，他疯狂地扑回儿子的身边，把他紧紧抱在怀中，叫着他的名字，咒骂着他，狠狠地抽打着他的脸庞——可是，儿子已经不再叫喊他，他知道从这一刻起再也不会有人叫他爸爸了。他是多么害怕这一天，可这一天还是来了。窗外下起了雨，他轻轻地放下了怀里的人儿，静悄悄地出发了。他轻轻地走下楼梯，走出医院，走到了磅礴大雨里，坐上了一辆前往郊区的公共汽车。在车上，他又顺利地占下了一个座位，但他没有像过去那样一上车就匆匆闭上眼睛，而是把脸孔贴紧了车窗，打量着他能够打量的一切：棚户区、一辈子都走不到头的土路和一片永远也不会长出庄稼的庄稼地。突然，他失声叫喊起来：停车，快停车！于是，客车猛地停下，他却早已从车窗里翻越出去，狂奔到一个正在行走着的、肉乎乎的小孩子身边，一把就抱住了那个肉乎乎的小孩子，看了又看，却再也说不出话来。

苏　州

总想对你表白，我的心情是多么豪迈；总想对你倾诉，我对生活是多么热爱——在苏州，在桃花坞，我完全有理由这样说。如果你不相信，就让我们一起睁大眼睛看看苏州，看看这一五〇五年的苏州：蝗虫般密集的街心茶馆；香气逼人的勾栏酒肆；在茶馆与勾栏酒肆之间，栽种了铺天盖地的玫瑰与芍药（它们迎风摇曳，看上去显得如此狂野）；在玫瑰与芍药之上，行走着成群结队的妓女，仿佛得到了所有人的默许，只有她们才能使她们脚下的花朵承受这小小的践踏。当然，除她们之外，还有一个人也可以，他不仅可以行走，甚至还被允许狂奔。这一幕场景大家难道还会觉得陌生吗——那个人，不管白天还是黑夜，稍有空闲，他就会在癫狂之中脱光自己的衣物，沿着街衢巷陌奔跑，沿着河流中那庞大的画舫远去的痕迹奔跑，如果此时天空突降大雨，他就会在奔跑中发疯般地大吼大叫，张开嘴巴迎接着扑簌而落的雨水，并且，把它们喝下。没有错，这是一五〇五年的苏州，这一年，阳光普照，五谷丰登，但也有美中不足：如果是在往年，苏州的年平均降雨量总是在八百毫米到一千二百毫米之间，可是今年，年平均降雨量却只有七百毫米。失去雨水的帮助，那个人，他那让所有人都已司空见惯的即兴表演如何才能维持得下去呢？要知道，由于国泰民安，几乎所有的国民在历经几十年没有遭遇到战争、饥荒、流离之苦后，竟然对他们眼下的生活感到了空虚，近几年来，虚无，这个词，频繁地出现在了人们的嘴巴之中；也正由于此，只要遇到天气晴好的日子，方圆近百里的人们就会潮水般地涌向苏州，去看那个人的表演，就像去看一场马戏。这样好的机会，那个人，当然不会错过。在失去雨水的帮助之后，很快，他就发明了新的花样：装作一个书童，去各家深宅大院里勾引那些身材饱满、脸上长满了青春痘的丫鬟。在他敲响那些深宅大院的大门的时候，身后跟满了远道而来的看客，他们在他身后指指点点，当然，也有的看客比他本人还要紧张，因为他们是他的忠实观众，就是这些人，带足了干粮，常年都住在苏州，跟着他从一家深宅大院赶赴另一家深宅大院，就像从一家戏院赶赴另一家戏院。遇到没有任何丫鬟可勾引的时候，他就重新拣起自己的老把戏，仍然赤裸着身体在大街上奔跑，不过，就是这普通的奔跑注定也是不平常的，他给这项乐此不疲的运动又增添了新的内容：突然走上前，把那些行走在玫瑰与芍药之上的妓女掀翻在地，脱光她们的衣物，在她们赤裸的后背上写诗作画。再或者，干脆朝她们的后背上撒尿。

竟然从来没有人责怪他！我知道你们不相信，我还知道你们看到这里甚至会破口大骂：这是一五〇五年吗？这还是他妈的封建社会吗？不要着急，不要破口大骂，让我告诉你，没有错，一点错都没有。这确实是一五〇五年，明朝，年号弘治，离他妈的封建社会灭亡的那一年至少还有三百年。但这一切，却都明白无误地发生了，因为那个人就是我，唐伯虎。关于我，你们又知道些什么呢？当然，你们知道那个与我有关的在全国广为流传的爱情故事。是啊，你们都知道，可唯独就是我一个人不知道——我实在想不起，我到底是在何时，又是在何地见过那个名叫秋香的丫鬟，要知道，我见到过的丫鬟太多了。但事情也许并非像我想象的那样简单，到目前为止，我至少已经在十几种书本里读到了自己和那个丫鬟之间的爱情故事：《朝野异闻录》《茶香室丛钞》《花舫缘》《小说丛考》，太多了，已经多到了不能再多的地步。可我想不起来！我真的想不起来，按照各种书本上的记述来推算，这段爱情应该发生在一四九九年我因科场舞弊案被关进大牢之前，可是，我又明明记得，在一四九九年前后，我性爱上的所有兴趣都在一个比我年长十岁的寡妇身上啊，这一切，到底是怎么回事？

好在是我总算没有把所有的时光都花在这无聊至极的想象与推测上，等待着我去做的重要事情太多了：写诗，作画，春游，裸奔，勾引，当然，还有最重要的一件事，那就是嫖妓。太可怕了！做下这些胆大妄为的事情，居然从来就没有人上前来阻止我。相反，我还经常能从围观者的眼睛里看到一丝狂跳的火苗，他们看到我猛然扑上前去扒光妓女们的衣物时，还经常会发出一两阵压低了的喘息声，他们喘息着，用手紧紧地捂住胸口，每到这个时候，一股邪恶之情就止不住地在我胸腔之间油然而生，它促使我更加邪恶，让我在妓女们的后背上写诗，甚至是撒尿。如果你恰好在这样的时刻来到我的家乡，那么，你一定会张大嘴巴目睹这样一幕场景：街上站满了人，当然，更多的是男人。就是这些男人，他们全都流着口水，看我趴在妓女们的身上写诗作画。如果你再看得仔细一点，还会发现所有的男人都伸出双手紧紧地按着自己的胸口，仿佛他们的心脏马上就要跳出来，他们就像一群狗，舌头垂在嘴巴外面，把新鲜的空气吸进去，却把污浊的空气吐出来。完全可以这样说，这些男人吐出的空气就像一股乌黑的浓烟，这浓烟足足可以致人死命，因此，你千万不要对那些从天而降的死鸟感到什么诧异，如果我是一只鸟，在本该快乐无比的飞翔中遇到这样乌黑的浓烟时，我也会对生活感到绝望，情愿死掉算了。可就算是这样，也没有一个人死去，相反，他们不但没有死去，而且还表现得更有生命力了。一条街的男人都在使劲地往肚子里吞唾沫，听上去，简直就像一条咆哮的河流。在惊涛拍岸声中，还有人在偷偷地手淫。让我们看吧，看他们脸上的肌肉已经痛苦地纠结在了一起。当然，在男人之中，还穿插着许多女人，我相信，面对此情此景，她们和她们的父亲、丈夫、兄弟一样受不了了，之所以这样说是因为我有充分的证据：不久前，我接到了一封匿名信，信是一位中年妇女写来的，在信中她承认，她一生中为数不多的性高潮体验，竟然全都发生在目睹我和妓女们厮混的时刻。

可是，可是现在，可是现在我却有麻烦。你们要知道，现在我并没有躺在妓女们的后背上，而是置身于县衙的大堂上。在我身旁，站立着两排虎狼般的差役，在差役们的头顶上，高高地悬挂着绣满了各种古怪图案的、杀气腾腾的锦旗。我看到，在其中的一面锦旗上，绣着一条粗长的蟒蛇，现在，这条金光闪闪的长蛇正抬起头颅与我对视着，它的两只小眼睛散发出某种邪恶的光芒，却又如此勾魂，先让我感到恐惧，再让我感到恶心，终于，我再也无法忍受下去了，大叫一声就开始呕吐起来。不过我要请你们放心，我之所以置身于此，并不是因为终年累月的伤风败俗，相反，却是为了其他的事情。只是这件事情与别的所有的事情相比都更加重要，也更加——要我的命。在等待了漫长的时间之后，知县大人终于从那面厚重的布帘背后闪现出来，端坐在了大堂之上。像从前一样，知县大人一旦在大堂上坐定，两排差役就自动消失了。现在，在辽阔的大堂上就只剩下我和知县大人两个人，很显然，一场好戏，就要开场了。在巨大的寂静中，我脱光了衣服，又慢慢走到知县大人的身边。隔了好远我就已经听见了知县大人发出的喘息声，越走得近，这喘息声就越清晰，伴随这喘息声，我看到他的身体在轻轻地颤抖着，他想控制住颤抖，但他又控制不住，到后来，他干脆不管了，长叹了一声，将那轻轻的颤抖变得越来越激烈。我没有说话，只是继续向他靠近，在更加巨大的寂静中，我慢慢地闭上了眼睛，哦，我实在不敢再睁开眼睛了：不知道从什么时候起，他的手中突然多了一条黄色长鞭。看看这条长鞭吧：结实，滚圆，镶满了鱼鳞般的小金片，在阳光的照射下，这些小金片发出了刺眼的快要让人晕眩的光芒。哦，我今天还能活着走出县衙的大门吗？我抬起头看了看，发现一只乌鸦此刻正在我头顶上的那一小块天空中飞旋不止，突然，它好像张了眼睛，迅疾地俯冲下来，顷刻间就落在了我的肩膀上。就在我慌乱地想要把它赶走的时候，它突然开口说话了，它小声对我一遍又一遍地说：你死定了，你死定了。

我知道我不会死。我对自己说：怕什么，这又不是第一次，放心吧，你死不了的。终于，我来到了知县大人的身边，他没有说话，只是看了我一眼，但只是这一眼就足以让我马上明白自己该干些什么事情了：我翘起兰花指，伸出手去帮他脱衣服，一直到脱得一件都不剩。脱完衣服，不用他提醒，我自然知道下一步等待着我的将是什么。我慢慢地弯下腰去，又慢慢地匍匐在了地面上，在匍匐下去之前，我最后回望了一眼知县大人，看见他的身体仍然在一如既往地颤抖，一丝狞笑正在缓慢地爬上他的脸庞。我明白，一场皮开肉绽的浩劫就这样开始了。现在，请你来到一五〇五年的苏州县衙大堂上，睁大眼睛看一看这两个赤裸的男人。首先要说明的是，这两个男人都已不再年轻，甚至可以说是衰老。今年我已三十六岁，身处于封建时代，这个年龄简直可以说离死期不远了。由于无度的酗酒，我的身体逐年发胖，腰身比水桶还粗，再加上我天生身材就只有一米六一，所以，每天晚上都不敢洗澡，我害怕面对自己丑陋的身体！可是，就是这样一具丑陋的身体，却有人喜欢它，他一次次地让我把自己的身体展现在他面前，他说它健壮、美丽（还有谁会用这个词来形容一个中年男人的身体呢）。我赤裸的身体一次次地出现在他的书桌上、床笫上和后花园里。请大家告诉我，这位客官是谁？对了，你们都答对了，他就是我们的知县大人。就像现在——不用他命令我就脱光了衣服，然后，还是不用他命令，为了使自己看上去更像个女人，我踏着细碎的小步走上前去，从这里到那里，我却好像是在跋山涉水，这才好不容易走到了他身边。我知道，此刻，我必须更像个女人般地翘起兰花指。要不然，随后而来的那场劫难将变得更为持久。现在，在漫长的准备时间过去之后，知县大人终于站起了身体，他是如此细致、不厌其烦地做着准备运动：先将那条鞭子蘸上水，然后再将它旋转起来，到最后，旋转越来越快，鞭子终于像他一直期待的那样在半空中发出了刺耳的声音。刹那间，它好像突然被定格在了半空之中，但实际上并没有，在短暂的停留之后，它就像长了眼睛，扭动着、战栗着面朝我的身体狂奔下来。哦，仅仅只发出了一声轻微的叫喊，我就匆忙地闭上了眼睛，眼泪却夺眶而出。

现在我还可以称自己为唐伯虎吗？就像大家知道的，我是一个著名的才子，在人们的想象中，作为才子的我当然应该衣着光鲜，手持一把竹纸折扇，必要的时候，口袋里还塞满了自己写的诗，以备送给那些在我散步途中扑面而来的女人们。不错，一年中的大部分时间我就是像这样度过的。但今天不是，在今天，在此时此刻，我却更像一个衣衫褴褛的女人。此时此刻，天色已经很晚了，连猫头鹰都已开始在林间啼叫，我却才从那一场让人痛不欲生的噩梦中苏醒过来，拖着遍体鳞伤的身体走出县衙的大门。清冷的灯火照亮幽暗的街道，而行走在幽暗之中的我简直和一个孤魂野鬼没有半点分别。我从前曾经说过，在苏州，在我的别墅桃花坞，我的生活是幸福的，我完全有理由赞美生活。到现在，当我遍体鳞伤地走出县衙的大门，我还是不想对我从前说过的话做任何修改。又有什么必要呢？每个月除去初五这一天，我都在巨大的快乐与癫狂之中度过，而且，我的同乡们也是这个世界上最宽容、最有爱心、最慈悲为怀的人，即使我将他们的妻子、女儿的衣服扒光，他们也不会责怪我，还反而说：看，这就是一个才子！但是每个月的初五，对我来说，这一天，却比一辈子都还长。刚才走出县衙大门的时候，我一边穿着衣服一边小心地对知县大人说：下个月初五，到时候我有个约会，可能来不了。还没听完我的话，知县大人就猛地一拍身前的桌子，厉声说道：你敢！

是的，我不敢。我怎么敢呢？我不光不敢在下月初五那天不来奔赴知县大人的约会，就算是现在，遍体鳞伤之后，对于我每天晚上都要做的那件事情，也丝毫都不敢拖延到明天早晨再去做。现在，陆续有妓女和良家妇女从我身边经过，但她们都没发现她们身边的那个身材矮小的胖子就是我，事实上，我眼下的样子比一个乞丐又能好得了多少呢？一路上，苏州，我美丽的家乡，把它的美丽又一次地展示在了我和所有苏州人民的眼前：这简直就是一座不夜城。很快，我就来到了徐经的家门口，宅门紧闭，夜色深重。你们一定注意到了，在我的生活中，突然又多了一个名叫徐经的人。他是个什么人呢？让我来告诉你，这是一个白痴。当然，他并不是一个真正的白痴，但他的种种行径看上去却和一个真正的白痴毫无差别。你们当然不知道他，因为他是一个小人物，他，就像更多和他相似的人一样，和我这样一个著名的才子生活在同一个时代同一个地方，只能算作是他们的悲剧。但就是这样一个白痴，却几乎毁掉了我的生活，哦，不是几乎，是完全，这个白痴完全毁掉了我的生活！三年之前，我和徐经一起上京赶考，在此之前的一年，我已经在苏州乡试中中了第一名，在这样的背景下，我完全有理由把未知的生活想象成一片光明。实不相瞒，尽管我从小就不愿认真读书，但我从小就学得了一套独步天下的考场舞弊功夫，这套功夫足以让我笑傲江湖，就算是到大明皇帝的金銮殿上参加殿试我也不怕。所以，在上京赶考的路上，我过得非常逍遥，夜半三更才睡觉，日上三竿才起床。本来，在苏州我是从来不和徐经这样的白痴有任何交往的，但现在却是在河北境内，我遇到了一个严重的问题：口袋里的钱已经所剩无几。有一天早晨，当我打着哈欠从妓院的大床上醒来，摸一摸口袋，不禁大惊失色，发现自己好像再也走不出这家妓院了。事实上，刚刚进入河北境内时我就发现了那个严重的问题，但我仍然没往心里去，谁让我是个才子呢？才子当然就应该每天晚上睡在妓院里。而现在，一个巨大的难堪却就这样明白无误地降临在了我的眼前。是的，和徐经出身豪门不同，我只是一个杂货店老板的儿子，我父亲靠卖一点杂货赚来的钱当然保证不了我逛妓院的费用，我现在该怎么办呢？幸好，徐经出现了。他爽快地帮我结了账，但与此同时，他也向我提出了一个苛刻的条件：等到将来上考场的时候，我必须帮助他一起作弊。

我毫不犹豫地答应了他。作为一个才子，我当然明白自己现在的处境，眼下最紧要的就是尽早从妓院脱身，至于作弊，现在我完全可以答应他，等到了考场上，一切就由不得他了。说实话，从小到大，我见识过不少在考试之前答应别人在考场上充当救兵的人，在考试之前，他们总是满口答应，等真正上了考场，他们却不管不顾，好像从来就不认识对方，必要的时候，他们甚至还会故意递给对方一些错误的答案。再说，等到发榜的那一天，我说不定已经高中新科状元，他区区一个贱民又能奈我何呢？可是，可是我又怎么会知道，等待着我的，并不是骑上高头大马看尽长安花，而是呼天喊地地被关进阴暗潮湿的地下水牢呢？到达京城的当天晚上，徐经就不知道从哪里拿来了一份试卷，让我帮他做完。我翻了一夜的书，帮他做完了，从此之后在京城我就再也没有见到过他。等到上考场的那一天，我刚刚在考场上坐定，全身上下却都惊呆了：手中的这份试卷，正是我在几天之前曾经做过的那一份！来自全国、操着不同地方方言的考生坐满了考场，我回头张望了好几次，最终却也没有张望到徐经的踪迹，但此时此刻，我完全可以想象得出肥头大耳的徐经在考场中笑得花枝乱颤的模样。当然必须承认的是，面对手中的这张试卷，如果可以的话，我也想发出花枝乱颤的笑声。太意外了，意外得我每天晚上都要从噩梦中惊醒。在等待发榜的十三天里，我每天都把自己关在客栈里不肯出门，连绵不断地做了十二个晚上的噩梦。第十三天晚上，我的梦境终于在月黑风高的现实中发生了：一队杀气腾腾的人马闯进了客栈，他们根本就不肯听我的半句分辩，当即就给我戴上了手铐和脚镣，转眼之间，我就置身于东厂的地下水牢之中了。一进水牢，我就看到了徐经，他比我早来一步，但是已经再也说不动一句话，在严刑拷打之下，他变得奄奄一息，也变得更像一个白痴了。

好了，说这些又有什么用呢？现在对于我来说，最重要的事情就是怎么才能够进入徐经的大院里刺探情报，而不是站在这里无度地沉湎于往事之中。在东厂地下水牢的日子里，我曾经饱尝过做人的屈辱，在每次受刑的时候都想：就这样死去该多好啊。但是我死不了，在东厂的人还没得到他们想要的情报之前，他们无论如何都是不会让你死掉的。而现在，如果眼下这件最重要的事情没有完成好，那就真的离死期不远了。无论如何，我都还不想死，看看我们的苏州，再看看我们的这个时代，是多么好啊。像过去一样，我围着徐府足足转了三圈，在确定无人站岗放哨之后，这才来到了院墙西南角的一棵大槐树下，先是鼓足力气，再往手心里吐上两口唾沫，这才环抱着那棵大槐树往上攀缘而去。我太胖了，根本就爬不动，在树皮的刺激下，知县大人给我留下的遍体鳞伤也在隐隐作痛，可有什么办法呢，最终我还是得往上爬。终于，我爬到了整个树干的中间，再一用力，稳稳地站到了院墙上，再纵身一跃，徐府内那已经被深夜的露水打湿的草地就这样迎接了我的身体。不敢有丝毫大意，也不敢在草地上停留半刻，我赶紧就直起身体，往徐经书房的方向轻轻地狂奔而去。书房里果然有动静，此刻我就像一只猫，悄无声息地站在徐经书房的窗下，哦，我是猫。我伸出舌头，轻轻地舔湿了窗纸，再眯起眼睛朝里窥探：只一眼我就看见了徐经。此刻，这个白痴正站在一帮白痴的中间，张牙舞爪、唾沫星子飞溅地说着什么。此时如果有人给我一把刀，我一定会冲进去杀死他。就是他，让我直到现在还站在这里受冻，而他却浑然不觉，还在一遍复一遍向他的同伴卖弄着自己的造反计划。

我没有说错，就是这个白痴，他竟然在准备造反。在不久前他和同伴的一次聚会上，我有幸站在窗外偷听到了他的一段慷慨激昂的演讲，他说，他有一个梦想，那就是想当一个皇帝（听听，听听）。可就是这样一段话，竟然引起了一片叫好声，他也变得更加癫狂起来，在癫狂之中，他提议：把“因为受不了，所以反抗了”这句话作为起义纲领，再把《十八摸》这首小曲作为起义军的军歌，当即，他的这个提议就得到了他的手下——一个妓院老鸨的热烈响应。在妓院老鸨的鼓励下，他进一步提出：将来，起义成功之后，新的国都就定在苏州。原因很简单，苏州是一代帝王的发家之地，作为新国都的理由显而易见。终于，他说累了，开始坐下来喝茶，直到现在我们也才开始有时间看一看白痴的手下们：除了那个妓院老鸨，还有一个更夫，两个跛腿乞丐，三个妓女，四个瞎子，最后还有五个屠夫。在经过一段短暂的讨论时间之后，今晚的聚会就要结束了。徐经再次从座位上站起来，开始布置明天晚上要讨论的三个问题：起义军的军装问题、建国后的税赋问题和建国后的妇女地位问题。这个时候，他当然不会想到，在他书房外面的窗下，此刻正站立着一个磨刀霍霍的密探；他当然还不会想到，一直到他死去几十年之后，他的白痴家族，才终于诞生出了一个聪明人，那就是他的第四代孙，徐霞客。好了，现在他们要走了，我也该走了。在他们起身离座之前，我必须要先走一步，让夜色掩盖我的身体，让我的身体和夜色融为一体，就这样，我很快来到了院墙底下，稍等片刻后，我就又将爬上那棵老槐树了。可是不知道为什么，我却突然流起了眼泪，伴随着眼泪的流淌，我突然感到一阵恶心，只觉得天旋地转，仿佛那把我脚下的青草打湿的，根本就不是露水，而是从我的眼眶里慢慢涌出的泪水。

看看我过的是个什么样的日子啊！即使是现在，连白痴们的聚会都已经宣告结束，一个个都踏上了寻欢作乐的旅程，我也仍然还是回不了家。还有更重要的工作在等我。在天亮之前，我必须再次返回县衙，将自己刚才所看见的一切都记录下来，然后再交给知县大人。当然，在我动笔开始记录的间隙里，还有一些麻烦在等待着我。哦，这麻烦就像我前面已经说过好几次的那样：简直就不是麻烦，而是一场浩劫！到时候，我必须再次翘起兰花指，先脱光自己的衣物，再轻轻地走到知县大人的身边，抬起双手脱光他的衣物。再往下呢（妈呀，我不敢再想下去了）？再往下，你们都已经看到了，我却再也没有勇气说下去了。说起来，我也许还真的应该感谢生活——每次我都怀疑自己能不能活着从县衙大门里走出来，结果却每次都还是走了出来。现在，一天中最美好的时光行将逝去，天空中曾经璀璨的烟花也正在尖叫着慢慢地熄灭，就连那些喝醉了酒的妓女，也终于停止了呕吐和咒骂，转而全身心地投入了沉沉的睡眠之中。一切迹象都在表明：再过不久一段时间，再穿过一段短暂的黑暗，黎明，就要到来了。可是此刻，我还行走在通向县衙的路上，在黎明到来之前，我是站最后一班岗的人。到了，终于到了。一走进县衙的大门，我就发现在辽阔无边的院子里仍然还有一盏灯没有熄灭，也就是说，还有一个人没睡。那么这个人究竟是谁呢？不用说，那显然就是我们的知县大人。按理说，我丝毫也不应该感到奇怪，他又曾经哪一天在这个时候睡过觉呢？现在，我想让你们猜一猜，猜猜他这个时候还在干什么，难道会是在处理公文吗？难道会是在连夜审案吗？难道会是在忧虑天灾人祸吗？不对，你们猜的都不对。还是让我来告诉你们真正的答案：此时，他如果不是在纺纱，就是在绣花；如果不是在绣花，那就一定是在给自己缝制肚兜。

三年以前，当我刚刚从东厂的地下水牢里放出来，在一排兵卒的严加看管下返回苏州，在县衙的一间偏房里第一次见到知县大人的时候，他就正在为自己缝制肚兜。那也是我第一次看到一个穿肚兜的男人。那一年，苏州遭遇到了前所未有的干旱，一向以斯文而著称于世的苏州人全都赤裸着上身上街，只穿一条裤衩就敢上街逛庙会，到了晚上，不论男女，竟然全都将凉床搬到大街上睡觉，一如我在回家途中经过湖北时看到的那些武汉人。老实说，看到这样的情景，我吃惊地张大了嘴巴，而且还为我的家乡感到羞耻。但更让人吃惊的事情还在后面：在看到知县大人的那一刻之间，我险些晕倒在地，当即就决定不再活下去了。是啊，当你面前突然出现这样一个男人，你还有什么必要再活下去呢：一具苍老的肉体，赤裸着上半身，胸脯上大块大块的老人斑依稀可见，但你是否能够相信，就是这样一个老男人，他的上半身却系着一条大红的肚兜？反正我不相信，但这一幕却又如此真切地发生在我眼前，不相信也没有办法，不相信就是怀疑自己的人生。是的，当时我就受不了了，如遭雷击，脑子里就像塞满了糨糊，两道鲜血从我的鼻子里奔涌而出，如果我手上有一把刀，我一定会冲上去宰了他。是的，说什么我都不相信！我不相信天是蓝的，我不相信死无报应，知县大人——如果你的脚下已经躺下了一千名挑战者，那么，我情愿做那第一千零一名！可正如我已经说过的，这一切，都由不得我不相信。他不光系着一条大红的肚兜，而且，在这条肚兜上，还绣着两朵美丽的荷花：墨绿色的枝叶，洁白的花朵，在花朵之上，还有两只翩跹飞舞的红黄色相间的蜻蜓。就在我一句话都说不出来的时候，知县大人却开口说话了，他指着那两只蜻蜓，一字一句地对我说：它们，是一公一母。当即，我就昏了过去。等到我醒来的时候，却发现自己仍然置身于这间幽暗的偏房之中，看到我醒来，知县大人对我微笑了一下，然后对我说：从今天开始，你已经成为了一个密探；当然，你也可以一边是才子一边是密探。

必须承认，回到苏州以后，在相当漫长的一段时间里，我终日除了痛哭流涕这一件事情之外，别的事则什么都不想做。我从来就不是一个勇敢的人，甚至还很懦弱，小时候连只蚂蚁都不敢踩死；即使长大之后，情况也仍然好不了多少，一条狗也照样可以把我吓得心惊胆战。因此，在回到苏州后的很长一段时间里我都足不出户，躲在房间里终日以泪洗面，就更不用说去妓院过上一次性生活了。但我却没有办法逃离自己的工作，如前所说：从见到知县大人的第一面起，我就变成了一个密探。那么，我到底是一个什么样的密探呢？还是让我自己来向大家揭开这个谜底吧（事实上又有何必要呢，反正你们都已经知道了）：每天都要跟随在徐经的身后，监视他，把他的蛛丝马迹都记录下来呈现给知县大人。之所以这样做，原因再简单不过：就因为这个白痴时刻都在准备着谋反！一下子，我的全部生活竟然变得如此简单：以徐经为圆心，以我和徐经之间的距离为半径，从早到晚在苏州的地面上画着无数个圆圈。总而言之一句话，他走到哪里我就必须跟到哪里。可我想告诉大家的是，尽管生活是如此单调，但我仍然热爱生活。我有什么理由不热爱生活呢？如果你也曾经像我一样在东厂的水牢里关押过，亲身体验了那些仅仅只听一下名字就会吓得闭过气去的刑罚；如果你也像我一样曾经站在阴曹地府的入口，时隔十二个月后才第一次看到阳光，回家之后还能继续过上放浪形骸的才子生涯；你说说，我还有什么理由不由衷地赞美生活呢？几年之前的那个晚上，当我被人从客栈里押进东厂地下水牢的时候，我也曾经想要对发生的一切都守口如瓶，一路上，虽然也感到极度的紧张，但我最终还是决定什么都不说。因为我非常清楚地知道，一旦开口，我就什么都完了，不要说到金銮殿上去参加殿试，只要能活着走出东厂的大门就算不错了。为了缓解自己的紧张，我马上就想到了自己从小就熟读的那些忠臣名士写下的无数篇壮怀激烈的诗歌，还就地给这些诗歌谱了曲，当即就唱了起来。但是到了后来，事情的发展却远远地超出了我的预料。一进大牢，我就看到了徐经，在饱尝酷刑之后，他已经变得奄奄一息了。那些东厂的人根本就没有说多余的话，他们只是冷着脸问了一句：你招还是不招？我强作镇静，故意嬉皮笑脸地反问道：大人们，我实在不知道自己该招什么啊！话音未落，一根铁棍就重重地击打在了我的头上，我惨叫了一声，从脑袋上的伤口里渗出的鲜血立刻就模糊了我的眼睛。他们又问了我一句：你招还是不招？我，我，我，我还是不知道要招什么啊！听完我的回答，他们笑了起来，其中的一个走到墙角里去，在一个熊熊燃烧的火炉前蹲了下来，从里面夹出一块烧得通红的铁片，然后，他站起身，狞笑着朝我走过来。突然，一个尖厉的声音从我的喉咙里响起，响彻了整个地下水牢，这声音诞生得如此之快，快得连我自己都一点准备没有：招，我招！

按理说，这样的结果我应该不会感到陌生。我自己难道还不了解自己吗？要知道，在已经过去的青少年时代，我对生活一直都还有一种庆幸感，那就是我毕竟生活在一个太平盛世，虽说在相距苏州甚远的地方时常有人造反，但充其量，他们都只是一些占山为王的草寇，这些草寇一生中最大的理想，也不过是娶上几房压寨夫人，实在不足为虑。要不然，如果真有外族入侵，整个国家都要染上血光之灾，到时候，我就真的不知道自己究竟该如何是好了，因为我非常清楚地知道自己：战争一旦打响，依我的天生胆小看来，自己迟早都会变成一个叛徒，那时候，永远地活在各种典籍中的我又该是怎样一种形象呢。但从现在看来，我似乎还应该感谢自己的天生胆小，它最起码让我保住了自己的性命。如前所说：当东厂的人刚刚举起那块燃烧得通红的铁片，我就扑通一声给他们跪下了。不用说，整件事情都被我和盘托出，只要他们允许，我甚至有可能猛然扑上前去狂吻他们的脚趾——只要他们不再对我施以严刑拷打。当然，我的理想实现了，在整个录口供的过程中，除去一些必要的辱骂和殴打，他们几乎没有再对我举起那块热气腾腾的铁片。此时，只怪自己出于对未知生活深深的恐惧，已经变得心灰意冷，终日不愿开口说一句话，要不然，我一定会开口唱一首人世间最好听的歌，并且把这首歌献给东厂的那些善良的太监，因为录完口供之后，他们果然从此再也没有对我进行过殴打，甚至连辱骂也很少了。对他们来说，我的使命已经完成，他们用不着再来理睬我了。现在，他们的全部精力都集中到了徐经身上，但就是这个白痴，除去刚刚进大牢的时候还曾遭遇到过两次毒打之外，往后的日子里就搬进了一间还带有厕所的舒适房间，终日就待在那间房子里读他那些永远也读不完的淫秽小说。后来，天气逐渐转寒，他的家人还从外面给他捎来了一大坛绍兴女儿红和厚厚的貂皮大衣，而这一切，全都只因为他有一个正在朝廷里担任兵部尚书的叔叔！前面已经说过，和我的父亲仅仅只是一个杂货店老板不同，徐经却出身豪门，除去有一个当兵部尚书的叔叔，他的祖父，还曾经是一个在位四十年的前朝宰相。

人跟人，总会有不同。就像我和徐经，当我为了一张如厕的草纸而发愁时，他的烦恼，却不过是饱尝了性压抑而又不能去妓院解决自己的问题。更何况，他的人生已经出现曙光，在他叔叔的亲自斡旋下，不久之后，他就可以永远地告别大牢，就此踏上奔赴妓院的旅程了。直到现在，我还记得徐经出狱的那一天。他特地从他舒适的房间跑来看我，告诉我：他对不起我。他还告诉我说，事实上，当他刚刚踏进监狱大门的时候，他就知道自己在这里待不了多长时间，其中的原因人所共知。他叔叔的手里握有重兵，东厂的人胆子即使再大，也不敢把自己怎么样，只是为了掩人耳目，他们才迫不得已地给了他几拳头。要不然，借他们几百个胆子，他们也不敢动我一手指头！徐经的眼睛里闪烁着凶光恶狠狠地对我说。徐经还说，至于我，尽管他明明知道非常对不起我，但他也实在没办法再来帮助我了。因为他的叔叔从现在起必须要开始爱惜自己的羽毛了，为了营救自己出狱，他的叔叔就已经招惹了满朝文武的不断非议，他们甚至怀疑说：当初考题的泄密，就是徐经的叔叔为了牟取私利一手造成的（当然，他们猜得一点错都没有）。在这样的条件下，为了爱惜自己的羽毛，他的叔叔显然不会在此时对我假以援手。往后去，一切都还只能听天由命。临别之际，徐经对我说：没有我的日子里，你要更加保重你自己。当时，看着这个花花公子远去的背影，我不禁为自己的命运而潸然泪下，我又怎么会想到：在这一生中，在我和他之间，还没有完，似乎永远也完不了。在此后的一段漫长的时间里，我的命运还将和他的命运纠缠在一起。据说，他在返回苏州家乡后不久，有一天晚上做了一个梦，在梦中，他听到成千上万的人都在对他山呼万岁。梦醒之后，他又想起了自己在东厂地下水牢里度过的那些日子，出于一种奇怪力量的驱使，他给那段日子下了一个定义，他认定那段日子是不堪回首的和不可忍受的。那天晚上，天气炎热，月光洒在大地上，一眼看去，大地上就像铺满了金子。也许我们大家都曾经听到这样的传说：月光美丽到极处，便具备了某种邪恶的力量。月圆之夜往往最恐怖。每当这个时候，这个世界上往往就有人再也控制不住想从一个人变成一条狼的冲动。现在我要告诉大家，徐经就遇到了这样一个恐怖的夜晚。不同的是，他不仅仅只是想从一个人变成一条狼，而且，他还想变成一个皇帝。他之所以认为水牢里度过的日子是不堪回首和不可忍受的，主要是因为他在刚刚被关进大牢的时候曾经吃过太监们的几顿拳头，就是这几顿在当初让他欣然承受（为了早一点出狱）的拳头，今天晚上却让他受不了。没错，他受不了，他想报复。但是他却找不到要报复的对象，他陷入了苦苦的思索，在天色破晓之前，他紧锁了一夜的眉头才慢慢得以舒展：他终于找到了自己要痛下杀手的对象，不是别人，正是我们的当朝皇帝！

在徐经看来，最终的报复对象，只能是皇帝；而最好的报复办法，也莫如把皇帝也关进东厂的地下水牢，甚至，把皇帝阉掉，让他变成一个太监（列位看官，你们说说，这不是个白痴又是个什么）。在邪恶的月光下，他的眼前立刻就产生了一片广阔的蓝图，他好像看到自己现在就已经坐在了龙庭之上，在无法抑制的激动中，他不禁狠狠地往肚子里吞着唾沫。很快他又提醒自己：千万不可鲁莽大意，走漏了风声。现在最重要的，就是找到自己的同党，然后再招兵买马，等到将来自己的声势壮大起来之后，再与叔叔手中的重兵合二为一，一齐杀进京城，到时候，何愁大事不成？突然，他觉得自己浑身燥热，在床上再也待不下去了，干脆就从床上爬起来，从布满灰尘的书架里抽出了两本他从来就不曾读过的书：《战国策》和《孙子兵法》，在灯下仔细攻读起来。他还取出毛笔，在书上小心地做着各种记号，用来提醒自己哪一段话将来用得上，突然，他脑子里涌出了一个想法：将来自己和同党的地下联络站，就设在苏州城外的寒山寺里。主意拿定之后，他不禁高兴得手舞足蹈，不断对自己说：兄弟，你就是这个世界上最聪明的人。与此同时，我，苦命人唐伯虎，在这样恐怖的夜里，正深一脚浅一脚地行走在返乡途中。在潮湿与黑暗之中度过了漫长的十二个月之后，我终于再一次看见了阳光。在大牢里，在对自己的出狱彻底丧失信心以后，我干脆变得自暴自弃，不说一句话，也不再对任何人抱有指望。每天只吃很少的饭，自然，也从来就不洗脸洗脚，撒尿的时候我根本就不脱裤子，任由那尿液在我的身体上穿行。到后来，他们终于受不了我了，在他们眼中我就是一个无用的废物，给我一口饭吃还不如给街上的狗一口饭吃，最终，我不洗脸不洗脚的秘密武器把他们战胜了，有一天早晨，当我正在撒尿的时候，两个忍无可忍的差役发疯般地冲上前来，打开牢门的锁，把我揪了出来，又把我扔到了大牢的外面，全身战栗着指着我的身体说：快滚吧，畜生！

我滚了起来，不光滚了，而且还滚得远远的。按照规矩，我仍然在几个差役的押解之下才返回了苏州。也正是在到达苏州的当天，我在县衙的一间偏房里第一次见到了系着一条红肚兜的知县大人，从知县大人的口中，我第一次听到了徐经正在准备谋反的消息。作为东厂一位元老太监的干儿子，知县大人当然不会错过这个讨好这位元老太监的大好机会。他知道，徐经的叔叔，那位兵部尚书，和自己的干爹之间早就有不小的过节，两个人在皇帝面前经常争风吃醋，两个人都在睁大双眼寻找对方的纰漏，一旦机会来到，他们其中的一个就只能死于非命，甚至是祸连九族了。可就是在这样的时刻，徐经，兵部尚书的亲生侄儿，这只跳蚤，却扑通一声从那些肮脏的毛发之中跳到了光天化日之下。到时候，一旦拿到徐经谋反的确凿证据，那位可怜的尚书大人，自然摆脱不掉干系，就是再怎样想跑也跑不脱了！但是，谁才是去侦察徐经动向最合适的人选呢？这可难倒了我们的知县大人，辗转反侧，连他一生中最重要的工作——为自己缝制肚兜，都无法再继续下去了。知县大人一思考，老天就发笑。老天发笑之后，送给了知县大人一件礼物，那就是我，诗人唐伯虎。当我第一次站到知县大人的面前，被他的奇装异服吓得险些晕倒在地的时候，他却哈哈大笑了起来，笑完之后，他一字一句地对我说：从今天开始，你就变成了一个密探；当然，你也可以一边是才子一边是密探。是啊，放眼苏州，还有比我更适合当一个密探的人吗？我可以肯定地告诉大家：没有。想想吧，一个普通人，对一个才子又能了解多少？他们能够了解的，无非是这样一些小细节：喜欢上哪家妓院；折扇上的画面是山水还是仕女；郊游的时候是否有勾引小姑娘的恶习，顶多，他们还可能知道他是否已经患上或曾经患上过花柳病。就是这样简单。但从今天开始，一个新才子在苏州人民的眼前横空出世了，他不光能诗善画，同时，在人们都已司空见惯的寻欢作乐的间隙，他还善于跟踪在一个名叫徐经的白痴身后，每一天，不管时间有多晚，他都必须要在夜半三更之时赶到县衙，把徐经一天中所有的蛛丝马迹都记录在一张纸上，再交给知县大人。你们知道他是谁吗？

当然，除去向知县大人报告徐经的最新动向，还有一件更重要的事情也在等待着我，这是一种游戏，但必须要有两个男人到场才能完成。相信不用我多说你们也都能猜到，你们比谁又傻多少呢？事实上，关于这个游戏，在前面我已经有过几次语焉不详的描述，但每次我都不能将它描述得更详细一点。是啊，是人皆有羞耻之心，我当然也不能例外。这一次，我下决心将它描述得更详细一点，但是又有天知道：我是否能够最终完成这小小的诺言？事情发生在我回到苏州三个月之后，这个时候，我才刚刚适应这个要洗脸洗脚的社会，马上就又以迅雷不及掩耳的速度闯入了另一片崭新的领域，这就是说，从现在开始，我已经成为了一个真正意义上的才子。那么，什么才是真正意义上的才子呢，我们说，那些空望着街上如云的美女而找不到接近办法的人不是；那些仅仅只敢和妓女们上床睡觉而不敢在她们的后背上撒尿的人也不是。当然，一开始，我和别的才子也没有什么不同，大家都无聊地成天手持一把折扇在街上闲逛，见了面，除去打招呼，也只是看着对方唉声叹气，觉得人生苦长。但是现在，从前那种悲惨的状况已经一去而不复返了，我，还有别的才子，都过上了一种扬眉吐气的新生活。每天都有大量的事情要做，那些从前不敢做的事情大家现在都争着抢着去做，如果我说现在苏州已经成为我们这个国家里最开放的城市，我想一定不会遭到大家的反对。当然，我的事情不管再怎样繁忙，有一件事情却是绝对不敢有丝毫放松的，那就是每天在固定的时间前往县衙与知县大人碰头，并且，一起完成那只有两个男人在一起才能完成的游戏。我还记得第一次吗？当时，我正一个人待在那间幽暗的偏房里往纸上记录徐经一天中的所有行径，由于天气实在太热，忍无可忍之后，我脱掉了上半身所有的衣服，就在这时，仿佛早就在等着这一刻，知县大人狂暴地闯了进来。

实在是狂暴！要知道，他已经是一个年近六旬的老人，即使是平常说话的时候，隔老远也可以听见他游丝般的喘息声，可现在，他却完全变成了另外一个人：一如既往地赤裸着上半身，一如既往地系着一条鲜艳的大红肚兜，只是全身上下（连他身上的老人斑）都仿佛被一种奇异的光芒笼罩了，脸色潮红，青筋暴露，怒目圆睁，仿佛这根本就不是一个年近六旬的老人，而像是置身于当阳长坂坡上的张飞，他抢起丈八蛇矛大声疾呼：燕人张飞张翼德在此，谁也不许动！面对此情此景，谁还动得了呢，反正我是动不了了。我差一点就要瘫软在地上。慌忙之中，我抬起头环顾了一遍这间我置身其中的偏房，却发现它突然变得如此陌生，好像我从来就没有踏足过。就在短暂的迷乱之中，他却又像个骑在战马上的将军冲杀过来，一把抓起我，把我半举在空中转着圆圈，仿佛他手中抓住的并不是我，一个活人，而是敌军首领的头颅。我怕极了，却不敢叫出声来，只是任由他抓在手中一遍又一遍地转着圆圈。可知县大人却有不同，他的嘴巴自始至终都没有停止过歇斯底里的叫喊，兴之所至，还唱起了一首战斗进行曲。现在，他已经不再是一个人了，而是变成了一条河流，在这条漫漫长河中，到处都是漩涡，我就夹在这不计其数的漩涡中翻转不已，想叫，却不敢叫。偶尔，我觉得自己快要上岸了，感到自己的双脚已经感受到了陆地的温暖，但到头来我还是想错了，那根本就不是陆地，而是一块块笔直峭立在水里的礁石，在紧紧地、徒劳地拥抱了它好长一段时间之后，最终却只能眼睁睁地松开自己的双手，再次被奔腾的河水卷入汹涌的漩涡里。突然，知县大人停止了所有的动作，一时之间，时间好像停止了，这个世界上所有的一切都好像停止了，但我又想错了，这短暂的沉默，就像大雨之前的天空，尽管整个天空都被巨大的安静所笼罩，但是只有天空自己才知道：等乌云全都积聚到一起的时刻，大雨，就要磅礴到来了。就像现在，也只有知县大人自己才知道，这漫长的游戏，到现在不过才刚刚开了一个头。果然，在短暂的沉默之后，知县大人大叫一声就把我扔在了墙角的一张大床上，紧接着，他就像一块布幔，又像一块乌云，吼叫着扑上前来，很快就覆盖了我的身体。

看看我，都说了些什么啊。说这些，又有什么用呢？就像现在，一天中最美好的时光已经完全逝去，天空中曾经璀璨的烟花已经完全熄灭，就连那些劳累了一整夜的妓女们，也结束了一天的工作，从她们的房间里传出的，不再是做爱时发出的夸张的呻吟与叫喊，而换作了此起彼伏的鼾声。哦，让我们原谅她们吧，尽管我们谁都不喜欢一个打鼾的女人，但是要知道，她们的工作是多么辛苦啊。只是我，只是我，如你所知，我还行走在县衙大院里，还行走在前往那间偏房的途中。更要命的是，那间偏房里还亮着灯火，连妓女们都已经睡着了，我们的知县大人也还没睡。显然，他在等我。他就是人世间最耀眼的一颗情种，只有见到了他，你才会懂得什么样的人才能算作是痴情人，牛郎不是，张生不是，梁山伯也不是，只有知县大人才能算是。尽管我已经在门外的草地上徘徊了好长时间都不敢推门而入，但我依然还是能想象出门内的情景：在昏黄的灯光下，那身穿大红肚兜的老男人正在为自己缝制新的肚兜，可能是红颜色的，也可能是绿颜色的，但不管是什么颜色的，它们对他来说都显得一如既往地重要。他可能还小声唱起了歌，为了这些肚兜，为了曾经经历过的无数次狂欢，也为了箭在弦上、几乎可以用倒计时来计算的我的到来。一阵冷风传来，我也冻得直打了一阵哆嗦，这才意识到，到时间了，不管怎样，我都躲不过去了。说不定，早点进去对我还更好一些，尽管一场浩劫已经无可回避，但那房间里毕竟还有一只小小的火炉和一床厚厚的被褥。走吧，不走还能怎么样呢？突然，天空扯起了一道闪电，闪电落在不远处的树木和房梁上后，立刻，就出现了一团丝丝燃烧的火花。还不等那团火花结束自己的燃烧，我就发现，我自己的生命也快要结束燃烧了。我之所以要这样说，自然就有这样说的理由，只是希望不会让你们感到突然。只因为，在那道闪电消失之后，我发现自己的脖子上突然多了一把刀子，那么，控制这把刀子的手又是谁的手呢？现在请你听清楚，是徐经的手。我一点都没说错，因为徐经现在已经站在了我的身前，他微笑着对我说：白痴，真是个白痴。本来我是不想杀死你的，但是你的白痴让我再也受不了了，一年四季跟在你后面，你竟然都发现不了我。如果不杀了你，早晚我也会变成一个白痴。兄弟，原谅我吧！说完，他狠狠地一用力，这把刀子，转眼之间就变成了一条正在寻觅洞穴的长蛇，它欢快地扭动着身体钻进了我的喉咙。

在倒地之前，我都看见了什么？是月光下的花朵，还是河流中的画舫；是夜色中的舞榭歌台，还是远处那段仍然被灯火照亮的城墙？我只记得，在倒地之前，我听到了从城外寒山寺传来的一阵钟声，在我离去的时候，一只远道而来的客船却正在向苏州慢慢靠近。在倒地之前，我还看见了一朵正尖叫着迅速升上天空的烟花，它的出现是如此突然，又是如此冷清，就像一个正在卸妆的美人。我听见自己压低喉咙叫喊了一句：苏州，我的家乡，多么美。

不恰当的关系

中学时代一根细小的丝弦
从梦中探入布店少妇寂寞的眼中
她苍白的芳心暗恋过的少年
如今是一个薄有名气的诗人
——黄灿然《小镇》

关于她，我知道的东西太多了，恐怕比她自己知道得都要多。她的头发，她的身体，她瓷器一般的两只手，她少女时代的胸脯，她的一切，全都是我的噩梦。总是在夏天，总是在黄昏，她站在庭院中的屏风背后洗澡，这样的时候，总是会有一阵西风吹动庭院里的树枝和墙头上的花朵，她停止擦洗，抬头仰望头顶那摇晃着的、比蒲扇还要巨大的叶片，内心装满了比叶片更加巨大的忧伤。可是，我内心里的忧伤难道会比她少吗？就在不远处的阁楼里，我躲藏着，发出粗重的喘息声，只露出两只眼睛紧张地看着她：在那阵连房梁都快要吹断的西风中，她正在轻轻地咳嗽着。有一次，还是在洗澡的时候，还是在一阵西风中，她发现了躲藏在阁楼上窗格下的两只眼睛，但是她没有发出惊叫，或者气极而泣，却露出她的牙齿对这两只眼睛笑了一下，哦，我的心里像是被针扎了一下，当即，我就像死过去了一样，捂住胸口，浑身瘫软在柳木窗下，一个下午都喘不过气来。她的牙齿，散发出银白的月光的颜色，在漫长的时光里，我都对自己说：那不是牙齿，那就是月光。她的嘴巴里盛满了天上人间所有的月光！在她眼中，我还是个孩子，但她怎样也不会想到，就是这个孩子，每天早上起床之后的第一个愿望，就是想唱一首歌给她听。可是，直到她哭泣着（幸福的哭泣、必要的过场）出嫁，成为布店老板的新娘，也从来没听到过这个孩子唱给她的歌。她还没有想到，还是这个孩子，终年累月一直站在她身后的阴影里，跟着她，他目睹了她的第一次约会，还有约会中不可回避的接吻。她房间的窗子也是柳木窗，这柳木窗下的两只眼睛，还是阁楼上的那两只眼睛，为了能将她看得更清楚一点，它们不得不眯成了一条缝：光洁的小臂、黑色的吊袜带、暗蓝色的印度花纹床单、摇曳着的昏暗的伊朗油灯，哦，这简直就是巫女的房间。

自从我出生，她就已经成为一个少女。当我勉强成为一个男人，她却早就变成了别人的妻子。多年以来，我有一个梦想，就是让时间永远停止在她的黄金时代——尽管已经和那个年轻的布店老板接过吻，但毕竟还没有成为他的妻子。后来，当我离开生活了多年的小镇，前往首都去做一个诗人的时候，她已经有了她的第一个孩子。离开小镇的前一天，我去找她告别，和从前一样，我仍然没有走上前去和她说话，而是爬上了布店对面的那棵高高的柠檬树，在树上，我看到她正坐在柜台里给孩子喂奶，看着看着，泪水渐渐地就打湿了我的眼眶和整个面孔。尽管已经有相当长一段时间不再看到她的身体，但是她的身体却也不至于让我感到陌生，即使那两粒乳头已经变成了两颗熟透的桑葚。在树上，我还闻到布店里无处不荡漾着一股爱情的味道：给孩子喂完奶之后，她和她的丈夫所做的第一件事情，就是紧紧地拥抱在一起亲吻起来。从高高的柠檬树上下来之后，我狂奔着跑出了小镇。即使现在，如你所知，在首都我已经成为一个薄有名气的诗人，再回忆起狂奔着跑出小镇的往事时也丝毫都不感到陌生：当然心如刀绞，当然一步一回头，最让人不堪回首的，却还是从鼻子里喷薄而出的鲜血，从那一天起，流鼻血就成了我身上为数不多的顽症之一。以至于在首都，我曾为这喷薄而出的血液写下了难以计数的诗，有十四行，也有赞美诗。由于我在漫长的诗人生涯中并没有多少给别人谈论的怪癖，所以，到头来，我不无痛心地看到：流鼻血、还有为鼻血写诗，竟然在别人眼中成了我一生中最大的怪癖。

我又怎么可能忘记她出嫁的那一天呢？那一天，我们的亚热带小镇上到处都飘满了烟花的气味，虽说时代已经发生了天翻地覆的变化，但是传统的婚礼依然奇迹般地被保留了下来，在铺天盖地的爆竹声中，她仍然披着红盖头坐上了花轿，欢乐的人群跟随在花轿的后面，把她从镇西头的家里一直送到了镇东头的布店，在送行的人中，有一个情窦初开的少年一直用手紧紧捂住自己的胸口，虽然从来就没有人注意到他，但他却总是在人群中躲躲闪闪，害怕有人突然冲进送亲的队伍将他拉出去，不用说，那显然就是我。随后，在冗长的酒宴上，我和别的男人一样喝醉了，走出门去，在漫天的星光下发狂地呕吐起来。是的，我对小镇最后的记忆，就是在星光下呕吐，除此之外，就只剩下浩瀚无边的伤心。当曲终人散，几乎所有的人都离开布店回到了自己的家中，却只有我一个人在黑暗中潜伏了下来。请你们放心，我并没有你们想象的那样下流，也没有患上不可告人的窥阴癖，我留下来的唯一原因，就是想陪她一起度过她的最后一个少女之夜，当然，她却并不知道我的存在。甚至，她也许从来就不曾认识过我。在黑暗之中，我想起了几年之前发生的一件事，有一次，当我们在一条小路上相逢时，她将她手中的香蕉递给我，一如递给我身边的其他伙伴，然后，她捏了捏我的脸，对她身边的女友惊叫道：看，多么红的脸蛋，多么可爱的小孩子！当时，我的眼泪夺眶而出，是啊，在当时，一个九岁的小孩子，你能指望我对她说些什么呢？什么也没说我就撒腿奔跑着离开了她，而眼泪却并没有停止流淌，迎面而来的灰尘扑上我的脸庞，与流淌不止的泪水纠缠在一起，最终在我的脸庞上留下了一道道的黑色印记。出乎意料的是，她的最后一个少女之夜，并没有我所想象的那样痛苦，反而还显得那样的快乐。听着屋内传来的粗重、绵绵不断的喘气声，我又流下了眼泪（请你们嘲笑我，但如果不经常流泪我又怎样去做一个诗人呢），就这样，我哭泣着回到了家，就在那天晚上，我写下了自己的第一首诗。

前面我已经说过，现在，在首都我已经是一个薄有名气的诗人。正由于此，这些年来，我到过我们这个国家的许多地方，可从来没回过一次曾经居住了十八年的亚热带小镇。要忙的事情实在太多了：出版诗集、拜访前辈、参加某国大使馆文化参赞举办的酒会；或者，开办讲座、去荷兰访问、与朋友合伙开诗人酒吧合伙搞对话，等等，要忙的事情实在太多了。当然，我最忙的一件事情，还是去寻找、去追逐各种各样的女人，在她们中间，有的和我一样来自外省的小镇；有的出自只有在首都里才寻常可见的各种深宅大院；有的则刚刚脱离肮脏的中档餐馆，但是一转眼满口四川话就变成了磕磕绊绊的美利坚合众国语言；有中国人，也有外国人；有黑人，也有白人。毫无疑问，终日在这些女人中间穿行，小镇上的她渐渐已经被我遗忘。总是在早上，当我从那些陌生的床上醒来，惺忪地看着陌生的女人身着薄薄的内衣在我眼前走动的时候，脑子里除了一片空白什么也没有，身体虚弱得简直比一片羽毛都要轻。有一段时间，每当这个时候，一阵没来由的愤怒还会经常袭击我，让我在短暂的惺忪后迅速回过神来，并且响亮地给自己一耳光。我厌倦着我的身体。可是现在，对身体我丝毫也不再感到厌倦，相反还有更多的迷恋，即使它比一片羽毛都还要轻。在各种各样的卧室里，我面孔潮红，赤着双脚在光滑、冰凉的地面上行走，就像行走在漫长的光滑、冰凉的绸缎上，使我想大喊大叫。但是最终我并没有大喊大叫，我静静地站在地上，想听清楚自己的心脏是否依然还在跳动，一下，两下，三下，哦，它还在跳着，我伸出两只战栗的手臂，轻轻地发出欢呼声，直至最后大叫一声倒在地上，再也不肯爬起来。请你不要嘲笑我，谁让我是一个诗人呢？作为一个诗人，我完全有理由这样做。

但变故迟早都是要来的——有一天早晨，和往常一样，我从另一位女诗人辽阔的大床上打着哈欠醒过来。眼睛一睁开，却突然发现小镇上的她站在我的眼前，她穿得严严实实，却比别人赤身裸体都更美丽。我在心底里狂呼着，嘴巴里却没有叫出声来，在沉默中，我感到自己正置身在一个奇迹之中。她也没说一句话，走上前来坐在床边，伸出她修长的十指穿过我的头发，我紧闭双眼，把脑袋凑在她的怀里，埋在从她身上散发出的奶味里无法自拔。可是——可是，当我再次睁开眼睛时，却发现自己躺在女诗人的怀里。我吓了一跳，大叫一声跳起来，在房子里到处寻找着她的身影，从卧室跑到客厅，再从厨房跑到卫生间，却没找到她。我怀疑这屋子里有一条秘道，经由这条秘道，她自黑夜之中到来又在黎明之前离去。我转而发疯地搜寻那条秘道，最终的结果可想而知：我一无所获。终于，我无法再忍受下去了，站在空旷的客厅里，我面对头顶上的天花板大吼大叫起来。那个从卧室里匆匆赶到客厅中的女诗人，显然已经被我吓坏了，站在那里一句话也说不出来。她还没想到的是，在大喊大叫声持续了相当长的一段时间之后，我又哈哈大笑起来。是的，我终于做了一个决定，我要回到那个亚热带小镇上去找她。

时至今日，我仍然记得自己离开首都的那一天。航空公司的人说，因为客人太少，从首都飞往当地的航班已经被取消了一段时间了。连半刻都没犹豫，我就狂奔着跑到了火车站。在簇拥着的成千上万的人群中，我流着眼泪跑进进站口，又流着眼泪跑上火车，心中装满了爱情。由于没有座位，我只好站在两节车厢的接头处抽烟，透过肮脏的窗玻璃向外看去，散落在北方大平原上的村庄和集镇看上去竟然显得如此可憎，它们在我眼前逐渐幻化成了我的亚热带小镇：那些房屋，幻化成了丛林中的吊脚楼；那些随风摇曳的大豆和高粱，也幻化成了一棵棵高高的柠檬树和槟榔树。在巨大的轰鸣和摇晃声中，我最后回望了一眼首都，出乎意料的，它并不让我感到挂念和舍不得离开，相反，一丝狂喜还正在我的胸腔之间慢慢滋生。越狂喜，奔涌而出的眼泪就越收不住，到最后，连眼泪滴到地板上的声音甚至都被我听清了。列车轰鸣向前，不久就穿越了一条著名的长达十公里的隧道，喧闹的车厢一下子就变得安静下来。在黑暗中，有那么一段短暂的时间，我以为自己快要死了。请你原谅一个诗人的冲动，想死的冲动对于任何一个诗人来说，都是司空见惯的事，就和一个青春期中的少年经常会有手淫的冲动一样司空见惯。另外，除了想死的冲动，诗人们还经常会有另外一种癖好：表演。就像他们在追求他们所喜欢的女人时，绝对不会选择花前月下向对方表白，而是要等到大雨瓢泼之夜，先在酒吧里喝上一点酒，然后，在漫天大雨中迈开踉跄的步伐，让全身上下淋得精湿，当这一切都准备妥当之后，他们才鼓足全身力气将对方闺房的房门撞开，在对方不胜惶恐的大呼小叫声中，他们猛扑了上去，把自己发烫的嘴唇紧紧贴上对方同样发烫的嘴唇，当对方费尽气力终于将他们推开，他们往往会喘息着说出一句相同的话：我是真的再也受不了了，我是真的真的爱你啊！然后，下面的内容就需要诗人们发挥各自的想象力了，但有一点是大家都免不了的：脸上的哀怨和身世的痛苦。在诗人们声泪俱下的诉说中，他们似乎每个人都有一部血泪家史，而他们自己，无不都拥有一个凄苦不堪的童年。终于，对方被打动了，哭泣着跑到诗人身边，把身体扎到诗人的怀里，最后，一切都像诗人们早已盘算好的一样：他们的嘴唇和对方的嘴唇再次贴在了一起。只是这一次比上一次贴得更加紧密。让我们大家都想一想，诗人们多么可怕，这样的夜晚又是多么可怕！由于诗人们的加入，这个夜晚已经充分具备了女人们所喜欢的一切特征：纯情与暴力；温柔与野蛮。一样都没少。

我要说的是，在首都生活的这几年中，诗人们的雕虫小技我一样都不少，而且还经常比他们知道得更多。凭借这些雕虫小技，我勾引过许多愚蠢的女人，其中不乏来自发达国家的白种女人，在面对我哀怨的脸色和凄苦的身世时，这些白种女人同样显示出了一个女人与生俱来的愚蠢。就像现在，置身于漫长的隧道中，尽管没有一个观众，我也仍然开始了表演。我紧闭双眼，首先打了自己一巴掌，然后才对自己说：你害怕见到她吗？犹豫了一会儿之后，我又缓缓对自己说：我——害怕。紧接着我又打了自己一巴掌，再问自己：那么你感到空虚吗？还是我自己回答我自己：是的，我感到空虚。到后来，我似乎再也控制不住自己的两只手了，它们左右开弓，一记记响亮地落在我左右两边脸庞上。而那些不断出现的问题，也像密密麻麻的手榴弹一样朝我扔过来，这些问题分别是：你是因为空虚才回去找她的吗；除了空虚，你去找她最重要的原因是性欲还是爱情；找到她之后，你想和她一起私奔吗？而我的回答依次是这样的：是的；不知道；是的。是的，我想和她一起私奔，至少，我希望能和她单独生活一段时间。前面已经说过，表演对于我来说，经常能起到安定片和镇痛剂的作用。在过去的时光里，我的身体备感虚弱，经常会出现阳痿早泄的症状，每到这样的时刻，我总会不断地提出问题，再不断回答自己提出的问题——把这当作一场表演。最后，通过表演，这些问题总是能让我想清楚并且回答出来，生殖器也随之反弹起来。对我来说，表演无处不在，它就像撒尿一样随便，它可以是喝酒之后撞开女人们的闺房，也可以是在半夜十二点后给仰慕的女作家打电话，它还可以是不断地对自己提出问题。因此我说：关于表演，我比别的诗人知道得更多。当我回答完那几个问题，我的全身上下一下子变得轻松起来，花了这么长的时间，我想我终于将自己的身份弄清楚了：现在，我就是一个心怀叵测的勾引者。对于我这样一个勾引者来说，好日子还远远没有到来，等待在前方的新生活是复杂的；那抹亮光也还远远没有到来，事情的发展也会远远超出我的想象，就像我眼下正置身其中的这条伸手不见五指的隧道，除了一列前行火车，谁又能说清它的肚腹里还隐藏着什么东西？一具无名女尸？或者一座地下宫殿？

可是，我又怎么会想到——仅仅只相隔三天，我就又重新回到了轰鸣的火车上呢？而且，她就站在我的身边。因为火车刚刚驶出小镇的站台，所以我和她透过肮脏的窗玻璃看到的，不是北方的大平原，而是高高的柠檬树和槟榔树。现在，我不得不承认，对于我这样一个勾引者来说，尽管事情的发展实实在在超出了我的想象，但新生活却没有呈现出它应该呈现的复杂，相反我还完全有理由这样说：新生活的得来太容易了。事实上，三天之前，我刚一走进小镇碰上的第一个人就是她。当时，天色已经逐渐呈现出黄昏的气象，她拉着一辆满载货物的板车正在吃力地爬坡，坡太陡了，她怎么也无法拉上去。我赶紧跑上去，把行囊扔上板车，再和她一起用力，终于，板车被我们拉了上去。关于这一幕，我相信大家在各种电影电视剧里见到的已经不少，当男主人公回到故乡时，总会一眼就看到自己的心上人正在村口干着各种粗重的力气活：担水、拉车等等。男主人公当然会默默走上去帮忙，此时，他的心上人会生气地打开他的手，而到后来情况就变得不一样了，他的心上人会默默承受他的帮助，必要的时候还会扑倒在他的怀里痛哭起来。可此时此刻，这一幕却并没有发生，事实上，她也许从来就不曾认识过我。看到我，她显得异常慌乱，站在那里不知道说些什么才好。我也看着她，同样不知道该说些什么。好半天，她才终于叫出了我的名字，叫出来之后，她好像认为自己叫错了，仿佛在后悔自己的冒失，脸上的神色则变得更加慌乱。后来，尽管前方的道路上已经没有什么陡坡，但我还是帮她一起推着板车回到了小镇上。整个过程中，我和她，彼此竟然没有再说一句话。一直走到布店门口，告别已经不可避免，她才又开始对我说话了：你，还没地方住吧？是的，我马上就接口说，是的，我还没地方可住。接下来的事情，我不说你们也可以猜测得到，我没有去寻找旅馆，而是在她家中住了下来。对了，我知道你们的心里还有一丝疑虑，你们会说：你不是已经回家了吗，你干吗不回家去住呢？实在对不起，这确实是我的错，我一直都忘了告诉你们，尽管这里是我的故乡，但却没有我的家。我从没有见过我的爹娘（这又是我成为诗人的一条必由之路吗），从小时候起，我一直生活在各种各样的家庭里面，好在是：因为民风淳朴，这些家庭倒并不怎么嫌弃我。我要说的是，在此地我并没有受过多少苦，我的童年和青少年时代都过得像别人一样充实、幸福。

等到在她的房子里坐定，我才发现，这家布店其实已经不能再被称作布店，在这里连一匹布都找不到。她给我端来一杯白开水，然后才告诉我事情的真相：布店已经破败，我刚才看到的那些板车上的货物，实际上是她帮别人拖运的。明天一早，她就要把这些货物送到别人的店里去。帮别人拖运货物，正是她每天都要干的工作。这时，屋外的夜色就像一块巨大的裹尸布，她点燃了一盏小小的灯火，我和她的脸孔都在一束昏暗的光线里闪烁不定。必须承认，贫穷实在具有可怕的力量，它可以使人变得更加疯狂，也足以使人更加颓丧，就像现在，贫穷显然已经在她身上打上了深重的印记，使她坐在那里不想说一句话，我知道，这绝不是因为我坐在她对面的缘故，我几乎可以肯定：不管是谁坐在她的对面，她都一样不愿意说话。过了好久，我才从一片空白中清醒过来，不断提醒自己作为一个勾引者的使命，作为一个勾引者，现在我必须要开口说话了。我终于小心翼翼地提到了她的丈夫，可后者出现在我的嘴巴里只会让她痛哭失声，当即她就离开凳子，蹲在墙脚下大哭起来。我不知道该怎么办，如果她是一个女诗人我也许会知道该怎么办，对付那些女诗人，让她们不再哭泣的最好办法，就是毫不犹豫地把她们抱到床上去，让我的某一个器官来彻底解决她们的问题。可现在的问题是，她不是诗人，我也从来没和她赤膊相向过，我又能拿她怎么办呢？我也离开凳子，走到她身边，不断安慰她，为了使她好过一点，我还伸出手去不断摩挲着她的肩膀，突然，她猛地站起身来，一头扎进我的怀里，而哭声却变得比一阵突至的暴雨声都还要剧烈。

在比暴雨声都还要剧烈的哭声中，我终于得知：她的丈夫，那个布店老板，现在正置身于北方的一座监狱之中。事实上，在她的第二个孩子尚未出生之前，她的丈夫就由于数罪并发，逃亡万里之后终于被人从长白山上的一个水塔里抓捕了回来，时隔不久，就正式被宣判为无期徒刑了。从此以后，她就再也没有见到过他。直到布店老板被囚车带到北方的一座遥远的监狱，她才明白，她的丈夫不光是她一个人的丈夫，而且是更多人的丈夫。这时她才明白她的丈夫为什么每隔一段时间就要出一趟远门，不是去进货，而是去另外一些陌生的城市里充当别人的丈夫。不光如此，她的丈夫还曾经在安徽犯下过两桩命案，而湖北的警察也为他成立了专案组，正在全国各地到处发疯地搜捕着他的踪迹。天啦，这还是她的丈夫吗？不光她自己不相信，就连现在站在她身边的我也不能相信。在她的哭声中，我慢慢回忆起了多年前的一个下午，那是她第一次和布店老板接吻的下午。在一片密不透风的油麻地里，他们在经历了漫长的拥抱之后终于向对方伸出了各自发烫的舌头。由于是第一次，她并不知道该怎样接吻，看起来，布店老板也不知道，因为他也和她一样显露出了某种必要的羞涩。所以事情的发展远远超出了我的意料，致使同样也躲在油麻地中的我也感到不可理喻：她变得像一个战士，而布店老板则变成了一只沉默的羔羊，尽管这一切，都是由于布店老板的不断撩拨——在她耳朵边吹气，抚摸她的乳房等等——才得以造成的。更可怕的是，他还在不断躲避着她的要求，用一种柔软得几乎听不见的语调对她说：好了好了，把那最美好的时刻留给我们的新婚之夜吧——而他的一双手却从来没有停止在她身体上下的旅行！哦，多么可怕，简直就像一个诗人！时隔多年以后，现在，置身于布店（从前的布店）中，置身于这昏暗、摇曳的光线中，我真真确确感受到了布店老板的可怕，他实在比那些热衷于半夜十二点以后给女作家打电话的傻×们高明多了。

说起这个夜晚，实在一言难尽。直到半夜三更，我们才沉沉睡下。躺在床上，我的耳朵边还一直都在回荡着她的哭泣声。我的房间正对着她的房间，但这两间房子却都没有房门。早在临睡之前，我曾经对她提出过自己的疑虑，问她没有房门是不是出于家中不再有男人的缘故。那时候，她好像从漫长的悲伤中稍稍苏醒了一下，听完我提出的问题，这种苏醒很快就变成了冷笑，她一边冷笑一边对我说：那些门板，都被我取下来卖了。我并没有为她的回答感到震惊，我感到震惊的，却是她发出的不动声色的冷笑声，这笑声让我感到一丝凉意正在从我背后慢慢滋生，夺步就跑进房间在床上躺了下来。现在，我躺在床上，却怎么也睡不着，月光洒进来，使屋内被笼罩上了一层银白的光芒，也使得屋内的一切都显得如此清晰，看上去，近乎一场小小的奇迹。我看到她也没睡着，也和我一样一遍复一遍地翻滚着自己的身体。又过了好长时间，在半梦半醒之间，我被一阵哭声惊醒了，不用看我也知道还是她在哭。我突然发现，从我走进布店，直到现在，她一直都在哭。而现在，我却实在无法继续聆听她的哭声了，极度的困倦正在提醒我，要睡觉，而我不要与自己的身体搞对抗。但是不行，这哭声变得越来越大，我根本就无法闭上眼睛，在经过短暂的犹豫之后，我终于披衣起床，走到了她的床边。这时我才发现，她这一次的痛哭，绝不是因为又一次想起了自己的命运，而是因为她的大孩子正在发高烧。一下子，又有一部或者几部电影涌到了我的脑子里，我想不用我说你们也清楚我下一步要干什么，是的，作为一部电影的男主人公，我马上就要抱起这个孩子冲向镇上的医院。你们当然也知道将来还会发生什么事情，等到孩子的病好之后，我和她的爱情也终将瓜熟蒂落，因为就在这个孩子的治疗期间，各种有意无意的碰撞、心动，甚至是耳鬓厮磨就会纠缠上我和她。如果事情的进展完全按照电影中的剧情往下发展，那么，说不定在孩子离开医院的当天晚上，我和她就会站在棕榈树下接吻了。

可是我发现，事情远远没有一部电影的剧情那么简单。就在前往医院的路上，我闻到了那股特殊的味道。这味道就像是苦艾草经过燃烧之后散发出来的气息一样，事实上，一进她的家这股味道就被我闻到了，它是如此浓重，就好像是油污、布匹和眼泪共同组成的混合物。可现在我们已经离开布店，正急匆匆地行走在前往医院的路上，那股古怪的味道却依然还没消失，依然还在时时刻刻向我提醒它的存在。我伸长鼻子，使劲地在空气中嗅来嗅去，却怎样也无法找到它到底是从哪里散发出来的。我们的脚下，是一条被青草和野花覆盖的小路，在小路的两边，是两排围住菜园的漫长的篱笆。啊，多么好，爱情天生就应该在这样的夜晚里栽培、发育，直至成长。但我怎么也不理解，这样的夜晚为什么也会释放出那股刺鼻的怪味？不能说它就是臭味，但至少让人心寒，让人对自己正置身其中的爱情发生怀疑。到后来，那股怪味越来越刺鼻了，直到我快要被它刺激得晕眩过去。当然，尽管如此，我仍然没有放松自己匆匆疾行的脚步，因为我怀中还抱着一个发高烧的孩子。突然，我的脚步停留了下来，站在那里不再往前走——现在我终于明白，那股怪味正来自于她的身体。我一旦停下来，那股怪味就消失了，而她却浑然不知，还在边擦汗边往前走，现在，由于汗液的加入，那股由油污、布匹和眼泪组成的混合物散发出的怪味越来越浓重，让我觉得心慌气短，在实在支撑不下去之后，我干脆蹲下来，喉咙里发出粗重的喘息声，一个小小的悲剧不请自到：一股呕吐物从嘴巴里喷薄而出，急剧地朝着青草和野花飞射而去。她听到了身后的动静，慌忙回头朝我走过来，而我，却在心底里发出一声更比一声惨烈的夺命狂呼：不要！千万不要！就在她快要靠近我身体的一瞬间，我猛然从地上跳起来，号叫着掠过她的身体呼啸而去。

因此，在医院中，各种有意无意的碰撞、心动和耳鬓厮磨并没有出现，即使有这样的火苗刚刚点燃，我也只当从来就没有见到。事实上，在医院中我并没有多少可以和她单独相处的机会。因为第二天我就得知，这一阵子，正好有一位瑞典的汉学家来到了我们的小镇上，由于是私人旅行，所以知道汉学家行踪的人并不是很多，现在他正住在镇子东头的一家小旅馆中。闻讯之后，连半刻都没有停留，我就发足狂奔着跑到了那家小旅馆，尽管现在我是一个勾引者，但我也时时刻刻都没忘记自己还是一个诗人。汉学家对于一个诗人来说意味着什么呢，你们可能知道得比我更清楚。但我没想到的是，等我赶到这家小旅馆时，汉学家的门口已经排起了一条长龙，尽管汉学家还在午睡，而男女诗人们却已经在屋外的走廊上排好了一条长长的队伍，他们都在等待着这位汉学家的接见。为了不打扰汉学家的午睡，他们表现出了令人难以置信的冷静，全都鸦雀无声。他们有的要请汉学家到自己开的饭馆里去吃火锅，有的则手持自己的诗集要求得到去瑞典访问的机会，当然其中也不乏要求向汉学家献身的半老徐娘。由于到得太晚，我站在了这条队伍的最末尾，心中自然火烧火燎，刚刚想走到前面插队，却当即就遭到了一位四川诗人的呵斥，他二话不说，就从背后狠狠地踹了我一脚。就在此时，我又看到了她，她也看到了我，此刻她正站在门口向我焦急地招手。在犹豫了好半天之后，我终于痛下决心，离开那条长龙，转身朝她走过去。一走近她，她就扑通一声在我面前跪了下来，嘴巴里的哀求则不绝于耳地传递过来：救救我，带我走吧，就算让我做牛做马，我也心甘情愿！

我吓了一跳，赶紧把她从地上拉扯起来。她却仍然不肯罢休，挣扎着还要再跪下去。在一来二去之中，我也慌了手脚，发现自己一下子变得非常烦躁。我抬起脚就朝她踹了上去，顿时，她安静了下来。我回头朝旅馆里望了望，发现汉学家的房门还是没有打开。这时在我心中突然产生了一个愿望，就是要找到一把刀子，冲进汉学家的房间，将他从被窝里赤身裸体地揪出来，让大家都看一看他的生殖器，看看它是否比我们的更大。当然，这并没有付诸实施，花了好半天时间我才将这个恶念像吞一口唾沫般吞回了肚子里，心中却依然久久不能平静。我强迫自己的脸上呈现出了一副笑容，尽管我知道这副笑容非常难看，但我还是命令自己牢牢地将它保持住，而语调也变得温存起来：走吧，我们回去吧。在路上，在她时断时续的抽泣声中，我终于弄明白了事情的原委：原来，她丈夫的债主又上门找她逼债来了。在苦苦索求终无结果之后，他们终于对她展开了毒打。现在，她一边哭泣一边掀开了自己的上衣，向我展示她小腹上被人毒打后留下的伤口，可除了几条肥厚的肉褶之外，我却什么也没看见。她慌忙又撩起上衣的后摆，让我看看她后背上的伤口，我再也无法忍受下去了，大叫一声便夺路而逃。一直跑到她的家中，我还蹲在地上不停地喘着长气，步步紧逼的她却又在我面前跪下了，她又一次声嘶力竭地重复起了重复过无数遍的话：带我走吧，就算是做牛做马我也愿意！这样的日子，我再也过不下去了。就在这时，我突然变得冷静下来，是的，我突然想起了她的少女时代，立刻，在我脑子中到处都翻滚着她少女时代的无数个闷热的下午——她在屏风背后洗澡，在一阵西风中轻轻地咳嗽着，在那一阵阵连房梁都快被吹断的西风中，她抬头仰望头顶上那摇晃的、比蒲扇还要巨大的叶片，内心里装满了比叶片更加巨大的忧伤。现在，再看看跪在我面前的她，我眼眶里不禁流出了两行眼泪。此时此刻，她跪在地上，长发披散，蓬头垢面，而我却想起了她的少女时代，并且对自己提问：你，还爱她吗？作为勾引者，你是否还想完成自己的使命？我的回答是这样的：不知道，不知道。

半夜里，和往常一样，我又睡不着。好不容易睡着之后，却被从外面的树林里响起的一阵枪声惊醒了。正当我刚刚从被子中支撑着坐起来，房门突然被人撞开了，还不等我明白到底发生了什么事情，两个荷枪实弹的警察就站在了我的眼前。当他们黑洞洞的枪口对准我，睡在对面房间的她却发疯般地从床上跳了起来，连一件衣服都没穿，就扑倒在警察的跟前，使出全身力气抓住他们手中的枪，对他们哀求着说：放了他吧，你们抓错人了。我坐在床上没有说一句话，因为我实在不知道到底发生了什么事情，后来，在两个警察不断的呵斥声中，我被迫穿好衣服被他们带到了镇上的警察局。当然，后果是可以预见的：我并没有遭到什么伤害。相反，在知道我是一个诗人之后，这些警察对我的态度还显得十分热情。其中一个年轻的小伙子，非常起劲地问我除了诗歌之外是否还写作侦探小说，尽管我的回答让他感到有一些失望，但他还是更加起劲地向我讲述了整个事件的经过。原来，在三个月之前，那个作恶多端的布店老板趁着放风的机会成功地逃离了那所监狱，现在，已经有人在镇上发现了他的蛛丝马迹。今天晚上，镇东头的一家商店遇劫，在店主与歹徒进行的殊死搏斗中，店主认出这位歹徒就是布店老板。接到报案后，警察们迅速出击，很快就在一片树林中发现了布店老板的踪迹，尽管发生了激烈的枪战，但到头来还是让他给溜了。天啦，此时此刻，你还指望我能和这些警察说些什么呢？什么也没说我就离开了警察局。又有谁能想到：一个勾引者，正当他鼓足力气向一片未知领域冲刺的时候，在另一片未知的领域里，巨大的危险正在向他悄悄逼近？是的，二话没说我就离开了警察局，我已经暗暗作出决定，不管如何，今天晚上我就要从此地离开，回到我的首都去。作为一个诗人，那些频繁发生屡见不鲜的悲惨的例子我难道知道得还少吗？问苍茫大地，又有谁可以计算出——到底有多少人横死在其情人的丈夫手中挥舞着的尖刀利斧之下？我越想越觉得害怕，全身上下止不住地战栗着离开了警察局。在快走出警察局的时候，我看见了她，此时她正待在另外一个房间里接受审讯。我已经管不了那么多，匆匆看了一眼就跑到了屋外的沉沉夜色之中，紧接着就跑回了布店。在她的两个孩子不断发出的哭泣声中，我开始收拾自己的行装，打算马上就离开这里跑到火车站去过夜。是的，在这里，我一刻也不想再多待下去了，尽管我十分清楚从此地开往首都的列车已经早就发出，但我还是决定去搭乘最快发出的一列火车，先离开这里再说。很快，我就收拾好了自己的行装，连半刻都没犹豫，我就朝着火车站的方向狂奔而去。可就在我大汗淋漓地跑上火车站的站台时，我的脚步却突然慢了下来，整个身体都像触了电一样直挺挺地耸立在那里，一句话也说不出来。啊，啊，啊，我又看见了她！这一次，她却并没有像往常那样劈头就给我送上一顿痛哭，而是悄无声息地走上前来，对我凄凉地一笑，然后才说：不管怎样，我都跟定你了。

再说这些又有什么用处呢？更何况，现在我和她已经在火车上共度了一天一夜。那天晚上，我和她一起坐上了前往另外一个小镇的列车，在那个小镇上仅仅只待了三个小时，我们就又顺利地踏上了开往首都的列车。前面我早已说过：我又怎么会想到，仅仅只时隔三天，满怀在小镇上一辈子生活下去的愿望的我，怎么又会重新回到轰鸣的列车上来呢？今天早上，我从火车上的广播里听到了这样一个消息：在经过旷日持久的调查之后，美国总统克林顿终于承认，他和前白宫实习生莱文斯基之间的关系是一种“不恰当的关系”。听完广播，我好半天没有说话，我当然明白，尽管我和她从来没有发生过口交，甚至从来都不曾把手伸到她的身体上，而且与那个胖美人莱文斯基相比，她的身体还要肥胖许多，但提及眼下我和她之间的关系，又有谁能将它说得清楚？在临上火车之前，我也曾经阻拦过她，提醒她这样做可能带来的恶果，比如此刻她的两个孩子就正坐在家里哇哇大哭。可这些提醒对她来说根本就无济于事，她说，虽然时代在发展，科技在进步，但那些开放带来的负面影响并没有波及到我们的这个小镇，换句话说就是，尽管时代发生了巨大变化，但我们的民风依然保持着令人称道的淳朴，小镇上的居民们仍然会像当初照顾我一样来照顾她的两个孩子。在火车上，在这一天一夜中，我和她的吵闹始终都没停止过。就像现在，我终于抑制不住冲天而起的怒火，对她大吼大叫道：你怎么会这么不要脸啊？她却装作什么也没听见，却转而一字一句地对我说：你骗不了我，我知道你爱我。她对我说，她早就认识我，当我还是一个小孩子的时候她就认识了我。不光如此，她还早就知道我总是在她洗澡的时候偷窥她，她之所以不拆穿我，就是因为她早就看出了我会成为一个不同凡响的人物。她还说，从她小时候起，脑子里就经常有一些与其他女孩子不同的古怪的想法，比如她如果还生活在一个有皇帝的朝代的话，她一定会想方设法、笑逐颜开地进入到皇宫里去，哪怕做一个普普通通的宫女也不在乎，只要生活在皇帝身边就够了，而绝不会像别的少女一样在被应征入宫时表现得哭哭啼啼。没办法，我天生就喜欢那些非同凡响的大人物，她对我说。

一天一夜以来，我再也没有闻到从她身体上发出的古怪的气息。上车之后，她所做的第一件事情，就是将自己关在厕所里，将全身上下洗了个干净。现在看来这样一种说法毫不显得夸张：洗一次澡对她来说，简直就是一次蓄谋已久的改头换面。以至于当她站在我身边的时候，我还能闻到一丝轻易不被觉察到的香气。这香气迫使我不得不一次又一次地对自己提出问题：洗完澡，她还是她吗？我的回答是这样的：洗完澡之后，她正是她。现在我发现，仅仅只离开小镇一天一夜，她就好像永远告别了贫穷，从前的那种神采飞扬很快就又重新降临在了她的身上。是的，与少女时代相比，与莱文斯基相比，她胖了许多，但我想说，这只能责怪时间，却丝毫都不是她自身的过错。哦，怎么回事，从什么时候开始，那几乎贯穿了我全身的对她的厌恶竟然在偷偷地流逝？现在回想起来，如果她的生活从来没有发生变化，那么，此情此景——我和她分别睡在卧铺车厢的上下铺——则正是我梦寐以求的。那么，你还爱她吗？没办法，问题又被我提出来了，出乎意料的是，对于这个问题，我竟然不知道该怎样回答才好。如果是在那条小镇的被青草和野花覆盖的小路上，我完全可以干脆地回答：我根本不爱她；可现在是在开往首都的火车上，并且她已经洗了澡。对于她的纠缠，通过这一天一夜的实践我早已明白，根本就不可能摆脱。昨天晚上，当火车在一个陌生的站台上停下，我蹑手蹑脚地从卧铺上爬了起来，准备从此地下车，然后再换乘其他的车，借此来摆脱她，可我刚刚下床，她就先一步挡在了车厢门口；还是在昨天晚上，火车在另外一个陌生的小站台上停下，在认定她已经睡熟之后，我再次奋起反抗，准备下车，可还没等我走出车厢，她就在身后大喊大叫起来：抓住他，别让小偷跑了！伴随着她的叫喊声，从隔壁车厢里闪电般冲出来两个警察挡住了我的去路，我费尽口舌，才和他们把事情的原委说清。说清楚之后，一股无法遏制住的愤怒迅速地盘踞了我的全身，我指着她对警察说：要小心这个女人，她是一个荡妇！她抛弃了她的两个孩子要和我私奔，我没有办法忍受下去了。可两个警察非但听不进去我的话，相反，还笑嘻嘻地与我称兄道弟，向我讨教私奔秘诀。等到两个警察离开，等到我爬上上铺，她才发出了一声冷笑，然后慢腾腾地对我说：不要再指望逃出我的手掌心了，从今往后，你就是我的人。在当时，躺在床上，躺在列车行进中发出的巨大轰鸣声里，我流下了眼泪。看着窗外被黑暗笼罩的无边无际的原野，我一遍又一遍地问自己：天啦，到底谁才是他妈的勾引者？可我没想到，时隔一晚，在从她身上散发出的连绵不断的香气中，我却对自己说：也许，我是爱她的。

太可怕了！我竟然是爱她的。这变化来得太快了，快得连我自己都不能接受，我知道，作为读者的你们也不能接受。但请允许我告诉你们实情，那就是：我实在感到有些支撑不下去了。我说的不是对她的爱，而是你们现在正在阅读的这部小说，在写这部小说的时候，我已经身患严重的腰椎间盘突出症，终日坐卧不宁。我知道，只有我爱她，才能将这个故事结束得更早一些。所以，现在我必须爱她。我对她说：是的，你的感觉一点都没错，我是爱你的。可她却哈哈大笑着对我说：别骗人了，你以为我会相信你的话吗？你小时候的偷窥，根本就不是因为爱，而是因为手淫。不要以为我是个白痴，要知道，再过几年，我儿子都快到手淫的年龄了。哦，我还能对她说些什么呢？接下来，为了说明我对她的爱，我不得不对她回忆起了她少女时代的每个生活细节，希望用这些细节来唤醒她，让她知道我从小就爱她，这爱会让她每天都洗一次澡，让那股怪味永远离开她，只有这样，我才有可能将她带到首都，和我一起去出席那些大大小小的宴会。是的，我没说错，就在短暂的一念之间我已经作出决定，将她带到首都去——我离开首都不正是出于这个梦想吗？再说，也只有这样，这部小说才可能结束得早一些。

可我，还有我们大家，都不得不面临这样一个让人悲痛的事实：面对我的表白，她的全部表现就只有哈哈大笑。到最后，在我确定再也没有办法让她相信我之后，我干脆坐在地上号啕大哭了起来。除了号啕大哭，我还一遍复一遍地抽打着自己的脸，嘴巴里却一遍复一遍地重复着相同的话：求求你饶了我吧，求求你相信我对你的爱吧。突然，我心中一动，连忙止住哭泣，抬起头对她说，如果你不相信，那么，我只有将你抛弃，即使到了首都，我照样可以将你抛弃。可面对我的恐吓她是怎样回答的呢？让我们一起听听她的回答：不要再做梦了，你大概还不知道，现在站在你面前的，绝不只是我一个人，就在这列火车上，还有另外一个人你也永远都摆脱不掉。他，不是别人，正是我的丈夫！好好想想吧，白痴！说完，她还朝我身上狠狠踹了一脚，我仰面倒地，她却走过去坐在铺位上嗑起瓜子来。躺在地上，我不知道要干些什么才好，但我总是要干一些事情的，所以，我的哭声变得更加响亮起来，身体也像一条垂死之鱼般在地板上翻来覆去。过了半天，在经过漫长的哭泣之后，我终于爆发起来，猛地站起身，扑上前去抓住她的两只手，声嘶力竭地问道：难道，难道你真的就从来没爱过我吗？在最初的一段时间里，看着我早已被眼泪打湿的脸庞，她呆住了，但很快她就恢复了镇静，我的狂情表白换来的只是她更加声嘶力竭的哈哈大笑。在哈哈大笑之后，她才叹了一口气，用细长的手指指点着我的额头说，你还是个小孩子啊。然后，她就再也不理会我，爬上床睡下了，但却依然没有停止嗑瓜子，地板上很快就铺起了一层瓜子壳的碎屑，就像木材加工厂的刨花。

我想起了小时候，那时，我总是睡在木材加工厂堆积如山的刨花里回忆着她的身体，新鲜的木材气息笼罩着我，直让我想哭，而最后的结果也几乎是必然的：我张开嘴巴就哇哇大哭了起来。再看看现在：不错，我是在哇哇大哭，但承受着我哭泣的身体的，已不再是松软、湿润的刨花，而是一片肮脏不堪的瓜子壳。这哪里还是一个诗人的哭泣？几乎所有诗人的哭泣总是发生在这样的时刻——花前月下、生离死别或者喜极而泣，而我呢，置身于一列普快列车中，非但谈不上生离死别，更是被咄咄逼人的比翼双飞吓得差一点闭过气去，我有什么理由躺在地上哭泣呢？可睡在床上的她却根本就不管这些，她还在对我说：此情此景，你都已经看到了，多余的话我也不再想多说。还是那句话——从今以后，你就是我和我丈夫的人了。绝不要想逃跑，哈哈，你跑不掉！当然，除非你把我们杀掉。说到这里，她稍作停顿，又换作一种冷森森的语调继续说：要知道，你现在已经变成了一个罪犯，从一开始，你就在帮助着我们的逃跑。整件事情说起来，正像一位著名的足球教练在率领队伍冲击甲A成功后说过的那句话：谢天谢地谢人。是啊，我们又怎么会想到，就在我们焚心似火的时候，你却不远万里披星戴月地一头钻进了我们早已布好的大网之中呢？因此，相信不用我多说你也早已明白：我们被抓住的那一天，也是你被人民政府宣判之日！就在这时，发生了一件事情，发生了一件天大的事情，正因为这件事情的发生，她才不得不中止了她的谈话，要不然，天知道她还要咆哮到什么时候？车身开始激烈地颤抖，在经过短暂而狂暴的颤抖之后，这头怪兽却变成了一支离弦之箭，朝轨道外飞奔而去，朝九霄云外飞奔而去。是的，你们大家料想的没有错：车祸发生了。在车祸发生的一刹那，在震耳欲聋的呼天喊地声中，我看到她从床上翻转了下来，和我一样躺在了地板上，躺在了瓜子壳上，整个过程稍纵即逝，丝毫都不由她控制。与此同时，她尖叫了一声，就用手紧紧地捂住了胸口，显然，在巨大的空白迅速而短暂地占据了她的大脑之后，她已经明白就在她咆哮的时候这个世界上到底发生了什么事情。慌乱之际，就像抓住一根稻草，她尖叫着抓住了我的胳膊。连我自己都没想到的是，就在这样紧要的时刻，我却变得非常兴奋起来，一把打开她的手，也和她一样发出尖叫声，是啊，这一刻来得太晚了。我清楚，颤抖过后，狂暴过后，等待我的是永不颤抖和永不狂暴，但这些又算得了什么呢？在这部小说中，我至少已经三次重复过这样一个事实，即我是一个诗人。在过去的岁月中，已经有很多诗人遭遇过类似这样的时刻，一些诗人死了，另一些诗人活了下来。我无数次地看到，那些活下来的诗人把他们的遭遇写成了诗，凭借这些诗，他们提前迈入了大师的行列，出席各国大使馆举办的酒会这样的小事就不用说了，即使是去汉堡大学或纽约州立大学做个驻校诗人，也实在算不上什么。必须承认，在他们每次迈入大使馆的大门或喜气洋洋地手持签证走出那些大使馆的时候，我充满了羡慕。而现在，如此美妙的遭遇就在眼前，我又怎能白白放过？

就这样，我尖叫着站起来，双手高高地举向空中，如果有可能，我还想蹦跳一下，但是显然不能，因为就在这时，仿佛有世外高人的帮助，巨大的平静在我眼前降临，令人难以置信的灾难就这样结束了。我把脑袋伸向窗外，发现火车就像一头受伤的巨兽，此刻正躺在一片沼泽地中吃力地发出深重的喘息声，在它的身体上，一些白色的烟雾正在缓缓升起，还有一些暗红色的血液正挣扎着流出来，它们发出汩汩的流淌声渗入了肮脏不堪的沼泽地。震耳欲聋的呼号还在继续，而我，还有她，却什么事情也没有发生。在犹豫了半天之后，我终于从已经洞开的窗户里钻了出去，狠狠地盯着眼前的怪兽，眼泪马上就不由分说地流了出来。是啊，太可怕了，我竟然没有任何事情。我冲上前去，踢了它一脚，又退回来给了自己一耳光，接着抬起头问自己：你为什么没有事情？它当然不能给我任何回答，但是有人能给我回答，就在我抱头痛哭的时候，自己的后背却被人踹了一脚，伴随着这一脚，一声暴喝也适时响起：你他妈的还站在那里干什么？还不给老子快走？听到这个声音，我的脸色不禁抽搐起来。我回过头去——是的，眼前不是别人，正是她的丈夫，那个多年不见的布店老板。现在，他不知道从什么地方钻了出来，一手扶住自己的妻子，一手则挥舞着一把在太阳下光芒四射的钢刀，看到我回过头，他温柔地笑了起来，白净的牙齿和他手中的钢刀一样闪闪发光。接下来，他又温柔地笑着问了我一句：还不走在等什么？我能怎么办呢？我只好站起身来，一步步朝前走去。一步步朝前走去。

弟弟，弟弟

当我从轰鸣的拖拉机上跳下来，天色尚未完全转换成铺天盖地的夜幕。那遥远的天际处，仍然残留着被树梢和云彩遮住的夕阳。透过树梢和云彩，它依然放射出眩目的红光，这红光覆盖了大地上所有的景物：村庄、稻田和一大群正在山坡上吃草的白羊。我回过头去，发现那个好心的拖拉机手的脸上也同样显得红光满面。他一边伸出手拍打着那些从烟囱里冒出的黑烟，一边咳嗽着对我说：“顺着这条路再往前走半个小时，就可以到刘畈村了。”我也伸出手去握着他的手说：“老刘，如果有机会去武汉的话，一定记得找我，我陪你去逛黄鹤楼。”然后，我向他一挥手，继续向前，他也驾驶着拖拉机咆哮而去。我们分手的地方转眼之间就重归寂静，一只从稻田里飞出的白鹭飞临刚刚被拖拉机碾压出来的那道新鲜的车辙之中，细致地用嘴巴挑拣着从拖拉机上洒落的粮食。道路太泥泞了，我脱下旅游鞋赤足行走，那些松软的稀泥在我的脚趾缝之间滑来滑去，就像一条条的黑泥鳅。走了大约十分钟，我抬头向前看去，那个名叫刘畈的村庄终于在昏暗的光线里隐约浮现出了模糊的轮廓，我的心，顿时就狂跳起来——啊，弟弟，我就要见到你了。渐渐地，我感到光线越来越昏暗，夜色正在一点点加深，村庄也离我越来越近，我几乎可以清晰地看见摇曳的人影和闪烁的灯火。我甚至有点不敢再往前走下去了。站在村口的一口干涸的水井边，为了让自己安静下来，我再次四处张望，打量目力能及的一切。我发现，夕阳仍然还躲藏在树梢和云彩的背后，只是已经摇摇欲坠，就像一个来日无多的老人，无论使出多大的气力，等待着他的最后结果仍然只有一个。那就是坠落。突然，我想写下一首诗，弟弟。但是我知道：这一切，我们的双眼所能够见到的一切，已经早就被你写成了诗。就在去年，当你还待在武汉的一所中专里上学时，就写下过这样的句子：黄昏还未消逝，又有什么理由对一整天加以赞美？

几乎没花多少时间，我就毫不费力地打听到了李守财的家。他的家坐落在村子东头的一条山冈上，是丘陵地带司空见惯的独门独户。早在来刘畈村之前，我就已经从父母那里详细得知了刘畈村的地形，因此，当我在那家依稀从门缝里透出灯火的院落前站定的时候，我几乎可以毫不犹豫地断定：这就是李守财的家。时间已近秋天，而蟋蟀们还在草丛里发出清脆的叫唤声。紧闭的大门里传来了杂乱的从收音机里播放出来的流行歌曲，我竖起耳朵仔细聆听，发现门里还有吃饭时发出的咂吧咂吧的声音和猫的叫唤声。于是，我开始敲门，但是一下子，屋里所有的声音都消逝不见，屋里，连同屋外的大地一起突然变得异常安静。就好像他们对这敲门声早有防备。甚至，连刚才还点燃着的油灯也暗淡下来，紧接着，一个粗重的、压低了喉咙的嗓音响了起来，不知为什么，这嗓音让我想起了一架闲置已久无人问津的手风琴，只要一发出声音，琴键的四周立刻就会飘扬起早已布满了的粉尘。这个嗓音问道:“是谁?”“我，是我，”我急忙回答，“我是从武汉来的。”话未落音，屋里的灯火很快就重新恢复了明亮，只听见咣当一声，刚才还紧闭的大门猝不及防地打开了。灯火从洞开的大门里倾泻出来，照亮了院子里的枣树和院子旁边的鱼塘，还有远处已经完全被黑暗所吞噬的田野。

一个看上去绝对要比实际年龄苍老得多的、头发上沾满了面粉的中年男人把我领进了屋里，不用猜测，他肯定就是刘畈村面粉加工站的站长李守财。把我领进屋之后，他先让我坐下，再递过来一支烟，接着，就一直在我跟前嘿嘿地、但却是憨厚地笑了起来。我根本就坐不住，从板凳上跳起来问他:“我弟弟呢?”但是，我却被李守财告知，要想见到弟弟，只能等到明天中午。今天中午，乡派出所来了一辆警车，原本是来抓捕村里的一位逃亡已久的强奸犯的，但却让弟弟顾不得探明真相就顺着屋后的稻田撒腿狂奔而去了。我使劲抓住李守财的手问:“那他到底跑到哪里去了呢?”接下来，我又被李守财告知:类似的事情以前曾经发生过好几次了，每一次李靖——我的弟弟都能够安然无恙。原因是，距这个村庄十八里地开外的另外一个村庄是李守财的娘家（他是一个上门女婿），每一次，只要碰到类似的情况，我的弟弟就会顺着屋后的稻田狂奔十八里到达他的娘家，在那里待上一整夜。“哥哥，”好像弟弟就在我的跟前，李守财望着我说，“哥哥，没有事的，李靖从来就没有一次有过事情。”

半夜里，下起了大雨，我躺在床上读起了弟弟写的诗。床铺下铺满了稻草，让我的后背觉得无比松软，就像躺在一片摇曳的湖面上，而这稻草发出的腐朽的香气又让我辗转不能成眠。弟弟的诗写在一个乡村里随处可见的小学生书法练习本上，上面绝大多数的字迹已经被各种油渍所浸染，但是，这熟悉的字体，又有哪一个字不能被我清晰地辨认出来？逐渐往后翻，我发现了这样一首诗：《告别》。几乎就在一刹那之间，我就敢肯定这就是我最希望读到的弟弟的诗。告——别，这两个字被弟弟无限放大地写在页首上两个偌大的空格中，在这两个字下面，还有一行模糊难辨的小字：献给修文，我的哥哥。我的心狂跳起来，立刻开始读第一段：今晚在你梦境中仅仅只有一条暧昧的天河吗？我们共同的早自习和阴暗的小说作坊又到哪里去了？你肯定不知道，自从上了高中，我就梦想当一名脑科医生；梦想着在课桌上把刀磨亮，冷笑着为班主任作开颅手术。是啊，这就是我的弟弟，李靖。一个每天都要写下一首诗的人，一个拿起内蒙长刀在学校操场上横冲直撞的人，最后，他还是一个年仅十五岁的逃犯。想起来，我真的不知道弟弟从哪一天起开始变得不再惧怕暴力和流血的，在我的记忆中，他甚至好像从来就没惧怕过这两样东西。我还记得，小时候，当我和他还被寄养在乡下时，他的鼻子非常容易出血，每当遇到被别人打破鼻子的时候，他总是一边用手捂住满脸的鲜血，一边趾高气扬地说："你们给我等着，等我哥哥来要你们的命。"可最后的结果却是他从来就不会告诉我，而是独自找一个地方将脸上的鲜血弄干净，然后再回家。是的，他相信解决一个难题最好的方法就是自我了断。而且，这种自我了断绝对不会被他无限期地拖延下去。一般说来，总是会在当天晚上他就要实施自己的复仇计划。十二岁的时候，终于因为向别人家的水缸里投掷农药——幸亏没有酿成最后的悲剧，最终被父母带回了武汉。

但是现在，他却又回到了乡村。动荡一如既往地伴随着他，他不得不东躲西藏，就像现在，他甚至不能在李守财的家里睡上一个好觉，却被迫待在十八里外的一个素不相识的家庭里。弟弟，剩下我一个人睡在这张床上，即便铺在褥子下的稻草再松软，我又怎么能睡得着。

突然，窗外一阵电闪雷鸣，粗重的雨点当空而下，拍打在屋顶上咚咚作响。不知为什么，我非常想到屋外的雨里去走一走，让雨水淋湿我，让闪电击打我，让我和你一样行走在泥泞的稻田里。于是，我下了床，推门而出，站在屋檐下，我却最终放弃了置身于暴雨与闪电之中的打算。我实在害怕感冒。弟弟，我从来就不比你的身体强健，不像你那样到了寒冬腊月仍然还在洗冷水澡。而现在对我来说，自己最需要的就是一副强健的身体，无论怎样，我也不能躺在病床上见你。现在，还是让我回到屋里的床上去吧。到了明天，我就可以见到你了。

一睁开眼睛，我就看到了那个熟悉的身影，他正坐在床前的凳子上抽烟。没有错，他就是我的弟弟李靖，我一下子就从床上跳了起来，看着他，他也看着我（猛然丢下了手中的烟头），到最后，我却只是说了一句："不是要等到中午才能回来吗？"但是他没有回答我的问题，却笑了起来，径自说："我就知道这两天你会来这里的。"还用说什么呢？我干脆也和他一同笑了起来。原来，他昨天晚上过夜的那个村庄也同样来了警察，从警察和村民们的争吵中他得知：警察们刚刚在刘畈村抓获了那个藏匿已久的强奸犯之后，现在正要抓获这个村庄里的一个同样已经藏匿了很长时间的纵火犯，整个抓捕行动和自己全无关系。因此，天还不亮，他就离开了李守财的娘家，现在，天色才刚刚吐露出黎明的征兆，他就已经坐在了我的床边。借着从窗外探照进来的微光，我仔细地打量着他：一件沾满了污泥的白衬衣松松垮垮地扎在一条同样沾满了污泥的裤子里，腰间系着的那条皮带也已经几乎不能再用，而低下头去就可以很容易地看见，他的脚趾正在从那两只破烂不堪的球鞋的窟窿里钻出来。和天下所有的逃犯一样，我的弟弟也只能身着这样的装束。尽管如此，也还是可以明显地看出来：他并没有受着什么罪，既没有变瘦，也没有变黑，与来刘畈村之前所有的区别，仅仅就在于：从前他是一个恨不得每天都要洗三次澡的人，而现在，尽管浑身都沾满了污泥，但他却视若无睹。这时，从窗外飘进来一阵饭菜的香气，从窗外探照进来的微光也变得越来越强烈，最后终于显现出了黎明的痕迹。该起床了。而弟弟迅速地给我端来了洗脸水，洗脸的时候，透过脸盆中那一小片荡漾的水面，我发现弟弟正站在我的背后死死地凝望着我。他点燃了一根烟，但紧接着就狠狠地把它丢在了地上，再用脚狠狠地踩住。一下子，我把手中的毛巾砸在脸盆里，站起身，转过身去。我们都已泪流满面。

我对弟弟，一直有一种奇怪的歉疚。许多时候，当他身高一米八〇的个子出现在我眼前，我的心，就会突然涌起一阵剧烈的疼痛。只有凑近一点才会发现，弟弟的后背仍然有一些往前倾斜，需要说明的是，这丝毫无损于他的相貌。事实上，弟弟在学校里从来都是女孩子们包围的对象。我想说的是：无论弟弟的相貌怎样俊美，也不能使我那颗经常疼痛的心好过一些。这么多年来，这微微前倾的后背就是我的病。那是在他六岁的时候吗？当时，我们的寄养生涯刚刚过半，和从前一样，仍然不被允许和寄养的人家一起上桌吃饭，就是在这时，我发明了一种古怪的游戏。最初，它只起源于我和弟弟之间的一次疯闹，在疯闹之中，弟弟不小心抓破了我的鼻梁。而我，却怒从心起，将他打倒在地，又一把将他抓起来，几乎是声嘶力竭地对他说：“给我低头认罪！”我还命令他，只有到我允许的时候，他才可以把脑袋抬起来。弟弟低着头在我规定的一个小圆圈里站了整整一个下午。可事情到这里还远远没有完结，弟弟的噩梦才刚刚展开。从那一天起，这种惩罚几乎每隔几天就会重现一次。每当他低头垂手站在那个小圆圈里，我就会像一个正在吆喝畜生的马夫，边围着那个圆圈转来转去，一边扬扬得意地指着他的头说：“给我低一点，再给我低一点！”是的，我已经完全可以断定，那就是在他六岁的时候。但就是这六岁时候的游戏却成了我最大的病。我已经不记得这恶毒的惩罚是哪一天结束的，正像弟弟也已经完全不记得这惩罚到底有没有过一样。是啊，眨眼之间，弟弟已经快要年满十六岁，而我也已经十八岁，我们的青春已经来势汹汹，并将毫不停留地滚流向前。

吃过早饭，弟弟，还有我，和李守财的儿子一起去山冈下面的鱼塘里打鱼。尽管还不到八点，但此前笼罩了整座村庄的炊烟正在渐次熄灭，而村民们肩扛农具和渔网已经走在了通往田地或鱼塘的路上。我看见，道路两旁的青草丛还被露水所浸润着，这晶莹的露水，正在被一些站立在草叶顶端上的蜻蜓贪婪地吸吮，而薄薄的太阳光照射在蜻蜓们透明的翅膀上，竟闪烁出了一种璀璨得让人目眩的光。还有道路两边的鱼塘，平静的水面正在被不断涌现出的气泡所打破，伴随这气泡的涌现，鲤鱼、鲫鱼、草鱼，还有更多不知名的鱼刹那间冲出了水面，就像一枚枚从水底发射出来的鱼雷，但是很快它们就又迅疾地落下，重新掀起一阵新的气泡。李守财家的鱼塘与别人家的相比，要远一些，但也要更大一些。当我们在目的地前站定，我并没有被弟弟允许和他们一起上船捕鱼。一来是这只用粗糙的梨木制成的双桅船只能容纳下两个人，二来我又不会水，万一落入水中，至少会落得一个重感冒的下场。于是，我在岸边待了下来，看他们划着船缓缓地向鱼塘的中心地带行驶过去。开始的时候是弟弟划船，等到了中心地带，则变成了弟弟撒网。我暗自吃惊，弟弟什么时候学会了撒网？只见他稳当地站在船首，手起网落，几乎就在他手中的网落入水中的同时，那些鲤鱼鲫鱼和草鱼就被罩入了其中，已经不平静的水面就变得更加不平静了。正是在这时，一个苍老的声音在我背后响了起来：“你是李靖的哥哥吗？”我回过头去，发现自己的身后不知道什么时候起站着一个肩扛锄头的白发老太太，看到我回过头来，她一把将我从地上给拉了起来（她怎么会有如此大的力气呢），又把我拽到一株灌木丛前，这才压低了声音又问了一句：“你就是李靖的哥哥吗？”在得到我肯定的回答之后，这个白发老太竟然一下子扑在了我的怀里，失声痛哭起来：“可怜啦，真是可怜！”面对这突如其来的变故，我实在不知道到底发生了什么事情，所以，只好听任她在我的怀中哭泣。好半天，她才抬起头来，语不成声地对我说：“可怜的孩子，代我转告你的父母，像他们这种情况应该还可以再生一个。”我吓了一跳，不禁问道：“再生一个什么？”但她却再也不肯回答我的问题，而把目光投向鱼塘中正在撒网的弟弟，仿佛是自言自语：“好端端的一个小伙子，怎么就会得上那种要命的病呢？”我急了，几乎是吼叫着对她说：“到底是再生一个什么？”而一阵更为巨大的吼叫声此刻从道路的前方传递过来：“死老太婆，又在瞎讲什么！”听到这声吼叫，白发老太的脸上立刻就变了颜色，扛起锄头就往前跑。很快，她就追赶上了一个同样扛着锄头的小伙子，看到白发老太靠近过来，那个小伙子好像更加怒不可遏，用手指着她厉声说：“死老太婆，今天晚上你别想吃晚饭！”

白发老太跑了，但我却无论怎样也在岸上站不住了。毫无疑问，她口中的小伙子显然就是弟弟，那么，弟弟到底得了什么病？当空的太阳此刻终于挣脱乌云的束缚，显露出了它的狰狞本色，毒辣的光线直射在我的脸上和身上，直让我一阵焦灼，直让我一阵心慌气短。我跳下了鱼塘，扑腾着向湖心游过去，刚刚才喊出一声“李靖，李靖”，嘴巴就被泥巴和水草堵塞住了。在那一瞬间，我以为弟弟患上了不治之症，只是他不愿告诉我。他从小就是这样，无论再大的事情，他都不会告诉我和父母。即使是去年发生的那件事情——让他时至今日都不能回到武汉的那件事情，在发生之前，我们就从未听到过一丝半点的风声。我还记得，当他还在上小学六年级的时候，他右脚的脚后跟被一枚铁钉刺伤了，血流如注，但他还是一如既往地没有告诉任何人。当然，他也从来没去过医院。慢慢地，伤口发炎了，直至化脓，每一天，他都要跛着脚去上学，我和父母都以为他是在故意不好好走路，父亲还在饭桌上发了火，他依然故往。而最后的结果是什么呢？他的右脚最后并没有出什么问题，但是，由于他不停地揭下结在伤口上的痂（他甚至根本就不想让这只脚彻底好起来，所以，每到结痂的时候，他就会毫不留情地将它们从伤口上剥离开来），脚尽管没有出什么问题，但是一个深长的小洞却永远留在了他的脚后跟上。远远看去，仍然就像扎进了一枚铁钉。现在，听完那个白发老太只说了一半的话，我在岸上还怎么待得住呢？此刻，在鱼塘中，我全然不顾绞缠着自己的污泥与水草，只是一个劲地对着听到动静后迅速划着船向我靠近的弟弟大声呼喊道："李靖，你到底得了什么病？"

谢天谢地，弟弟终于没得上什么病，但重感冒的下场轻而易举就光临了我，以至于整个下午我都昏昏沉沉地睡在床上没有出门。好在是，心上的一块巨石终于落了地。下午五点，当我被荡漾进房间的微风吹醒，顿时感到身体轻快了许多。有史以来，我的感冒从未这么轻易地好过。弟弟整个下午也没有出门，他就坐在床边翻阅着那本写满了诗的书法练习本。看到我醒来，他立刻给我到厨房中的水缸里舀来了一大瓢冰凉的井水，让我汩汩喝下，一阵更为巨大的轻松感很快就布满了我的全身。如果是以往，这瓢井水则只能让我人事不省，但今天却不同，早在我中午睡下之前，我已经和弟弟商量好黄昏的时候去屋后的稻田里捉鳝鱼。此刻，为了使自己更加坚强一点，我干脆一骨碌从床上跳起来说："没事了，咱们走吧。"弟弟笑了起来，猛然往地上一扔烟头："奶奶个熊，咱们走！"于是，我和他一起走到院子里，他去厢房里的屋檐下拿鳝鱼钩，而我则又去厨房里灌下了一瓢井水。从厨房里出来，我看见弟弟正蹲在院子里的一角，用力地用一把小铁铲掀动着泥土，将埋藏在泥土里的蚯蚓挖出来，再细致地穿在鳝鱼钩上。不知为什么，看着他的背影，我突然笑了起来，怎么会——他，我的弟弟，一个再正常不过的人，在这里竟然被人当成了神经病。事情起源于一个下雨天。我完全可以想象得出那天的情景：刘畈村的人目睹弟弟在大雨之中狂奔的情景时该有多么吃惊。当人人都对磅礴大雨避之唯恐不及，弟弟却像支利箭般从李守财的家里冲了出来，奔向广阔的田野，在纵横交错的田埂上穿行，一只脚践踏着荞麦，一只脚蹂躏着油菜，而嘴巴里则发出着持续不断的“呜呜呜”的声音。他似乎在哭泣，但又好像是在号叫，几个在屋檐下躲雨的老太太禁不住在他背后指指点点：“瞧，多像一只狼！”这只狼好像根本就不知道磅礴大雨正在击打自己，他仍在田野间穿行，嘴唇冻得乌青，全身上下都在瑟瑟发抖。这幕情景对于那几个躲雨的老太太来说，实在是过于残酷了，她们都是一些善良的人，这雨就好像淋在她们自己的身上。以至于整整一夜她们都无法睡着，因为她们实在弄不懂，那个古怪的年轻人为什么不打伞？第二天一大早，这几个老太太就找到了李守财，其中的一个——也就是上午跟我搭话的那个老太太——甚至直截了当地问李守财：“你们家里住着的那个年轻人，难道神经上有什么问题吗？”毫无疑问，李守财显然不会明白这些老太太到底在说什么，但他毕竟是刘畈村面粉加工站站长，只是稍微犹豫了一下便干脆回答说：“是啊。要不然他的父母怎么会舍得把他放在这里这么长时间呢。”于是，从此之后，弟弟在刘畈村就变成了一个神经病。只要有小孩子靠近他，这些小孩子的父母马上就会慌忙把他们牵走。“不过这样也好，”弟弟说，“免去了许多麻烦，要不然时间长了肯定会有人怀疑我为什么要到这里来。”

可是弟弟，你到底还是在别人眼中成了一个神经病啊。此时，弟弟已经将蚯蚓细致地穿上了鳝鱼钩，拍打了两下手掌之后对我说：“走吧，还愣在这里干什么呢？”接着便往屋后走去。我如梦初醒，赶紧快步跟上，心底里却突然想起了上午的那个白发老太，现在我才明白她要我向父母转告的到底是什么话了。原来，她是想说，既然我的弟弟是个神经病，那我的父母就完全还有理由再生一个儿子。想到这里，我不禁笑出了声。

实际上，关于弟弟的种种怪癖，即便是我，在已经过去的数年时光里，也会经常觉得难以理解。我依稀记得，曾经发生过这样一件事情：那是在我们的寄养生涯开始之初，他才不到四岁，成天光着屁股跟在我后面。有一天，我用竹竿捅了一个挂在一株杨树上的马蜂窝，然后掉头就跑，等到我跑远之后，回头一看，才发现弟弟却纹丝未动，还站在那棵杨树下发着呆。我慌忙叫喊道：“你跑啊，你倒是给我跑啊！”但他却好像根本就没听见，仍然出神地仰望着那个还挂在树上的马蜂窝。片刻之后，马蜂们簇拥在一起，就像一架轰鸣的敌机般疯狂地反扑了过来，但他们最终却只找到了一个敌人，那就是弟弟。而我，马蜂们真正的敌人，却还躲闪在远离它们的地方大喊大叫：“你跑啊，你倒是给我跑啊！”他怎么跑得了呢？更何况他根本就没有跑。最后的结果是，他被马蜂层层包围了，以至于在床上躺了三天之后才能下床走路，在好长一段时间里他都全身虚肿，以至于肿得两只眼睛变成了两条细缝。后来，当他能够下床走动的时候，我曾经气急败坏地问他：“你为什么不跑？”可他，就是不肯回答我。也许有人会问我：“那么，你的弟弟是不是真的神经上有问题啊？”我一定会这样断然回答：“不是，绝不是！”因为，正是从这一年开始，弟弟开始了写诗。

我的父母每隔一段时间总是会来探望我和弟弟，每次要回去的时候，他们总是会带走弟弟写的诗。后来，他们把这些诗邮寄出去，居然全都很快地发表了出来。其中的一首，还获得了联合国儿童征文奖。原本他是可以去法国参加颁奖大会的，但是我和弟弟那时还是农村户口，更可笑的是，我们的户口本，居然被当地村委会给弄丢了。于是，他没有去成法国，但另外一件让人意想不到的事情也发生了，因为他获得的这个奖，他的户口竟然在事情过后的半个月内被奇迹般地转成了城市户口。可是，对眼前发生的一切，弟弟显然没有去关注太多，他的头脑显然还不明白城市户口对他来说是多么重要。他仍然还在写诗。

我还记得，那一年，我们的暑假是被父母带回武汉度过的。在黄鹤楼的楼下，父母给我们两人各自买了一把精致而又锋利的小刀。我想，弟弟在过去的时光里对各种各样的刀具疯狂的迷恋，也正是从这一天开始的。回到我们寄养的地方之后，那把精致而又锋利的小刀很快就捅出了大麻烦。那把刀无时无刻不被他带在身上，只要一有空，他就要把它拿出来把玩一阵。时间一长，自然就有别的小孩也热爱上了这把刀子，其中就有村会计的儿子。一旦看上这把刀子，这个一年四季都拖着长长的鼻涕的肮脏的家伙立刻就召集人马和弟弟展开了争夺，尽管弟弟使出全身力气来逃避、吼叫、撕扯、打斗，甚至是求饶（这是从来没有过的事），那把刀子也还是被他眼睁睁地看着落入了别人的手中。刀子被村会计的儿子夺去之后，弟弟每天都要到村会计的家里走上一趟，但却不敢进门，老远地蹲在屋前的石阶上往庭院里眺望，那把刀子正被村会计的儿子拿在手中比画，在太阳下散发出炫目的光芒。最开始，由于寡不敌众，弟弟从来就没有付出行动去把自己失去的刀子夺回来，而是每天就蹲在村会计的家门口密切注意着庭院里的动向。到后来，他实在是再也无法忍耐下去了——刀子已经被那个拖着长长的鼻涕的肮脏的家伙折磨得生出了三个缺口——弟弟咆哮着闯进了村会计的庭院里，闪电般伸出手去要夺回那属于自己的东西。可是，他仍然没有夺回来，反倒是自己伸出去的那只手被生满了缺口的刀刃割破，鲜血汩汩地从血管里喷涌了出来。当弟弟惨叫着从村会计的家里逃出来的时候，那个意犹未尽的家伙还对着弟弟的背影得意扬扬地呼喊道："下次你要是敢再来，我一定会让你碎尸万段！"他却一点都不会想到：仅仅就在当天晚上，李靖，我的弟弟，就会趁着月黑风高将一包老鼠药丢进他们家里的水缸。尽管他和他的父母经过乡卫生院的抢救后最终都幸免于难了，可一家三口仍然还是在床上足足睡了大半个月才能下地活动。幸亏闻讯而来的父母痛下决心将我弟弟和我就此带回了武汉，要不然——只要弟弟一天不走，天知道还有什么样的厄运在等待着村会计一家？因此，尽管我从来没有亲眼看见，但我仍然可以感觉得出去年夏天的那一幕会有多么惨烈。那天中午出门的时候，弟弟脸上的神色和以往相比没有任何不同，丝毫都看不出他正要去赶赴一场血光之灾。我说不清楚弟弟在初中毕业之后为什么不愿意再上高中，而是选择了一家税务中专。反正谁也拿他没办法。上了中专之后，与同龄人相比，弟弟的生活无疑要轻松得多了。他花费大量的时间来写诗，还和几个朋友一起办起了一份民间诗刊，在家的时间也越来越少，只有到周末的时候他才会回家。出事的那天是星期一，因为上午没有课，在家里过完了星期天的弟弟一直等到吃完了中饭才离开家。谁也没有想到，弟弟并没有径直前往学校，而是去了大东门，在大东门立交桥下面的停车场里，他花五十元从一个跑江湖的人手里一口气买下了四支锋利的内蒙长刀。他将这四把长刀全都妥善地藏好在了上衣里，这才搭上了前往学校的专线车。到达学校的时候正是正午，烈日炎炎，操场上奔跑着的踢球的人们全都赤裸着上身。

弟弟一眼就发现了他要找的人也正在这群踢球的人中间奔跑着、叫喊着。但是弟弟并没有动声色，他低头看了一下手表，发现离约定的时间还早，他还可以在自己的寝室里待上一会儿。他走进寝室的时候，发现自己的床铺、褥子、被单仍旧还是一片灰烬，从开水瓶里散发出来的，也依然还是浓重的、挥之不去的尿臊味。他在床铺前站立了一会，又伸出手去将被烧焦的褥子掀了一掀，再重重地放下，立刻，纷飞的烟尘钻入了他的鼻子和喉咙，让他禁不住一阵咳嗽。他用陌生的眼神打量着眼前的床铺，就好像它根本就不是自己的。他又看了看手表，时间仍然还很早。于是，他在对面的另一个床铺上躺下，掏出随身听，把两支耳塞塞入耳朵，就这样闭目养神起来——而怀中的内蒙长刀似乎正在铮铮鸣响。

在荒野中，在夜色里，我和弟弟就像两个复活的魂灵。事实上，太阳才刚刚落山，但月亮已经早早地爬上了山冈。轻风拂过，身边的树枝和草叶全都扑簌作响，而传说中的鬼火此刻终于显示出了他们真正的模样。它们呼啸着飞行，撞击在我和弟弟的腰上、头顶上，最终跌落在地，化为了虚无。我的手里提着蛇皮袋，蛇皮袋中装满了扭曲着、挣扎着的鳝鱼。我和弟弟，多像两个收工的农夫！事实上，直到现在，我们手提着满袋的鳝鱼，我也还是无法置信：这个赤足行走在田埂上的年轻人果真是我的弟弟李靖吗？他的裤腿卷到了膝盖处，自膝盖以下，全都被乌黑的淤泥包裹，但他走在地上却悄无声息，不像我：一边往前走，一边费尽气力扑腾扑腾地使劲甩掉沾在脚底的厚重的泥巴。他果真是我的弟弟吗？我不禁将步伐放慢，让他走在前面，而我却留在他身后细细地打量他。可是，我怎么也无法肯定这就是我的弟弟！从前他走路总是慢腾腾的，现在却是大步流星；来刘畈村之前他根本就不抽烟，而现在却是一根接着一根。天啦，他到底是不是我的弟弟？我不禁绝望地失声喊叫出来："李靖，李靖！"走在我前面的这个年轻人一阵颤抖，接着又慌忙回过头来——尽管已经看不见，但我仍然知道他正在直直地盯着我——可到最后，年轻人并没有说些什么，更没有痛哭失声，而只是狠狠地扔掉了烟头（仿佛一辈子的力气在这一刻被他全部用尽了），烟头上的火光在夜幕中划出一道弧线，照亮了他的脸。然后他才说："你是明天回武汉吗？"

老远地，我就闻到了从李守财的家中飘荡出来的饭菜的香气。时已至此，我和弟弟全都饥肠辘辘，不禁大步向前奔去。可是，刚刚要走上李守财屋后的台阶时，弟弟却突然停住了脚步，站在那里不说一句话，就像一个正在竖起耳朵聆听动物脚步声的猎人。我正要开口说话，他却一把捂住了我的嘴巴。我和他一起静神谛听起来，然而却什么也听不清，只能依稀听见李守财的院子里响动着一阵杂乱的、叽叽喳喳的声音。弟弟的脸色很快大变，压低了声音对我说："今天晚上不能再回去了。"弟弟的预感马上就得到了证实——此时，从台阶旁的麦秸堆里突然冲出来一个人，把我吓了一跳，定睛一看，才发现这个人是李守财的儿子。此时我们终于可以明白台阶上李守财的院落里到底发生了什么事情：原来，刘畈村又有一头耕牛被人偷走了，竟然有人到乡派出所去告发了弟弟，说是他因为没有钱用，这才把耕牛偷去换成了钱。"要不然，为什么那个神经病一来，刘畈村就在接二连三地丢东西？"——这就是他们的理由。接到报案后，乡派出所的人很快就赶到了李守财的家，这一次，他们要彻底把李守财家里的这个年轻人的身份调查清楚。事实上，如果按照他们自己的说法，他们也已经"密切注意他很久了"，主要是因为一直都相安无事，他们才没有把他带到派出所去做调查，而现在既然有人告发了他，那么他们就不能坐视不管了。实际上，李守财家中那飘香的饭菜是为这些警察们准备的。

现在，警察们的酒兴显然高涨了。

起来，站在屋后，我和弟弟也清晰地听见了他们的叫喊："等他回来之后，告诉他，要他明天上午来派出所登个记，没什么大不了的嘛！"

我和弟弟，还有李守财的儿子，一直在屋后的麦秸堆上躺了整整两个小时，这才等到派出所的人离开。而此时的饭桌上等待着我们的，显然就只有残羹剩汤了。但我和弟弟仍然迅速地坐在桌边就着这些残羹剩汤狼吞虎咽起来。李守财心事重重地在我们旁边坐下，看着我们狼吞虎咽，不说一句话。我知道，他在为明天早上去派出所的事情发愁。从弟弟住进他的家开始，他已经为弟弟的安危付出了巨大的努力，最根本的目的，就是为了让弟弟回去的时候，将他的儿子也带到武汉，让我们的父母给他安排一个工作。而现在，危险已经悄悄向弟弟、向他儿子的工作逼近，他又怎能不长吁短叹？过了好半天之后，他好像痛下决心般地对我说："哥哥，要不然，明天让李靖进山里去躲几天吧。我有个亲戚在山里承包了几百亩林场。等我在这边安排好了之后，再让他回来。"看着我一时难以决断，他又追问了一句，"你说呢，哥哥？"我能怎样回答他呢？我只好再看着弟弟。弟弟也正看着我。吃饱饭之后，连半刻都没耽误他就点起了烟。我直视着他说："要不然——去吧！"他把腰弯下来，把脑袋扎下去，一直扎进了两条腿之间，好长时间以后才抬起头来，深深地吐出了一口烟，这才对我点了点头。看到弟弟点头，李守财一下子就从凳子上兴奋地站起来，使劲地搓着双手连声说："哎呀，这就好了，这就好了。"他赶忙让他的儿子打来一盆井水，对我们说："早点洗，早点睡，明天我们赶早就走。"

屋外又下起了雨，开始时细润无声，后来则一泻如注，雨点疯狂地击打在屋顶上，就像此刻的屋顶上正行走着一支夜行军的部队。尽管早早上了床，但我却根本就没有睡意。我和弟弟分别睡床的两头，不，应该说是分别坐在床的两头，他在抽烟，我则又顺手拿起了那本写满了诗的小学生书法练习本。翻到了那首名叫《告别》的诗，往下看：仅仅作为诗人便有拥抱女人的理由吗？仅仅作为天鹅便有被语文老师赞美的权利吗？这些当初困扰我们的问题，显然不比一个武汉户口更真实；而单相思的小美人已从街道工厂下岗，仅仅才毕业三年，她就变成了西太后，软硬兼施，逼迫她的孩子叫我“舅舅”！——我抬头看了看对面的弟弟，发现他也正在看我。是啊，应该好好地看一看了，明天我就要离开刘畈村返回武汉，尽管我已经决定先把他送进山里之后再走，但说到底，时间终究无多。想起来，从我来刘畈村，我和弟弟竟然没有好好地谈一次。他从来就不是个喜欢讲话的人，但已经到了这个时候，离别在即，天知道下次见到他是什么时候；天知道下次见到他在什么地方——会不会是在监狱里？要知道，弟弟眼下之所以要逃亡至此，就是在等待父母将他户口本上的年龄改回十六岁。他本来就只有十六岁，但是，为了早一点让他上学，父母竟然在他五岁时将他的年龄改成了六岁。现在，为了让弟弟能够最大程度地减轻惩罚，我们的父母又不得不到处寻找证人、寻找最原始的户口本，希望以此来证明弟弟只有十六岁，而不是现在的户口本上所记录的十七岁。弟弟终于开了口：“你说，我会不会被判无期徒刑？”

我还没来得及回答他的问题——突然，一阵汽车的轰鸣声响彻在暴风雨之中。弟弟的神色大变，一把掀起盖在身上的被子，以闪电般的速度跳下床。再狂奔到门边，把耳朵贴在门板上仔细谛听外面的动静。与此同时，堂屋里响起了李守财的脚步声，他也三步两步奔到我和弟弟的房间门口，使劲拍打着门板说：“李靖李靖，派出所的人又来了，赶快跑吧！”说话之间，我也早已穿好衣服跳下了床，全神贯注于弟弟的背影，只等他做出决定。弟弟迅速回过头来，从床上抱起一床被子，对我说："哥，快跑吧，不然肯定就来不及了。"然后他抱着那床被子打开了房门，跑进堂屋，我也紧随其后，没有拖延丝毫的时间就跑到了堂屋正中矗立着的那口巨大的粮仓前。弟弟先把被子放在我手中，再飞身而上，眨眼就站到了粮仓上面，又马上伸出手来把我也拉扯了上去。等我也在粮仓上站定之后，他又抓住整个堂屋的顶梁柱向上攀援，很快就站在了离地面已经将近三米的房梁上，接下来就看我的了。那一刻之间，我简直不知道自己到底从哪里来的这么大的力气和勇气，一把将被子丢上去，弟弟稳稳地接在了手中。然后我又纵身一跃，就在我快要抓住房梁的时候，却没有抓住，身体急速下滑，好在是弟弟又在最及时的时候伸出了他的手，我的双腿和双脚在空中短暂地扑腾了一会儿之后，最终也和弟弟一样稳稳地站在了房梁上。而此时，庭院外禁闭的院门已经被派出所的人发力冲破，十几个荷枪实弹的警察全都蜂拥而入。我想把头探出去看得更仔细一些，但却被弟弟一把抓住了，然后，我们就在窄小的房梁上缓慢地向前移动，全然没有发出一丝声音。过了不长时间，我们终于抵达了房梁的最顶端，再往前，就是一扇望窗，我们就蹲在这扇望窗边观察着下面的动静。现在，警察们已经将整个院子里的大小角落和堂屋里的大小房间搜了个遍，最终却一无所获。一个所长模样的人气急败坏地正在对李守财大喊大叫："李守财——你这个窝藏犯，我警告你，快点把他交出来！告诉你，我们早就知道他是个什么人了，刚才我们来只是探听一下动静，现在我们来就要带他走！要是带不走他，我们就带走你！"说罢，他又对其余的警察一挥手："给我搜！搜不到他就别想回去！"于是，那些手握钢枪的警察又开始了新一轮的搜捕。有人继续在院子的大小角落里查找，有人则又重新进了堂屋。我还想听得更多一些，可弟弟轻轻地拉了我一把，我这才发现，弟弟的身体已经站到瞭望窗的外面，也就是整个堂屋的外面，暴雨正在从头到脚浇淋着他。我把脑袋伸出窗外，透过闪电的照耀依稀发现：其实屋外一直放着一把梯子，现在弟弟就站在这把梯子上。弟弟向我招了招手，先从梯子上慢慢地走下去，迅速地落在了地面上，然后又将那床一直被他抱在怀中的被子举到头顶上遮挡着暴雨。我知道，确实不能再耽误下去了。于是先将脑袋伸出窗外，再小心翼翼地把整个身体全都翻转到了窗外，好在是还算稳当，并没有从梯子上跌落下去。我擦了一把脸上的雨水，举目望去：大地一片黑暗。到处都是暴雨；到处都是闪电。

事实上，那天中午，一直等到约定的时间过去了将近半个小时，弟弟寝室的门才被他要等的人敲开了。哦不，门不是敲开的，而是被弟弟要等的人一脚踹开的。由于等待的时间太长，弟弟都快要睡着了。有那么一阵子，他禁不住感到恍惚，他问自己：走到这一步难道是自己咎由自取吗？要知道，自从上了这所中专，他终日都只在做一件事情，那就是写诗。却从来都没有想到终有一日宁静会被血腥打破，自己竟会身怀四支内蒙长刀奔向惨不忍睹的战场。在这段有限的时间里，他将整件事情的由来想了一遍。事情好像是从那个名叫许强的人身上引发的——因为弟弟是父母最小的儿子，他们生怕他在学校受委屈，每个月给他的生活费几乎相当于父亲或者母亲一个月的工资。好在弟弟从来没有拿这些钱来无度挥霍，除买书之外，其余的全都如父母希望的那样花在了吃饭上。因此，与他的同学相比，弟弟出手的阔绰自然是不言而喻的。只是弟弟和我们的父母都没想到，这阔绰的出手会给弟弟惹来大麻烦，这麻烦大得足以使弟弟变成一个逃犯。每个人的生活中都会面临各种各样的麻烦，弟弟自然也毫不例外。好在是，弟弟在面对这些麻烦的时候总是会显露出他出奇的细致与耐心，他从不惧怕它们。比如一堆脏衣服，他会自己把它洗掉；比如有人举起拳头朝他猛砸过来，他也会毫不迟疑地挥拳而上。因此，当那个名叫许强的人开口找他要钱的时候，他二话不说就回绝了他，一点活口都没有留。这个许强，来上中专之前就是一个终日在街头闲逛的小混混，是个小混混也就罢了，但问题是他还是个经常缺钱用的小混混。正因为缺钱用，弟弟也就不可避免地成为了被他瞄准的对象。被弟弟拒绝之后，他自然恼羞成怒，一直都在寻找着向弟弟下手的机会。终于有一天，在学校的食堂里，趁正在排队的弟弟没有注意，他将刚刚盛在碗中的热汤一下子泼在了弟弟的后背上。就在他还装作若无其事地吹着口哨的时候，转过身来的弟弟飞起一脚将他踹倒在了地上。

当天晚上，许强带领着他从学校外面找来的一大帮人在寝室里堵住了弟弟。他开出的价码是五百元人民币：只有弟弟拿出这五百元，他们才会放过他，否则，他们马上就要痛下杀手，一定要将弟弟打得卧床不起。最后的结果又当如何呢——弟弟还是没有答应。在接下来的那个星期天，弟弟没有回家，因为他一直都躺在寝室里的床铺上养伤。在他养伤期间，麻烦还是接连不断，许强又从外面带来了一个叫大龙的人来寝室里找他。到了这个时候，他们开出的价码已经涨到了一千，并且明确宣告了交钱的最后期限。临别之时，那个叫大龙的人伸出手对躺在床上的弟弟猛拍一掌，同时，这个在弟弟的学校一带远近闻名的流氓加文盲，还不忘说一句：“我们的忍耐是有限度的！”他丝毫都没有想到：眼下躺在床上承受着他的践踏的人，仅仅在一个星期之后，就会挥舞内蒙长刀将他追赶得满世界乱窜，四处奔逃。在逃无可逃之后，他转而扑通一声跪地求饶，连声呼喊：“大爷，我的大爷！”可到了那个时候，说什么都晚了，那把长刀在太阳下放射出一种凶猛的、甚至是邪恶的光芒，准确无误地朝着他的脑袋狂奔下来。

他能怎么办呢？他只好伸出手去阻挡。但又如何阻挡得住？那把长刀尽管没有落在他的脑袋上，但却落在了他慌忙伸出来的手腕上。手筋应声而断，鲜血崩出血管，像一束喷泉般朝着天空迸射开来，恰似一朵朵怒放的玫瑰。但现在，他还没有想到这些，他显然是太缺钱用了（为什么这个世界上所有的恶棍都总是缺钱用呢），他渐渐取代许强成为了向弟弟逼债的主角。每隔几天就会准时地出现在弟弟的寝室里。当然许强也没有闲着，在食堂里，在教室里，在寝室的走廊上，他往往会挡住弟弟的去路，伸出手大叫道："拿钱来！"时间一天天在过去，弟弟却好像始终都没把许强和大龙的恐吓放在心上，终于，他们忍耐不住了。尤其是那个大龙，则更加忍耐不住，他歇斯底里地闯进弟弟的寝室，朝弟弟的开水瓶里撒尿，突然间又怒从心起，二话不说就点燃一根火柴扔在弟弟的蚊帐上。片刻之后，蚊帐上诞生了一堆火焰，这堆火焰又迅速地往被单上、褥子上蔓延，眨眼之间，整个床铺就被一片小小的火海淹没了。从隔壁寝室里闻讯而来的弟弟没有能够阻挡住这一切，反倒被大龙一拳打在鼻子上，鲜血一下子流满了他的脸，但大龙却不管不顾，继续声嘶力竭地对弟弟大喊道："给我把钱拿出来！"当时，弟弟并没有还手，而是急忙赶到卫生间里去将自己满脸的鲜血冲刷干净。等到他全都收拾好，手持一把放在卫生间里的铁锹走出来的时候，大龙已经先走一步了。但他在走廊里碰到了许强，后者见到手持铁锹的弟弟之后撒腿就跑，弟弟也撒腿就追，很快就追上了他。出人意料的是，弟弟并没有将这把铁锹向着他的脑袋猛拍过去，而是对他说："好了，我也不打算和你们再斗下去了。不就是一千块钱吗，你通知大龙下星期一中午一点钟来拿吧。"而今天就是星期一，约定好的一点钟也早就过了。刚才弟弟进学校的时候已经在操场上踢球的人群中看见了大龙和许强。应该说，他们是有备而来的。因为这群人中除了许强外弟弟竟一个都不认识，显然都是大龙从学校外面带来的帮手。不知道过了多长时间，楼梯上终于响起了大龙骂骂咧咧的声音和一大群人随声附和的声音。顿时，弟弟猛然睁开眼睛，从床上一跃而起，就像完全换作了另外一个人。他缓慢地从怀中拔出了四支内蒙长刀中的一支，举在手中，全然没有发出一点声息。门被踹开了，首先出现在弟弟视线中的是许强。管他是谁呢？弟弟手起刀落，惨叫声立刻响彻了整个校园。

而弟弟，在伸手不见五指的夜里，在山洪般的暴雨和一道更比一道狂暴的闪电里，我们，你和我，生生世世的兄弟，即便喊哑了喉咙，磨破了双脚，我们又能够逃到哪里去？我们所踏足的——除了水稻田，还是水稻田；除了棉花地，还是棉花地。可我们还是要跑！跑到天际处，跑到暴雨停歇，跑到闪电暗淡。啊弟弟，你还是我的弟弟吗？如果你果真是我的弟弟，就请你把脚步放慢一点，好让我追得上你，好让我的疼痛的心变得好过一些。我知道你已经跑不动了，我的弟弟。现在，请你抬头看一看，闪电与暴雨全都躲藏到了云层的背后，黑暗中的村庄和原野就像我们曾经居住过的母亲的子宫，而月光，竟然和微风一起光临了我们的头顶，我们多像两个腾云驾雾的仙人！弟弟，你累了吗？就让我们停下奔跑的脚步，在沾满了露水的青草和野花之上打开你随身携带的被子，躲藏到棉花地里喘上一口气吧。弟弟，我知道你已经跑不动了，你还是个孩子！你的喘气声逐渐在减弱，你奔跑的速度逐渐在减慢。听我的话，到棉花地里歇一歇睡一觉吧；睡在这铁打般的江山、梦一样的国度里。

夜半枪声

真的，眼泪都快流出来了，吕婆婆才喘着粗气从秧田里拔出了两只脚。只好坐在田埂上歇口气了，可是，歇了半天，吕婆婆还是感到自己就像死过去了一样，魂也不在自己的身上了。她的心一下子就慌了，她得把自己的魂找回来，她的两只眼睛死死盯住面前的秧田，她怀疑自己的魂就丢在那里，刚才，当她还在那里忙活的时候，就想到自己可能上不了田埂了，秧田里的泥巴像是阎王爷派来招魂的鬼，拉着她，扯着她，像是要把她带到阎罗殿里去。她怕得不得了，就扯开嗓子叫了一声：哎呀菩萨们啊，放过我吧，大麦和小麦还等我回家烙饼呢。菩萨们还真的就放过了她，她的一只脚终于从泥巴里拔了出来，可是真该死，偏巧这时候，有个扛着锄头的人从田埂上走了过去，她吓得要死，生怕那个人看见了自己，就赶紧地把腰弯下来。你说狠不狠，那只好不容易才从泥巴里拔出来的脚，又掉进了泥巴里。掉进去也就算了，只要是轻轻地，就算不了什么，可偏不是，咚的一声动静太大了，就像天塌了下来，她的鼻子一酸，眼泪在眼眶里打着转，狠狠地在心里骂着自己：死鬼，你不想活了啊！可她硬是把眼泪活生生忍住了。那个扛锄头的人也没听到那咚的一声，哼着小曲走远了。菩萨保佑啊，吕婆婆又在心里对自己说：真是菩萨保佑。

又过了一顿饭的工夫，那只脚才像缓过了劲，抖抖索索地，又从泥巴里拔了出来，这时候，吕婆婆突然变得年轻了，身上像是有使不完的力气，她的上半身使劲往前倒下去，别的什么也不管了，就在她的整个身子都要掉进秧田中的泥巴里时，她的手却抓住了面前的田埂，牢牢地抓住了。这田埂对得住她，她终于安全了，她终于喘着粗气坐在了田埂上。她都有点不敢相信，太突然了，但她没有耽搁得太久，还是好好喘会气要紧，毕竟已经是七十岁的人了。她抬头看了看天，看见了月亮，也看见了星星，星星们就像灶里的火星子，亮一会，灭一会。地上有雾气，这雾气像是从村口的竹林里飘过来的，慢慢地，它们就和汗水一起打湿了吕婆婆的衣裳。一件三十年前的的确良对襟褂子，不打湿才怪呢。月亮大得很，也白，照得田埂上像是撒了一层面粉。突然，吕婆婆想起了家里的那头牛，开春的时候，她把它杀了卖了，要杀它之前，它不吃不喝，半夜里她起夜的时候，顺便到牛栏里看了它一眼，可看一眼她就呆住了，那头畜生正在哭，稻草一口都不吃，就是一个劲地用脑袋撞墙，撞得气都喘不过来了。现在，坐在田埂上，吕婆婆也喘不过来气，她硬是觉得自己和那头畜生有点像了，也活不长了，是啊，是那个该天杀的人把自己逼到了这一步。天地良心，七十岁的人了，正是吃饱了饭等死的好年纪了，可是，她不光不能死，就连厢房里的那口早早就备下了的棺材，也被她作贼样地卖掉了。那可真是口好棺材，柏木的，天气好的话，她要和大麦小麦一起把它从厢房里搬出来晒太阳，呵，它身上的桐油可真是香，简直像是香油，香得吕婆婆想哭。说出来不怕丢人，好几次了，趁着没人，她往棺材里垫了一层棉絮，睡了进去，她发现，睡在这里面竟然比睡在床上受用得多。当她从里面爬出来，盖上盖板，眯起两只眼睛再看看这个小巧的家伙，心里就像灌满了红糖，就对自己说：老不死的，真是活该你享福！

说这些都是老话了，还是别提了。怪只怪那个该天杀的人。现在，她还是像过去一样，每天都是最后一个才吃饭，可是她吃得仔细多了，也不会像从前那样，把菜留到下一顿的时候再吃，她要吃光，不吃光她就没有力气，没有力气她就不能给大麦和小麦做下一顿饭。她想起了大麦和小麦，心里一下子就慌了，出门的时候，她说好了要回家给他们烙饼的，刚才的这口气，自己缓得时间太长了。她慌忙站起来，又费了好半天工夫，她才找到了下地之前藏好的鞋子，穿好了，又捡了一根梨木棍子，身子才算站住了，她的小脚步子也才算是迈开了。可是，真不知道是为什么，这小脚步子才刚刚走了一步，她却哭了起来。她不想哭，可是忍不住，她还愣了一下，脑子差一点都糊涂了：这是我在哭吗？我哪里来的这么大的胆子？但是，我已经哭了，我忍不住了，干脆就哭他个够吧。就是要记着，可别被别人听到，被别人听到可就真的不得了了。到那个时候，别人就该骂她了：老不死的还有脸哭！养了个杀人犯儿子还有脸哭！她倒不怕别人骂，她怕大麦和小麦也挨骂：小杂种还有脸哭！杀人犯的儿子还有脸哭！这可怎么办啊？她的脸都涨红了，她得想个办法，她真的想到了办法：她把身上的对襟褂子掀起来，包住头，这才哭出了声，一边哭，她的头一边在对襟褂子里抖着，她的身子也在抖，但是，有一件事情她是不会忘记的，那就是可千万不能再叫出来。她生在这里，也长在这里，还要死在这里，这里的每个女人都知道，哭的时候不能叫，也不能喊，实在是要命的事情。可是，有什么办法呢？谁叫她，吕婆婆，这辈子养了个杀人犯儿子？

吕婆婆只好又想起了那个该天杀的人，她的儿子。她生了他，就忘不了他，这是老天爷注定的。她想起了他才一岁的时候那一年，她和他的爹在山区里开铁匠铺，要过年了，他爹让他们娘儿俩先回家，这样，她就挑着担子上路。她一头挑着年货，一头挑着他。在路上，下起了大雪，她刚巧走在一个山坡上，脚底下一滑，肩膀上的担子一下子滚了出去，沿着山坡往下滚，滚得那么快，她都吓傻了，呆呆地张大了嘴巴，又呆呆地看着那副担子往前滚，最后，它滚进了一条长满了荆刺的小河沟。突然，她清醒了过来，发了疯一样地往前跑，嘴巴里叫着，喊着，连滚带爬地跑到了那条小河沟边上，先是屏住了气，这才又是发了疯一样掀开罩在担子上的棉布，她却看到了他一副刚刚睡醒的样子，只有鼻尖上沾了一两点雪花，还正张开嘴巴对她笑着呢。她又疼又气，把他抱在怀里左看右看，直到真的没发现一点伤，她才哭着对这个笑呵呵的小家伙说：你还笑啊？你还笑啊？这还不够，她又拉长了声音，叫了一句，儿子啊，一双手捧住了他的脸。

要是在往日，她今天遇上的事哪能算个事？不是没遇到过，年纪一大，她的两只脚就经常陷在泥巴里拔不出来，拔败秧的时候遇到过，到村口的水塘里割芦苇的时候也遇到过。要是在往日，儿子马上就跑过来了，递给她一根棍子，她拽一头，他再拽一头，她马上就能平平安安从泥巴里出来了。有时候，儿子干脆一把就把她抱上了田埂。这点小事情在往日根本就不是个事情，但现在却是真的成了个事情。唉，不想了不想了，越想心越疼，不管她怎样想，儿子还是被关在县城的大牢里，他不会走到自己跟前来，不管她怎样想，这个该天杀的人也要被开刀问斩。何况她现在已经走到村口来了，天已经这么晚了，村口上却还站满了人，他们好像在吵着什么，又好像在笑着什么，不用听一句话吕婆婆也知道，他们是在为他的儿子吵，也是在为他的儿子笑。看到她，他们马上就闭上了嘴巴。她拼了老命，硬是在脸上挤出了一丝笑，但人家可不领她的情，都把脸掉了过去。没法子，她只好绕开他们，钻进了他们背后的竹林。还没走两步，她听见有人在叫她：婆婆，婆婆。这是她的孙子和孙女在叫她呢，她是不会听错的。孙子和孙女就像两个小特务一样，突然从竹叶堆后面跑出来，都抓着她的衣裳，一人一边，往前走，一步也不落下。刚才，她刚刚走进竹林的时候，脑袋真的有点晕，现在却不晕了，她看得清，眼前这两个小东西就是她的孙子和孙女，一对双胞胎，孙子叫大麦，孙女叫小麦。

半夜里，吕婆婆被一阵枪声惊醒了。不是，等她完全清醒过来后才明白，那并不是枪声，只是一阵鞭炮声。但是她的心却放在嗓子眼里了，她必须往最坏的地方想一想：就算不是枪声，那又会不会是火铳声呢？她拿不定主意，细算起来的话，她还是在解放前听到过真的枪声，一解放，枪都上缴了，庄户人家里顶多就只剩下了一杆两杆的火铳，她自己的家里也有一杆，半年前的那个晚上，他的儿子，大麦和小麦的爹，就是用这一杆火铳要了三个人的命。事先一点兆头都没有，就像是假的一样，假如有一点兆头，吕婆婆就把那杆要人命的东西送了人，不，把它砸碎了当柴烧也好啊。可就是一点兆头都没有，她，一个老婆子，又能怎么办呢？但现在她是知道该怎么办的，她马上划亮了一根火柴，模模糊糊看了一眼睡在脚头的大麦和小麦，还好，他们没有被外面的声音吵醒，睡得好好的。她还是不放心，吃力地将身子挪到和大麦小麦一头去，护住他们，然后，背靠着床头，再把耳朵贴在泥墙上，一点点听着外面的动静又过了一阵子，她才完全相信外面真的只是一阵鞭炮声，她听见有人说话了，说话的人就是刚才放鞭炮的人，其中的一个，跺着脚对另外一个说：行了，差不多了，那个死老婆子已经被吵醒了。然后，屋外响起了一阵脚步声，这阵脚步声很大，根本就没把吕婆婆放在眼里。不管放没放在眼里，吕婆婆都已经管不上了：她的心还在嗓子眼里待着，下不来。受了这半天的凉，吕婆婆的哮喘病算是发了。在过去，哮喘病一发，大麦和小麦就说：听，婆婆的嗓子眼里在刮风。是啊，现在，她的嗓子眼里又刮起了风。

半年前的那个晚上，她的嗓子眼里也在刮风，也是到后半夜才好不容易把眼睛闭上了。刚闭上，村子里就噼噼啪啪地响起了一阵声音，她倒觉得那是一阵鞭炮声，她好像还闻到了鞭炮里的硫黄味，直呛得她咳了好一阵。她一点都不知道，那是火铳响了。就在眨巴眼的工夫之前，村子里有三个人死在了自己家里的火铳下，那个夺了别人命的人，就是自己的儿子。怎么会是自己的儿子啊，可是，真的就是她的儿子。她想了半年，哭了半年，这个人也还是她的儿子，没变成别人的儿子。那天晚上，儿子和那三个人在一起打麻将，眼睛都输红了，还是输，输到最后，他连一分钱都没有了。那三个人要散场，儿子却拦着不让走，他还要打，说是输了下次一起还给他们。别人不干，还是要走，儿子急了，拉住他们问：你们说吧，你们说怎么样就怎么样，钱今天是没有了。你说要命不要命，那三个人竟然想出了一个法子，对他说：你喝尿吧，你要是喝了自己的尿，我们不光要陪你打，还可以把你输掉的钱都还给你。儿子，这个该天杀的儿子，你怎么就应了下来啊？儿子应了，走到墙角里，拉开裤子的拉链，把尿撒在一只空酒瓶里。撒完了，他拿起那只空瓶子，狠狠地看了一眼那三个人，一仰脖子，他真的就喝下了自己的尿。那三个人说话算数，马上把他输掉的钱还给了他，让他重新上了场。但是，打了还不到一圈，他站了起来，说自己又要撒尿。那三个人哈哈大笑，笑得气都喘不过来了：

你的尿怎么那么多啊？他没管他们，自顾自走了出去，等他再进来的时候，手里却多出了一杆火铳。他没有给他们留下逃命的时间，啪啪啪，三声响，响完了，三条人命也丢了。那时候，婆婆正被哮喘病缠住了，她背靠在床头上，没命地咳，眼泪汪汪，两只手死死地抓着喉咙。她觉得自己已经活不到第二天早上了。

她有点纳闷，怎么这么晚了还有人放鞭炮？但她没想太多，她还要对付自己的喉咙，她一点也没有想到：再过一会儿，一个浑身沾满了血的儿子就要回来了。夜可真是黑，但她没有点灯，她舍不得，只用了划根火柴的工夫，她就摸着黑走到门边了，打开门，她的眼睛越发发黑，她怀疑自己是看错了，天气一点都不冷，儿子的身子却在乱颤着，莫不是打摆子了吧？看到她，儿子一头就跪下了，对她说：娘，我杀人了。

天才蒙蒙亮，吕婆婆家的院门就被人踹开了。等吕婆婆慌慌张张拉开堂屋门走出来，来的人已经在院子里暴跳着走了好几个来回，只差一点，他就打算再去踹开堂屋的门了。这下好了，吕婆婆披着一件对襟褂子走了出来，来人忍不住了，眼泪一下子流了出来，他流着眼泪对她说：吕婆婆，看在过去的分上，我还叫你一声吕婆婆，我求求你了，别再到我的秧田里去了。我和你说实话吧，那些秧我早就不管了，什么时候你儿子死了，什么时候我再管它们。一边说，他的眼泪一边往下流，一点也止不住，但他没有管，接着对吕婆婆说：没有用的，真的没有用的，你就算把我家秧田里的败秧全都拔光了，你就算把全村秧田里的败秧都拔光了，又顶个什么用呢？你的儿子该吃枪子照样还是该吃枪子！整整三条人命，你儿子躲得过去吗？说着说着，他激动起来，他不知道怎样才能让自己好过一点，这时候，他看见了一口水缸，它就在屋檐底下，他跑了过去，在水缸面前跪下了，把脑袋砰砰砰地撞上去，额头一下子就青了，也肿了。吕婆婆慌忙跑过来，扶住他：大兄弟，你这是做什么呀。她的大兄弟一把就把她挣脱了。他不想让自己被她扶着，他从地上站起来，对她说：我想做什么？我只想让你儿子快点死！话说完了，他也该走了，快要走出院门的时候，他又回过头，和吕婆婆多说了一句话：吕婆婆，你要是再敢进我的秧田，就别怪我把你的腿打断。这句话说完，他才把吕婆婆的院门关上。等他把院门关上，吕婆婆才突然想起来了一件事情，刚才她还想起来了，可说句话的工夫就忘了，老不死的呵，她狠狠骂了自己一句，老不死的呵，你还能干什么？她突然想起来，自己不该光站在那里扶他，该给他跪下，给他磕头，求他消消气，求他给儿子一条生路。可是晚了，人都走了，说什么都晚了。那她该做什么就做什么去吧。她喘着，咳着，走到鸡笼边上把鸡放出来，给它们撒了食，盯着它们把玉米粒吃得一颗也没剩下，这才拿起洗衣服的搓板，使劲地拍着堂屋的门，一边拍一边朝屋里喊：大麦起来了呀，小麦起来了呀。马上，屋里响起了呵欠，嘟嘟囔囔地，她听也听不清楚。她也没听，她要洗衣服了，叹了一口气，她把搓板丢进了木盆里。

衣服洗完了，她又去给大麦和小麦做饭，一直伺候他们背起书包走出了门，她也没有歇下，她又到菜园子里摘了些菜回来，洗干净了放在砧板上，整整齐齐地。从厨房里出来，她抬头看了看天，时辰就已经不早了。该做什么，她就要去做什么了。她看了看自己的袖子，觉得一点都不利落，干脆找了两根麻绳，把袖子给扎死了。想了想，又戴上顶斗笠，再把门锁好。做好这些以后，她就不再是吕婆婆了，她变成另外一个人了：沿着菜园边的竹林，她一路小跑了起来，跑不动，她就停下来歇口气再跑，好几回，她差点被地上的小水沟和树枝绊倒了。这不行，她得捡根棍子，等她弯下腰，又看见一条菜花蛇正好从竹叶堆里钻出来。她吓得哎呀了一声，只好再往前小跑。一袋烟的工夫总是有了吧，她总算是站到了一户人家的背后，煞白着脸，又把散开的袖子扎了一遍。她没急着进屋，先把耳朵贴在墙根上听听动静，里面果然没人，但是她听到隔壁人家里有人，没猜错的话，这户人家的人都在隔壁家里。可算是把她给难住了，到底还进不进去呢，她的两只脚在地上都踩出一个泥窝了。末了，还是一跺脚，下了决心，还是要进去。这就不能再耽搁了，她走到后门边上，刚要推门，又突然掉回了头去看看背后：一只黄鼠狼刚刚从洞里跑出来，又被她吓得跑回洞里去了。

进了院子，她没在别的地方多待，就朝西边的厢房跑过去，还是小跑，她还想跑得再快些，怪只怪两只腿脚都不灵光了，她也没法子。转眼的工夫，厢房到了，她一把就把一只扫帚抱在怀里，像是抱着一个什么宝贝。她要把这院子扫一遍，这是她好几天前都思量好了的。不管是家里还是家外，不管是种苗还是栽秧，她都是一个好把式，扫地，这样的事情就不用说了。扫帚都是用细竹扎的，比她的人还高，大麦和小麦还小的时候，看见她麻利地扫地，就嘟囔着说：看，婆婆在耍金箍棒！可今天的这只扫帚却不好侍弄，刚才在怀里抱得紧了，和对襟褂子缠住了，怎么都扯不开。扯不开也要扯，她使出了全身力气，脸都涨红了，扯是扯开了，可对襟褂子也撕开了一条长口子。再也不能耽搁了，她没顾得上心疼对襟褂子，马上就开始扫了起来。不一会的工夫，鸡和鸭还在她旁边走着，跳着，咯咯咯地叫着，她就把一个足有二分地的院子扫完了。她没歇下来，就像在自己的家里，她是说什么都不会歇下来的。打着趔趄，她跑进了厨房，用袖子擦擦眼睛，看起东西来就亮堂些了，眼睛一亮堂，她就又找到了活：柴火里有一堆干草，正好可以抱到牛栏里喂牛，还有，灶台上的蒸笼也脏了，黑乎乎的，要好好洗洗了。不能停，说干就要赶快干，把干草抱进牛栏里的时候，她看见满地都是牛粪，她摇了摇头再叹口气，今天的时间不多了，来不及收拾了，下回吧，还是下回吧。洗蒸笼就麻烦多了，她找了半天，也没找到一块干净点的抹布，她干脆把自己的对襟褂子脱下来，放在水里打湿了，把它当了抹布。还真好用，三下两下，这蒸笼就和七成新的一样。做这些事情的中间，她抽了空跑到院子门边上往外看了好几个来回，没看见别人，自然别人也没看见她。她草草地把对襟褂子洗了一把，又走到院子里，看看还能不能找点活。就在这时候，她看见了一样东西，扑通一声，她的两条腿就软了，她正对着堂屋跪下了。

吕婆婆看见了一副对联，就贴在堂屋的门垛上，对联不是红色的，是白色的，她不认识对联上的字，但她知道只有死了人的人家才贴这白对联，她自己家里也贴过，还贴过两回，儿子他爹死的时候贴了一回，儿子的媳妇死的时候又贴了一回。这对联有些破了，还有些发黑，风一吹就飘起来了，飘得吕婆婆的眼睛也直发黑。她对着堂屋跪下来了，惨呵，她想起了这家人给儿子下葬的时候，上十里外的人都能听见哭，他娘的眼睛差点都哭瞎了。要是在往日，人家的牛早就被赶上山啃青草去了，现在却没赶，牛就在她旁边啃干草，还有挂在屋檐下的锄头，泛着光，像是从来就没下过地，这些，可都是自己的儿子作的孽啊。人家早就没了下地的心思了，人家就等着她的儿子吃枪子呢。她的头有点晕，她又想起了自己的儿子：天杀的，该挨千刀万——最后一个字刚到嘴边，又被她活生生地咽回去了。老天爷，她一点也不想儿子挨千刀万剐，她怕。她给这家人磕头，磕了一个，又磕了一个，她还想再磕一个，却没有磕下去，她突然想起来了一件什么事情。她停下来，好好想一想，她想起来了，原来，她才磕第一个头，就觉得背后有动静。一下子，她的脸就白了，身上也起了汗，拼了她的老命，才在脸上挤出了一点笑来，这又回过头：一个小孩子正瞪大了眼睛看着她，越看越怕，就像她是个巫婆，末了他还是哇哇地哭出了声。赶在他哭出声之前，吕婆婆跑了，眨巴眼的工夫，她就跑得远远的了。

吕婆婆真的很忙，又是喂牛，又是薅草，又是到秧田里去拔败秧。只要哮喘病不发，她的身子骨就好用，没被那三家的人当场逮住过一回，自己家里的活计也没有落下，但是昨天，她的哮喘病却发了，不是忙的，是气的，她那一顿好气呀，差点就真的闭过去了。昨天中午，大麦放了学，问她：婆婆，人家都说你见不得人，那你什么时候才能见得人啊？就这一句话，她的哮喘病就发了，一步也不能动了，靠在厨房里的柴火堆一个劲地喘，喘又喘不动，干脆，她的心一横，趴到水缸边上，喝了一肚子凉水，怪不怪，凉气硬是活生生把哮喘给压下去了。到了下午，大麦又问她：婆婆，公判大会到底是个什么东西呀？那时候，她正在给猪喂食，咚的一声，她手里的葫芦瓢掉在了地上，瓢里的糠都泼出来撒了一地，也撒在她的手上，还有身上。她的两条腿又软了，瘫在地上了，她明白，公判大会就要开了，儿子的死期也要到了，越明白，她就越不想从地上爬起来。她的猪可不管这一套，咂吧咂吧地吃着洒在地上的糠，咂吧完了，又来舔她的胳膊，舔完了胳膊，再去舔她的手。

晚上，她用稻草扎了个小人，再拿了件自己的衣裳，盖在小人头上，完了，她就拿针扎它，扎一遍，她就喊一声：你怎么不死啊？你怎么还不死啊？她这一辈子，除了儿子造下的孽，还没和别人结过冤，生过仇，她没这样咒过别人，过去倒是听人说起过，但她觉得害怕：再大的冤仇，也值不得下这么重的手。可这手还是下了，还是对自己下的。她的心是已经横下了的，死后要下阴曹地府：阎王老爷，下辈子把我生成一头猪，一条狗，我没脸当人了。天太黑了，她又舍不得点灯，针就不断地扎在她手上，她倒不觉得疼，手上生了厚厚一层茧，要扎破也不容易。光是扎小人可不够，她还要给阎王老爷上香，烧纸钱。摸着黑，她出了门，一直走到了菜园子旁边，手里还抓了一把灶灰。先把香在灶灰里插好，再把摞得齐整整的纸钱散开，这才把火柴擦亮了。这下好了，香也点着了，纸钱也烧起来了。可她哭了，哭着说：阎王老爷都说我见不得人了，我要死的人了，见不得就见不得了，大麦和小麦还要见人，老爷，把他们的爹放出来吧，让他们也见见人吧。

说着说着，她也没哭了，声音倒还是小，像是在和阎王爷打商量。

阎王爷一定是没听见吕婆婆的话。今天一早，县城里传来了消息，消息说，公判大会真的就要开了，会场就在离这个村子不到十里的地方，那里原来是一座庙，庙早就败了，只剩了个大土坡，大土坡底下有块空地，可以坐上千人，正是做会场的好地方。地方真是好，但准日子却还没定下来，只说是快了，可真是把人都给急死了。快了，快了，到底等到什么时候才是个头啊？消息传来以后，那个死了儿子的老头，在村子里来来回回地走过来，走过去，一边走一边嚷：只说快了快了，都半年了，等到什么时候才是个头啊？天地良心，他真的好急。只有吕婆婆不急。该做什么，她就要去做什么。就像今天吧，她原本是要去昨天去过的那一家，把那家牛栏里的牛粪都给收拾出来，可一大早他家的门前就站满了人，谈得也热闹，看样子，一时半会都不会走。吕婆婆不着急，她提着菜篮，到屋后面的水塘里去洗菜，水塘对面是片竹林，竹林把她挡住了，那户人家门前的人看不见她，她倒能模模糊糊地看见他们，真是再好不过了。反正也没有别的活，她的菜就洗得很慢，蹲着头晕，她就坐下来，身子骨受用了，她再去洗，迷迷瞪瞪地，两个钟头的光景也过去了，那户人家门前站着的人这才散开。这样一来，吕婆婆就要出发了。

不一会，她又到了昨天来过的地方，这回她要走后门，但没急着进去，她觉得有点不对劲，她把自己躲在一窝荆刺后面，只露了两个眼睛在外头。真的，她觉得有点不对劲，总觉得屋子里的人没走干净。她猜得没错，等了好长一阵子，她总算是等到了两个人，他们嗑着瓜子从后门里走了出来。她还是不动，果然没多大工夫，后门里又出来了两个人。这下子放心了，推开那窝荆刺，慌忙就往前跑，就在这时候，后门里又出来了个人，吕婆婆也慌忙就势一蹲，时间正好，那个人没看见她，他走到墙根底下撒了泡尿，尿完了没再进院子，摇晃着身子走了，他像是喝了早酒，隔了老远，吕婆婆也闻见了他身上飘过来的酒气。最后一关总算过了，吕婆婆的心放到了肚里，刚才这么一折腾，她觉得有点累，跑不动了，干脆放慢点，一步一步朝前走。到了，临进门，她擦了擦眼睛，又麻利地卷起了袖子，真是该死，今天怎么就忘把袖子扎死了？莫不是要出事吧。顾不上了，她摇摇头，把后门推开了，院子里一个人也没有，她三步两步地就往牛栏里跑，就是这个时候，堂屋门突然开了，一大箩筐人，有她认得的，也有她不认得的，都从门里跑了出来，把她围在了中间。她一下子就被他们吓呆了，看着他们，一句话都说不出来，她是要喊一声的，末了也没喊出来，她只觉得自己的手也没处放，脚也没处放。她还打算要跑，可跑不出去了，那些刚才从后门里出去的人，现在又回来了，把后门都给堵死了。一个小孩子指着她说：哈哈，她好笨啊，早就发现她了，就她一个人不知道。

她的耳朵像聋了一样，别人说得热热闹闹地，她一句也听不清楚，只好盯着别人的嘴，想猜猜他们在说什么，可猜不出来，她的脑子像是也不管用了。她突然觉得嗓子眼里有条毛毛虫在爬，这下子脑子管用了，她知道坏了，哮喘病要发了。赶忙一只手按住胸口，一只手抓紧喉咙，没用，很快，她的喉咙里就上不来气了，扑通一声，她倒在地上，缩成了一团，眼睛倒还是睁着的，她睁着眼睛，看着她能看见的东西：一箩筐的人，挂在屋檐下的锄头，堂屋门垛上的白对联。她想了又想，狠了心，闭上眼睛，她什么都不管了。

后半夜，吕婆婆又出了门。大麦和小麦都睡着了，村子里的人也都该睡着了，月亮亮得很，她就没带电筒，本来是要带上盒火柴的，想了想，也放下了。出了门，村子里的人果然都睡了，黑灯瞎火的，月亮虽说大得很，她也还是在泥坑里蹚了好几回。快出村子的时候，一条大黑狗从林子里跑了出来，看着她，也不叫唤，她也看着它，不说一句话，末了，大黑狗一摇尾巴，走了，她吐了口气，也走了。只要哮喘病不发，她就有的是劲，没花多大工夫，她就到了她要来的地方了。她记得，早几十年，这里是座庙，庙里供的是观音菩萨，她倒是常来，后来，庙败了，只剩了个大土坡，大麦和小麦的娘也死了，她就没空来了。她有点不相信，公判大会就在这里开？还有，会一开完，儿子的命就要被阎王爷拿走了？不信也没法子，大土坡上已经搭好台子了，正等着人把儿子押上去呢。台子搭得可真是牢，清一色的樟木，她拿手撸了撸，动都不动。台子搭得也高，比唱戏的台子都高，比她的身子也还要高，她踮起脚朝台子上看，还是空的，咯噔一下，她的心里也空了，她自己也不知道该想些什么了。夜是越来越深了，还下了雾，她的脸也湿了，身上的对襟褂子也湿了，还有，搭台子的樟木也湿了。樟木一湿，就散出了香气，直往吕婆婆的鼻子里灌。又是咯噔一下，她想起了儿子，那时候，儿子比如今的大麦和小麦还小，圆头圆脑的，小身子那个香呵，比樟木都还香。

回村的路上，吕婆婆打算要豁出去了。天还不亮她就把大麦和小麦从被窝里拽起来，给他们烙了一大堆饼，又从柜子里端出来一大碗腌萝卜，等他们洗完脸了，才把他们唤到跟前来，对他们说：两个小祖宗，这是三天的口粮，可不许多吃，吃完了就活该饿着了！她没跟他们说自己要去哪里，只说要出三天门，大麦和小麦也不问，站在灶沿边吭哧吭哧地吃着饼，大麦吃了没两口，就拍着肚子对她说：饱了饱了，再吃肚子就装不下了！她一笑，眼泪却淌了下来。这时候，天也亮了，大麦和小麦都把书包背在身上了，他们临要出门，又被她叫住了，她走到米缸跟前，把米缸里的米都扒开，要见底的时候，米里露出了个蓝布包，小小的，她把它拿了出来，又小心地打开了，蓝布包里露出了一小叠钱，都是皱皱巴巴的，她叹了口气，拿出两张最小的，给大麦的书包里塞了一张，也给小麦的书包里塞了一张，这才对他们说：两个小祖宗，走吧走吧。

一连几天，村子里的人都没看见吕婆婆。一直到了第四天，早晨，村子里的人刚从床上爬起来，还打着呵欠，突然听到村里敲起了锣鼓。再听听，锣鼓是从吕婆婆的家里敲起来的，这下子，全村的人都坐不住了，脸也没洗，饭也不吃，都朝吕婆婆的家里跑过去了。眼前的事情真是把他们都吓呆了：吕婆婆的家里在唱大戏！说起唱大戏，可真是早十几年前的事了。出了这么一大件稀奇事，村子里的人可真是坐不住了，但是，到了吕婆婆的屋跟前，他们却不再往前走了：有人早来了一步，手里拿着刀子和棒子对着他们呢，他们哪里还敢往前走啊？戏已经唱了老半天，戏台前边也密密麻麻地摆满了凳子，可凳子上没有人坐，都空着，一大帮子人又是拿刀，又是拿棍，谁还敢去坐凳子？都远远地站着，戏文也能听得明明白白，就没人想惹麻烦了。可麻烦还是有人惹了，快到晌午的时候，有人站不住了，脾气爆一点的，就要去坐凳子，结果被那帮拿刀拿棍的人给拦下了，言语也没合到一处去，就要动手。有人指着那帮拿刀拿棍的人对自己的人说：莫怕他们，公判大会马上要开了，他们才不想在节骨眼上惹麻烦呢。他没说错，其实那帮子人真的也不想动手，两处的人就开始合计，说是要把吕婆婆找出来，让她给大家说说清楚。合计好了，那帮子人就进了院子，要去把吕婆婆找出来，他们拿着棒子捅捅这里，再捅捅那里，吓得鸡也飞了，狗也跳起来了，就是怪了，怎么找也没把吕婆婆给找出来。

吕婆婆没出院子，她就在西厢房里，厢房是土砖搭的，有些年头了，墙上裂了一条一条的缝，靠西头是个粮仓，说是粮仓，早就没粮食装了，也破了，和厢房的墙一样，满身都是缝。眼下，吕婆婆就蹲在这粮仓里，透过粮仓上的缝，再透过墙上的缝，使了老大的劲往外看，都看了大半个上午了。眼睛也要眯着，都眯红了。一大早，她就找到了这个好地方，跪着虽说潮气大，可她找来找去，也只找着了这么个地方。她想好了，等她想来的人都来了，她就出去给他们磕头，求他们，给儿子一条生路。她不管有用没用，反正她要出去磕头。她还是明白点事理的，给他们磕头兴许真的没用，要磕就得给政府的人磕，可政府那么大，给谁磕才管用呢，干脆，就给他们磕。有一阵子，她差点都哭出来了，锣鼓响了半天，她想来的人一个都没来，她的心里又空了，这戏班可就是给他们请的呀，真的：她连想什么好都不知道了。末了，还是来了，却是拿着棍子和刀子来的，她就更不敢出去了，出去了的话，莫说磕头，身子只怕都要被打坏了，还是先避避再说吧。这样，那帮子人在西厢房里找了好几个来回，也还是没找到她，有人拿棍子朝粮仓上敲了两下，她吓得一哆嗦，差点都叫出来了，却没叫出来，她赶紧就把嘴巴给捂上了。她也想过，干脆，跳出去算了，去给他们磕头，念头刚一动，棍子刚巧又在粮仓上敲了两下，她吓得又把嘴巴捂上了。

怎么也找不到吕婆婆，那帮子人只好出了院子，这才看见外面的凳子上都坐满了人，一个瘦高个就急了，要大家站起来，没人听，他就拿着一把菜刀对准了唱戏的人，要他们停下来，唱戏的人可不敢不听，马上就不唱了。这下子，两处的人就又吵起来了，比前头吵得还凶，瘦高个更急了，对坐在凳子上的人说：你们也不想想，那个死老太婆凭什么要请你们看戏？你们长长脑子好不好？瘦高个这下子算是说错话了，还没说完，对面就飞来了一块砖头，正砸在他脸上，脸一下子就红了，都是血。这手算是动起来了。又是砖头，又是棍子，又是刀子，不止一个人流了血。屋里头，吕婆婆做梦也没想到会这样子，她急得在粮仓里直跺脚，这么大的声响，要是外面没有乱，早就被那帮子人听到了，可这会外面乱成了团，扯都扯不开了，也没人想起她来了。乱了大半个钟头，两处的人才分头扯了出来，又坐下打商量，商量的结果，还是要把吕婆婆找出来，让她来说说清楚。这一下，两处的人合成一处，都进了院子，都要找她。不过，他们还是没找到她，她又跑了，这回她跑得远，从后门里出去，往村子外面跑，围着村子转了一圈，末了才跑回来，趁着别人都在朝院子里看，她轻手轻脚地躲进了自家的稻草堆，又轻手轻脚地拨开稻草，拨出一条缝，把眼睛凑了上去。

好冷。又是天不亮，还起了风，好在哮喘病没发，亏得她前头就喝了一瓢凉水，又找了块布条，把喉咙勒死了，喉咙是好过了，可身上还是冷，足足一瓢凉水呢，不冷才怪。大麦和小麦都拽着她的衣裳，一个拽一边，真亏得他们了，好几回，她的眼一黑，身子要往前栽，都被两个小东西拽住了，也没使什么力气，可她就是稳下了，立住了。她盯着两个小东西，看了又看，没忍住，还是哭出来了：躲不过去了！

躲不过去了！她是躲不过去了，她的儿子也躲不过去了，再过几个钟头，公判大会就要开了，儿子被关进大牢也有半年了，半年了，总算能见着了，见完了，就再见不到了，大麦和小麦也再见不着爹了。大麦和小麦没哭，看着她，眼睛一下也没眨，还是大麦的眼尖些，抢先把她的手捂在怀里了，小麦也抢了她的另外一只手，要把它塞到怀里，可衣服穿紧了，塞不进去，就往自己手上哈气，哈完了，赶紧就去抱那只手，抱得紧紧地。这时候，村子里慢慢有了动静，别人也等不及了，都想着早起，去会场上占个好位置，她的心里一急，住了哭，拉住大麦和小麦往前走，她得抢先一步，到了这步田地，她不怕了，见人就见人吧，可她不想让大麦和小麦今天见人，趁着天没亮，她得快点走，才走两步，她又停下了，叫了声：好冷啊。

到了，她又看见了那个大土坡，还有土坡上搭起来的台子，清一色的樟木，那个香呵。她还是不信，她怎么也不信，公判大会就在这里开？还有，会一开完，儿子的命就要被阎王爷拿走了？她的手里牵着大麦和小麦，发了疯往台子上看，台子上不再是空荡荡的了，一大条长桌子已经摆上了，她知道，那叫主席台，主席台都搬来了，儿子躲不过去了。她又在心里喊了一声：躲不过去了。大麦和小麦却要躲起来，她得让他们躲起来。可是，除了块土坡，就是块空地，空地上虽说长满了草，草也只没了脚脖子，藏不下他们两个，这可该怎么办？她往四下里看了看，看见空地的西边是一片秧田，秧田和空地还隔了条沟，她就牵着大麦和小麦走到沟里去了。沟里也长满了草，比空地上长得还高，她顾不上了，要大麦和小麦在沟里待着，千万别跑，她自己从沟里爬上来，小脚步子再朝空地上走回去，看看还能不能给大麦和小麦找个藏身的地方。藏在沟里不行，她想让大麦和小麦和他们的爹隔近些再说，等一会，会场上人一多，人就挤不下了，挤不下，有人就要上树，上了树，沟里也藏不住了。她走得慢，大半个钟头都过了，她才刚巧围大土坡转了一圈，天就慢慢亮了，有人从村子里出来了，她就赶紧往沟里跑，跑不动也要跑，脚底下像是有针在扎，五脏六腑里都像有针在扎。等她挨紧大麦和小麦坐下，身上都流汗了，是冷汗。

村里出来了足有四五个人，咳嗽着，哈哈大笑着，越走越近，真的走近了，她的心里突然一紧，她看见有个人的手里拿着块红布，叠得齐整整地，要是铺开了，足有一丈长。她的心里真是好生一紧，她是没见过什么世面，可她也是七十岁的人了，知道这一丈长的红布是派什么用场的。她趴在沟里等着，两只眼睛死死地盯着，盯着他们牵好了电线，架起了喇叭，末了，那块齐整整的红布打开了，铺在主席台上了，一下子，她的身子骨像是瘫了，她放了心。牵好了电线，也架起了喇叭，那几个人就在台子上坐下来，抽着烟，说着笑着，两根烟的工夫总是过了，他们这才起了身，下了台子，要回村里吃早饭去了。这下子，她再不用等什么了，那几个人一进村，她就从沟里爬了上来，大麦和小麦也爬上来了，几个人一起朝那个台子跑过去。跑到了，她又上不了台子，台子比她人还高，她让大麦和小麦爬上去，又费了老大的劲，吃奶的力气都使出来了，这才把她拉上去，上去了，还是一步也没停下，转眼的工夫，三个人全都钻到那块红布底下去了。黑洞洞的，她觉得眼前一下子黑了，身子骨也黑了。

是个晴天，太阳毒得很，像把刀子，在红布里头，吕婆婆看了看大麦和小麦，两张小脸都红扑扑的了。她也不知道过了几个钟头，反正太阳已经老高了，她猜空地上的人也站满了，耳朵边上早是闹哄哄的了。这几个钟头里，三个人待在主席台底下，靠东头，都没动，好几回，小麦想咳两声，被她吓得没咳出来，只好往肚子里吞，一哽一哽地，像在吞榆面疙瘩。多听话的两个小东西，坐着，憋着，就等着她下命令。这时候，主席台上也坐上了人。他们看不见人，只能看见脚，好巧，恰恰靠东头的脚多些，靠西头却只有两只脚，她就一个劲地朝西头看，看着看着，她的身子一震，像是被雷打着了，她看见靠西头的红布破了一条缝，细细的，可这就够了，有条缝就够了，她就可以看见儿子，大麦和小麦也能看见他们的爹了。他们得到西头去，一点都不能耽搁，她已经听到了个声音，这声音正在清嗓子，清完了嗓子，就开始说话，她明白，这是个大人物，是大戏里头的青天老爷。果然，大人物一开口，闹哄哄的声音一下子消住了，会场上静了。她没耽搁，蹲在地上往前走，还没走两步，麻烦就来了，一只脚横在她头顶上，摇着，晃着。她有法子，干脆后退了几步，往前一栽，身子全都趴到地上，再一步步地爬，她的手有些力气，她的胳膊也有些力气，果然，她爬过了那只脚，又是不大的工夫，她就爬到西头去了。她再蹲起来，朝大麦和小麦招手，他们的身子小，又灵光，爬起来比她方便，根本没费什么功夫，他们三个人就又在一起了。她又做了个手势，让他们先在自己背后藏起来，藏好了，她才眯起眼睛，慢慢地凑到了那条缝跟前，可是，只一眼，吕婆婆的眼睛又黑了，身子骨也黑了。

她看到了儿子。该天杀的儿子啊，她看见他了。瘦了，也黑了，胡子拉碴，脑袋上钻出了白头发，亏得她找到了这块地，也亏得儿子就站在靠西头，她这才看得清楚，连白头发都看清楚了。半年了，该见见了，可天地良心，她不想见！儿子却想见她，上了场，亮了相，死是要死的了，他干脆把头抬得高高的，和他一起押上场的有六个，都是要死的人了，都把头低着，他的头没低，他在找她，他在找大麦和小麦，末了也没找到。他是找不到她的，还是句老话，到了这步田地，她已经豁出去了，可她不能叫大麦和小麦也豁出去。他毕竟在大牢里过了半年，没见过太阳，今天的太阳又太毒，他有些吃不住，身子一歪，差点就要倒在地上，还是立住了，他背后站了人，两只手虽说被反绑住了，背后的人还是抓紧了他，想倒也倒不了。他的身子一歪，她的身子也是一歪，哎呀，她叫了一声，是在心里叫，手也伸了出去，差点伸到红布上，再伸远点，就要捅娄子了。这时候，外面的大人物，大戏里的青天老爷，开始说话了，开始念儿子的名字了，咯噔一下，她一把抓住了大麦的手，也抓住了小麦的手，要他们爬到自己前面来，爬到那条缝跟前来，要他们好好看看自己的爹。她自己退到一边去了，要退的时候，她从怀里掏出几团棉球，她把棉球塞进大麦的耳朵里，又去塞小麦的耳朵，她不想叫他们听见一个字。

大麦和小麦没听见一个字，她听到了，她听到了两个字，死刑。全都白费了，什么都白费了，她跑出来了。会场上怕是有好几千人，好几千人都被她惊呆了，就连主席台上的人，也都惊住了。要命也想不到啊。她的儿子也没想到，他听到背后有动静，也看到台下的人炸成了一锅粥，他转过身，看见了吕婆婆，吕婆婆跌着，撞着，头发也散了，她连看都没看他一眼，朝着主席台跪下了，朝着主席台上的大人物跪下了，嘴里在喊什么，可听不清，只是一个劲地磕头，磕了一个，又磕一个，磕完了，再磕。末了，从台下上来了几个人，是台上的人叫上来的，要把她从地上拉起来，她不干，拉了好几次都拉不住，才拉起来，她的两条腿又跪下去了。拉她起来的人没动手，只在好言好语地劝她，她不听，没法子了，他们才使了点力气，把她拖下台子，一直往远里拖，她叫着，喊着，又拼了命往台子上跑。跑两步，拉回来，又跑两步，还是被拉回来了。这时候，虽说出了意外，意外出得也不小，公判大会却不能停，要是停了，不知道还要出多大的意外。

会场上也静了，没再炸成一锅粥了，大人物的声音又响了，不过，这一回他念的名字是别人的，不是吕婆婆的儿子了。吕婆婆被那些人拖了好远，有小半里路远，她咬他们的手，他们的手也没有松，到了这时候，吕婆婆没再拼命往回跑了，她明白了，什么都晚了，什么都完了，她蹲了下来，呆呆地往那边看，儿子的身子也看不清了，又过了一阵子，公判大会就开完了。台下的人都还没动，儿子，还有别的要死的人，先被人从台上押了下来，又押上了汽车。她还在蹲着，呆呆地看着，没一点动静。等汽车一动，她才好像明白过来了，她站起来往汽车那边跑，可是追不上了，她在跑，汽车也在跑，路上只剩了汽车压过去的印子，她越跑越远，汽车压过的印子也越来越远。

人都走光了，台上台下的人都走光了，有人来找吕婆婆了，来的人手里拿着张小纸片，要递给吕婆婆，吕婆婆没有接，她不接，她知道这小纸片是派什么用场的。它是要人命的，它是阎王爷要她给儿子办后事的。过去，她没见过这张小纸片，可她听说过，来的人头上又戴着大盖帽，她一下子就明白了，那张小纸片就是阎王爷捎来的。来的人往前走一步，她就往后退一步，退完了，她就站着，看着他，摇着头，一句话也没说。那个人只好不走了，叹了口气，对她说：大娘，县城里的刑场旁边建了个小学校，白天是不能行刑的，就只有在后半夜了，丧事就别做什么准备了，明天早上我们派人把骨灰盒送来。骨灰盒，她听清了，一个字也不差，她都听清了。直到这个时候，她才哭了出来，又不像哭，是嚎，也没有眼泪，她想跑，又没跑，大麦和小麦还在红布里头呢。她蹲下，再站起来，又蹲下，又站起来，站起来了，她就看着那个人，摇着头，一句话也没说。突然，她身上一下子掉出了好多棉球，小小的，掉了她一身，那都是她给大麦和小麦备下的，备少了不行，她要大麦和小麦当一天的聋子。

吕婆婆来了。月亮大得很，要是往日，月亮一大，吕婆婆的眼睛就花了，今天没花，她看得清东西，刚修好的小学校，石灰都还没干，风一吹，满鼻子都是石灰味儿。再就是蒿草了，足有齐腰深，到处都长满了，她还看见了只兔子，躲在蒿草下面，看着她，她也看着它，不由她不叹了声气。她突然想起了一件什么事情，心里一惊，赶紧骂自己，恶狠狠地骂：哎呀，你这个老不死的呀！她想起来筐子没有盖严实，筐子里装了饭，装了菜，热气怕是散了不少了。还没来这里的时候，她先去了街上的饭馆，炒了几个菜，买了一瓶酒，又切了几个煮鸡蛋，都装在筐子里带来了。儿子喜欢吃煮鸡蛋，还不喜欢吃好鸡蛋，偏要吃坏的，黑黑的，都生了腥气了。她不喜欢吃，大麦和小麦也不喜欢，可儿子就是喜欢，儿子的死鬼老爹没死的时候也喜欢。菜一共炒了三个，她也没吃过，加上切好的煮鸡蛋，也算是装了满满一筐子。找饭馆里借筐子的时候，她的心都在跳，她没敢说实话，说了实话，人家才不把筐子借给她呢。把菜放到筐子里装好了，时辰也不早了，天也黑了，她就朝着这里走，走一会停一会，停一会走一会，她没找人问路，却一步路也没走错，老远地，天虽说黑，她还是一眼就找到这个小学校了，小学校门口有棵歪脖子大柳树，她就在大柳树底下坐下了。这地方真不小，蒿草也长得高，人一进去，就没了头，这草长得还密，密密麻麻地凑着，一棵挨一棵，像是高粱地，就算跑进去一头猪，要是不叫唤，就听不见动静，也看不见影。可是怪了，吕婆婆偏巧看到那只兔子了，看她没动，它就动了，都跑到她跟前来了，她摇了摇头，把手伸进筐子，拿了一瓣鸡蛋出来，扔给它，它吃了，吃得也快，三下两下地，吃完了还看她，没法子她只好又拿了一瓣出来，扔给它。再拿的时候，她看见筐子还没盖严实，早想起来没盖严实了，却老是走神，老是没盖，热气真的散了不少了，她一急，把棉袄脱了，盖在筐子上了。这下才好一点，热气跑得慢了，身上却凉了。也不知道又过了几个钟头，小学校里的灯都灭了，县城里的灯都像是灭了，却起了风，是西北风，开始还小，柳树枝也只摇一摇，慢慢就大了，身上就不是凉了，是冷，冷得疼。突然，她觉得不好，嗓子眼里像是漏了风，气也喘得越来越重，又越来越细，她明白，这是哮喘病要发了。这可怎么得了啊，她的心一下子紧了，赶紧站起来，可不能再坐下去了，要起来走走，刚往蒿草里走了两步，她想起那只兔子还在，又回来，赶它走，它就是不走，扔了几块石头，它还当是鸡蛋，跑上去就啃。她不管了，自己走，还是没走两步，她又跑回来了，她想起来筐子还放在地上，可别叫兔子给糟蹋了，她围着歪脖子柳树转了好几圈，想出了法子：把筐子挂到树上去。树枝都还粗，正好派上用场，挂上去后，正合适，她这才放了心，再往蒿草里走进去。过了半个钟头，她回来了，她差一点都回不来了。越往里走，她就越觉得不该往里走，里面都是城里拖出来的垃圾，堆得高高的，像座小山包，这时候她才想往回走，却走不动了，两只脚都陷到垃圾里去了，怎么拔也拔不出来，她得使力气，越使力气，喉咙里就越喘得厉害，后来，她都不作指望了，却又拔出来了，她又坐到歪脖子柳树底下来了。这时候，她咬紧了牙，只恨没有一瓢凉水，她明白，别的法子是没有了，只有一个法子了，就是要睡着，不管怎样都要睡着，要不，她就只有死在这里了。她闭上了眼睛，喊了一声：哎呀，菩萨们啊，保佑我吧。末了，菩萨们保佑她了，她睡着了。她不知道，她才刚睡着，真的，才刚睡着，一辆押满了犯人的汽车就开过来了，这后半夜的枪声，就要响起来了。她真的都不知道，她睡着了，她还在做梦呢。她梦见了那一年，她挑着担子回家过年，一头挑着年货，一头挑着儿子，在路上，下起了大雪，她刚巧走在一个山坡上，脚底下一滑，肩膀上的担子一下子滚了出去，沿着山坡往下滚，滚得那么快，她都吓傻了，呆呆地张大了嘴巴，又呆呆地看着那副担子往前滚，最后，它滚进了一条长满了荆刺的小河沟。突然，她清醒了过来，发了疯一样往前跑，嘴巴里叫着，喊着，连滚带爬地跑到了那条小河沟边上，先是屏住了气，这才发了疯一样掀开罩在担子上的棉布，她却看到了他一副刚刚睡醒的样子，只有鼻尖上沾了一两点雪花，还正张开嘴巴对她笑着呢。她又疼又气，把他抱在怀里左看右看，直到真的没发现一点伤，她才哭着对这个笑呵呵的小家伙说：你还笑啊？你还笑。

向大哥下手

深挖洞，广积粮。在傍晚昏暗的光线中，在那棵冠盖如云的槐树下，大哥一边编织草席一边对我说：三弟，亲爱的三弟，一定要记得深挖洞，一定要记得广积粮。凉风袭来，我们头顶上的槐树叶哗哗作响，雪片般的槐花也扑簌而落，落到我们身上之后，几乎使我们变成了银装素裹的雪人。槐花散发出来的巨大的香气也环绕着我们，让我们筋骨松软，心和肺都快要被抽空了，就像喝下去了满坛的米酒。可就在这个时候（每次都是这样的时候），大哥却突然打了一个惊天动地的喷嚏（哦，我就知道会这样），我侧过脸去望着他——他的脸红了，正在手慌脚乱地擦着飞溅而出的鼻涕，又在不停地、剧烈地抖动着鼻翼，以便压抑住下一个喷嚏。我还是一句话也不说地望着他，他的脸红得更厉害了，以至于不得不从地上爬起来，跑到槐树背后的一个角落里去将自己的鼻子安顿好。只见他刚刚才从地上爬起来，却还是又回过头来对我说：三弟，如果记不住大哥对你说过的话，那就只能死无葬身之地，连当一个占山为王的草寇都不行，就更不用说当皇帝、当九千岁了！话未落音，一个巨大的喷嚏又不请自到，大哥的脸顿时急剧地抽搐起来，鼻子更加疯狂地扭动。远远看去，一片狰狞。

恰好在此时，我的二哥，从大街上狂奔着跑回了家，脸色煞白，一口连一口喘着粗气。看到我，他连忙大喊一声：三弟，操家伙！而他自己，却像一阵狂风般从我身边呼啸而过，转眼之间就跑到了槐树背后的一堵矮墙旁边，只见他连半步都没停留就一口气跳过了那堵墙，很快就消隐不见。我在心底里发出一声哀叫：哦，千万不要！说罢，我拔腿就跑。可是晚了，说什么也来不及了，一大群人怒吼着手持各种各样的兵器鱼贯而入，我又慌忙叫喊道：老少爷们儿，请你们看清楚，我不是关羽，我是张飞！可他们却不管，他们迅速地将我包围，锄头、镰刀、钉耙，等等等等，从他们手中飞奔而出，化作密密麻麻的利箭重重击打在我身上。我紧闭双眼在地上翻来滚去，全然不作一丝反抗，反抗又有什么用呢？这早就已经不是第一次了。也曾反抗过，也曾哀求过，可全都无济于事，对我来说，那最终的结果只有一个：像一个惨遭蹂躏的女人一样躺在地上欲哭无泪。没有一个人来可怜我，那些对我痛下杀手的人非但不可怜我，反而还会指着我的身体咬牙切齿地骂道：关羽是个王八蛋，估计他也不比关羽好到哪里去。更有甚者，一位年轻的母亲还指着我对她幼小的孩子说：儿啊，做人千万不要做这样的人！因此，我绝不会作半点反抗。反抗得越厉害遭到的毒打就会愈加骇人听闻。就像现在，在他们的殴打中，我反而忘掉了疼痛，想起了我和大哥二哥相识的那个并不遥远的下午。

苍天作证：我是无论如何也不会想到我和大哥二哥的结拜竟会给自己惹来如此巨大的麻烦的。需要说明的是，在此之前我早就已经有了好几个结拜弟兄。身处于我们这样的时代，一个人没有几个结拜兄弟才怪。所以，麻烦多一点也在情理之中，尽管我只是一个杀猪卖肉的屠夫，但我仍然清楚地知道：兄弟绝不仅仅只意味着在一起喝酒，一起上妓院，更有可能会一起打架，一起为非作歹。这些，我都可以忍受，但我不能忍受的是我的大哥——刘备，竟然要我抛弃家财和他一起去造反；我还不能忍受我的二哥——关羽，这个远近闻名的小人，一次次地惹出事端之后又一次次地望风而逃，留下我来承受本该让他承受的惩罚——如你已所见所知的一切。我想说：这种生活我已经受不了。但我又能如何是好呢？悔只悔老天给我们三人一起安排了那个相识的下午，从那个下午起，我就开始一脚踏进了这个深不见底的黑暗的深渊。也许，我的一生都再也无法从这口深渊中拔脚逃走。那天卜午原本和以往毫无任何不同，我像往常一样吆喝着杀猪卖肉。可偏偏就在这时，刘备出现了。他就蹲在我的肉案旁边卖草席。一开始我并没注意到他，老实说，大街上像他这样的小矮子太多了。可是，事情到此才刚刚开始，一件小小的灾祸马上就光临了我：一匹发情的母马突然冲上街头，嗷嗷嘶鸣着狂奔过来，踢翻了一路上的店铺，眨眼之间，就撒开四蹄朝着我的肉案横冲直撞过来。我慌了，在那一刻之间，我简直不知道自己该怎么办才好。也正是在此时，那个蹲在旁边卖草席的小矮子突然间变得神采奕奕，一个箭步冲上前来挡住了母马前进的道路，然后，把手指放进嘴巴——仅仅只是一声口哨，那匹母马就不可思议地安静了下来。不用说，当晚我就请他去酒店里喝了酒。正是在酒店里，这个名叫刘备的小矮子趁着酒酣耳热之际对我说：对此良辰美景，我二人何不义结金兰？尽管我非常犹豫——就像一笔生意，我不得不考虑他是否具备和我义结金兰的实力——但是在此情此景之下，除了答应他的要求，你说说，我又能怎么办呢？于是，我只好高声喝令店小二拿来滴入了鸡血的酒，一口喝下，然后又互相交换了生辰八字，这才将这一场戏演完。酒喝得太多，我已经晕头转向，可就在我满心以为演出到此为止的时候，一个红脸胖子却笑嘻嘻地走了过来，刘备连忙指着他对我说：三弟，快来见过你的二哥！在那一刻，我差一点就要发作了，不用猜测，单凭刘备褴褛的衣衫我就可以明白他一定是个穷鬼，我已经亏大了，可是现在，他又要让我喊一个衣衫更加褴褛的人为二哥，这不是要我的命吗？再看看这个名叫关羽的红脸胖子，他并没有理睬我，两道目光已经完全被桌子上被我们吃剩下的饭菜所吸引，好像它们全都是山珍海味。对于刘备的介绍，他也并没有表示出多大的关心，嘴巴里嗯嗯啊啊着，却狂奔上前恶狠狠地操起了筷子，又恶狠狠地将筷子插进了桌子上的碗碟之中。

在当时，我并没有想到，我和红脸胖子共同的大哥，有一天会声泪俱下地对天发誓：不把关羽杀掉我就不叫刘备！而现在，当那些挥舞着锄头、镰刀和钉耙的人群逐渐散去，大哥的眼泪都好像快要哭干了，躺在我的怀中，他又一次咬牙切齿地对我说：三弟，实在是到了该想个办法的时候了。一语未毕，他又扭头便哭，却偏偏还要拼命压抑住自己的哭声，身体抖抖索索，活像一个受到歹徒强暴后正在丈夫怀中哭诉的妻子。今天的这件事本来与他没有什么关系，二哥越过那堵矮墙消隐不见之后，那些愤怒的人们原本已经将我变成了他们发泄愤怒的对象。可就是在此时，不明白就里的大哥从那株槐树背后跑出来，对着那些人大声疾呼：乡亲们，有话好说！乡亲们，有话好说！但是，乡亲们又怎么听得进去呢？从乡亲们在殴打我时发出的怒不可遏的呼喊声中我已经知晓了事情的原委：我的关二哥又一次犯了老毛病，那就是偷窥。一两次偷窥是可以被勤劳善良的乡亲们所接受的，可问题是他已经有无数次；仅仅只偷窥一些成年妇人们也就罢了，用乡亲们的话说就是：反正都已经是老茄子了，可问题是他这一次偷窥的偏偏是个不足十三岁的未成年少女。天地良心，即便我的乡亲们再勤劳，再善良，他们又焉有不动怒之理？但大哥显然还不知道事情到底严重到了何种地步，他还在一遍遍地大声疾呼：乡亲们，有话好说！乡亲们，有话好说！看着他矮小的身躯一点点朝着这边移动过来，我慌忙大叫起来：哦，不！可是已经晚了。一看到他出现，愤怒的人群立刻丢下我不管，却像一支起义的军队般冲杀了过去。最终的结果，就是把他变成了一个受到歹徒的强暴后正在丈夫怀中哭诉的妻子。

直到天色完全黑透，二哥才回到了家。他回的当然是大哥的家。在此地他根本就没有家。在人们的传说中，他是一个逃犯，为了躲避惩罚才逃亡到了此地。对于这些传闻他也从来就不曾否认，而且还对我一次次地讲述过他杀人的经过，在他唾沫星子飞溅的讲述中，他杀人时的情景是血流成河和地动山摇的，简直与一场战争相差无几——但是我却从不相信。从我认识他直到现在，他几乎每一天都在惹是生非，可面对别人伸过来的雨点般密集的拳头，他却没有一次迎面而上，反倒没有一次不是哀号着落荒而逃。就像今天，当我和大哥躺在地上饱受非人的凌辱之时，他却早已不见了踪影，而我居然每天都还在和这样的人称兄道弟！现在，他回来了，却探头探脑地不肯进门，看到我，反倒对我做了个鬼脸，还吐了吐他的舌头——一股巨大的恶心感顿时就击中了我，险些使我晕倒在地。就在此时，躺在里屋养伤的大哥听到了屋外的动静，他一改刚刚还在屋中盘旋不止的痛苦呻吟，用一种温柔得近乎可怕的语调轻声呼喊：是二弟回来了吗？是二弟回来了吗？是我，大哥，是不争气的关羽回来了！只见二哥三步两步奔向里屋，跪倒在大哥的床前哀号道：大哥，全是我的错，全是我的错，小弟又让你受苦了！而面对此情此景，我们的大哥又当如何呢？我想说：他真不愧是我们的大哥！只见他努力地从床上直起身，伸出手轻轻擦去了他满面的泪痕，更加轻轻地说：千万不要这样说，我的好兄弟。一日为兄弟，便是生生世世为兄弟。来，快扶大哥起来，天色已经不早，我们赶快做事去吧。接着，在二哥的搀扶下，他费尽气力从里屋走到了屋外，然后又吩咐二哥去厢房里取挖地道用的各种工具。就在二哥往厢房里走去的时候，大哥却一反往日行状，一把将我扯向他的身边，用一种激动得几近疯狂的语调对我说：三弟，亲爱的三弟，就在今天晚上动手吧！在月光下，大哥简直像一条癫狂的公狼。

说起来，我几乎已经想不起自己是何时着迷于简单而秘密的游戏——挖地道的。我还记得，在游戏之初，有一度我曾恨不得将大哥斩于我的屠刀之下。请诸位想一想，男人们在一起时可以玩哪些游戏？显然，简直多得不胜枚举，划拳喝酒和上妓院之类的事情就不在话下了，即便是找不到妓院之后互相来几次龙阳之癖也是常有的事，没有什么大惊小怪的嘛。但是，请你们再来看看我们三人在一起时能够玩些什么，你们肯定无法猜测得出我们的游戏竟是如此简单：它是这样普普通通的三个字：挖——地——道。可就是这简单的游戏注定又是不见天日的，它只能在夜晚中才能进行。我还记得，第一次被大哥拉扯着走向院子里的那棵槐树，是我刚刚被迫抛妻别子住进大哥的家的时候。在睡梦中，我被大哥叫醒了，手持铁锹打着哈欠跟随在大哥身后，往院子里走。在那时，我根本就不想问大哥鬼鬼祟祟地要将我带到哪里去，反倒想：反正连人都已经是他的了，多问又有何益呢？诸位听到这句话千万不要大惊小怪，更不要以为我和他是否真的发生了龙阳之癖，没有，真的没有。闲极无聊的时候我倒是认真地考虑过这件事情，一个大男人，过着长期没有性生活的日子，我的身体难道就从来没有过蠢蠢欲动吗？如果真的连一点骚动都没有，那我还是个男人吗？可是，每到我实在无法抵挡住身体中的波澜，鼓足勇气一点点向大哥或者二哥的身体靠近的时候，我都会面临这样一个结果：被他们身上散发出来的臭气熏得落荒而逃。是啊，他们从来就不洗澡！也许你们会问：那你为什么要说自己已经是他的人了呢？哦，这个问题，我又该怎样回答你们才肯相信呢？

还是让我从头说起吧。就在我和大哥二哥结拜的当天晚上，大哥就将我领回了他的家，也正是在他的家里，我才第一次知道这个长着一副五短身材的家伙，原来竟然是当朝皇帝的宗亲。他声泪俱下地痛说了自己的家史，紧接着便又来了一段长吁短叹：想我堂堂中山靖王之后，竟然只落得一个走卒贩夫的下场！二弟三弟，请你们抬起头看一看我的家，这哪里还是个家呀！一两根梁柱，六七片檐瓦——唉，好惨啦！他一边用双手捂住脸庞号啕大哭，一边又用他的一双泪眼偷偷从指缝中间打量着我。但我却始终不动声色。作为一个老江湖，我太知道他想干什么了，无非是希望我被他打动，拿出钱来帮助他，让他这个堂堂中山靖王的后人拥有一片安身立命之地，可我就是不做出任何反应，他又有什么办法呢？连嗓子都哭哑了，我也还是没有拿出半点银两来，倒是二哥忍耐不住了，他冲上前来指着我的鼻子破口大骂：你这个鸟人，到底还有没有一点同情心，别忘了大哥救过你的命，难道就不该拿出一点钱来给大哥买只鸡熬汤喝吗？闻听此言，大哥急了，对着二哥便厉声呵斥道：二弟休得胡言，你把我当成什么人了！再说，你又把三弟当成什么人了——他岂是无情无义睁眼看着我等受穷挨饿之人？不，打死我我也不相信三弟是这样的人！突如其来地，他又结束了呵斥，结束了哭泣，而换作了嘶叫般的歌唱：我想有个家，一个不需要多大的地方，在我受伤的时候会想到它——哦，天哪，我该怎么办？最终的结果是：我手慌脚乱地掏出一点银两塞进二哥虚席以待的手中，匆匆逃出了大哥的家。可是，就在我快要跑出大哥的家的时候，我的脚步却突然停住了。为什么？只因为我发现了白天里差一点就要了我命的那匹发情的母马。此刻它正悠闲地在大哥家的马圈里吃着草。原来如此，原来我早就被他们盯上了。看着那匹母马，我不禁暗自苦笑起来。

苦笑的事情还远远不止这些。后来发生的事情，则让我连哭都哭不出来了。比如说挖地道。尽管现在我已对生活彻底放弃希望，并渐渐醉心于这只需要出力气而和勾心斗角没有任何关系的体力活，但是在当初，我却不自量力地热衷于和大哥二哥勾心斗角。好在是现在我已经想通了，我原本就是一个杀猪卖肉的屠夫，哪里是他们的对手呢？天要下雨，娘要嫁人，由他去吧。一句话，我认命了。但大哥和二哥对我的纠缠却并没有随着我的认命而宣告结束。仅仅就在第二天，一大早，二哥就在我卖肉的地方找到了我，并且二话不说地又把我拉扯进了大哥的家。这一次，大哥就不像昨天晚上那么客气了，还没等我喝完一盏茶，他就从凳子上站起身来直截了当地问我：亲爱的三弟，能不能给大哥弄一点钱来花花？我不想多停留半刻，掏出怀中的钱袋，将银两悉数倒在了他眼前的桌子上，扭头便走。可是，二哥，我们的关二哥却牢牢地堵住了我的去路。一时间，我百感交集，再也无法控制自己，猛然回过头去指着大哥的脸说：操你妈的，你他妈的到底还想怎么样？听完我的话，他好像有些吃惊，但他很快就哈哈大笑起来。不知道到底笑了多长时间，他才止住笑声，转作轻声细语地对我说：三弟，我觉得有必要提醒你一下，在你刚刚喝下去的那杯茶里，已经放人了天下至毒的丹顶红！至于解药，只有我一个人才有。说罢，他又发出一阵嘿嘿冷笑，就在我以为他要结束自己的谈话之际，他却突然又爆发了，一声高过一声的咆哮几乎掀掉屋顶上所剩无几的瓦片：你以为你是在打发大街上的叫花子吗？你他妈的想想看，这点钱到底能够干什么？兄弟，你以为你眼前的人是谁？让我告诉你，我是堂堂汉室宗亲，是将来的国王。普天之下莫非我土，率土之滨莫非我臣。我不妨告诉你，我之所以找你要钱，不是拿来偷欢享乐的，而是要拿来招兵买马的！有时候我想，事实上我是一个懦弱的人。尽管承认这个事实让我万般痛苦，但是我同时又是一个诚实的人，不承认这个事实就等于背叛自己。

你们看，从我认识大哥直到现在，这么多年已经过去，我的钱财也已经悉数落入他的手中，甚至在家徒四壁之后被迫搬进了他的家，反过来过上了寄人篱下的生活。我却并不见得就有多么痛恨生活，换作别人——自己的生命不由自己掌握——早就一头撞墙死了，但我却顽强地活了下来，不光活得很好，而且还深深地爱上了挖地道。就像今天晚上，还不等大哥发号施令，我就抢先一步走到了院子里的那棵槐树下。拨开槐树下的一堆麦秸垛，一个斗大的洞口赫然出现在眼前。老规矩，我仍然抢先一步跳进了洞中。阴冷与潮湿之气扑面而来，我不禁一阵瑟瑟发抖。借着火把放射出的微光可以依稀看到，地道里全都堆满了粮食，在粮食与粮食之间，是一条仅供一人穿行的小道。我抚摸着道路两边的粮食，心潮不禁起伏澎湃。要知道，它们可全都是属于我的啊。它们原本都是白花花的银两，静静地躺卧在我家中的钱柜里。时间一天天在过去，而大哥梦想中揭竿而起的计划却在一天天往后推迟，但堆积如山的粮食却不管这些，随着计划的一天天推迟，它们也在一天天加快着腐烂的进程。每天晚上，只要看到它们一点点地腐烂，我原本疼痛的心就会变得更加疼痛！但大哥却好像视若不见，他仍然在一遍遍地催促我们说粮食腐烂一点是小事情，反正从古到今当兵的人都吃不到什么好粮食，关键的问题还是挖地道！要知道，凭我们眼下的实力，将来要组建的军队充其量不过是一群乌合之众。所以，我要提醒大家，关键的问题还是挖地道。只有挖好了地道，将来面对别人的围剿时我们才能有一个藏身之处，等敌人走了之后，我们再从地道中爬出来，总而言之一句话——野火烧不尽，春风吹又生！所以，今天晚上，面对道路两边腐烂后正在发芽的粮食，大哥仍然像往日一样无动于衷。更何况，他还有更重要的一件事情，那就是怎样在今天晚上就葬送掉关羽的性命。

刚才临出门之际，大哥让二哥到厢房里去取挖地道用的各种工具，却把我拉到一旁说：三弟，就在今天晚上动手吧。我愣了一下，但很快就平静了下来。可是，接下来大哥对我说的话，就万万不能让我还平静下去了。他继续说道：依我看，就由你来动手吧。这让我想起了几个月之前的一件事情：那时候，因为我几乎所有的家财都已经被大哥接管，连家中的妻妾们都已纷纷远走高飞了，但大哥却依然不肯放过我，他的双眼还死死盯着我最后拥有的一件东西，那就是房子。他找到我，用他一贯平静的语调对我说：三弟，最近我老是在想一个问题，那就是将来我们出兵打仗的时候怎样才能做到出奇制胜、一招制敌，现在我终于想通了。我得出的结论是，必须制造出一种前无古人的武器。这种武器可以像鸟雀一样在天空中飞行，我们给它装上火药之后，即便上来十万大军，它也照样可以把他们一扫而光。连名字我都想好了，就让我们叫它为飞机吧。但迫切的问题是，我们没有钱——因此，依为兄看来，还是把你的房子也卖了吧。我能怎么办？请大家告诉我，除了卖掉房子我还有别的什么办法？就像现在，他命令我将二哥杀死，我仍然想请大家告诉我，除了毫不犹豫地将二哥杀死之外，我还有别的什么办法？要知道，我的性命还被他牢牢地攥在手中啊！他已经和我商量好（还不如说是命令），再过一会儿，等二哥偷懒去睡觉的时候，我也悄悄地跟上前去，趁他不注意，朝着他的脑袋一铁锨猛拍下去，只要不出偏差，定能结果他的性命。唉，我可怜的二哥，事已至此，怪也怪不着我了。如果你是我，我相信，你也会朝着我的脑袋手起锨落。这么长时间以来，经过辛勤的工作，我们置身其中的地道已经变成了一座庞大的迷宫，一个又一个的洞口犬牙交错地连接在一起，活像田野上的田埂，又像挂在树梢上的蜘蛛网。就是这些蜘蛛网给你提供了偷懒的机会，但也正是它们，又成了你的长眠之所。每天晚上，当我和大哥艰难地挥动铁锨向前行进之时，你却总能挥洒自如地找到借口——或者是肚子疼，或者是要撒尿——而跑到另外一些不为人知的洞口里去睡觉，一直到我们的工作结束，你才会重新出现在我们的身边。但是对不起，你的这种好日子过到头了！现在，你又借口说出去找一点水喝，大哥对我一使眼色，我赶紧轻手轻脚地跟上。啊朋友，说再见的时候就要到了。需要说明的是，在整个过程中我并没有半点着急，反倒出奇地心平气和，因为我非常清楚地知道：这一次我要施以杀手的，不是一只眼见屠刀朝自己而来还无动于衷的猪，而是一个人，是这个世界上最有灵性但也最狡诈的生物。我岂能粗心大意？片刻之后，他钻进了一个洞口，我赶紧缩回脑袋，站在洞口的阴暗角落里不动声色。又过了片刻，我再次探出头去，发现他已经躺在地上睡熟了。哦，最紧要的时刻到了。在最短的时间里，我一连几次深呼吸，此前一直狂跳着的心稍稍安定下来。我的脑子里一片空白，很快，我听到了自己的怒吼，伴随着怒吼，我像一只觅食的云豹般狂奔上前，对准他的脑袋就一锨拍了下去。惨白的脑浆应声而出，直至遍地横流。

结束了，我喘着粗气回到了大哥的身边，我的脸色甚至比从关二哥的脑袋里迸出来的脑浆都还要惨白。大哥并没有向我打听最后的结果，事实上也没有必要，只要听听我的喘气声再看看我的脸色就会知道那个最后的结果。大哥只是用手搭在我的肩膀上轻声对我说：我的好兄弟！突然，一股酸液在我的体内急速往上翻动，眨眼之间就要抵达我的喉咙。我赶忙奔跑到地道的一角大口呕吐了起来。伴随着这些呕吐物的喷薄与飞溅，我感到自己虚弱得就像要死过去了一样。但我还是要吐！一直吐到死为止！突然，谁也没想到的事情发生了：我竟然哭了起来。不光哭了，而且还哭得非常伤心。就像一个刚刚断奶的婴儿般嗷嗷大叫。大哥慌忙走上前来，一把将我抱在怀里：兄弟，千万不要这样，千万不要哭坏了身子。要知道，我们还要去做皇帝、做九千岁啊！世界是地主的，也是军阀的，但归根到底却是我们的！杀死一个关羽没有什么大不了的，将来我们还要杀更多的人。如果连一个关羽都不敢杀，我怎么能当得上皇帝？你又怎么能当得上九千岁？所以，三弟，就请你宽下心来，时间已经不早，让我们回家睡觉吧。说罢，他就要伸出手来帮我把脸上的泪痕擦拭干净。可是，他显然错误地估计了事态已经严重到了何种地步，面对他伸出来的衣袖，我不但没有半推半就地遂他所愿，反而张开嘴巴朝着他的胳膊恶狠狠地咬了下去，惨叫声顿时响彻了整个地道。我发疯般地从他怀中挣脱出来，又以迅雷不及掩耳之势一拳朝他猛击过去，他甚至还来不及再次发出惨叫声，我的双脚就又马不停蹄地交错踢打在他的脸上和身上。仅仅只在转眼之间，他就变成了一个血人儿。而我更加疯狂的叫喊也一刻都不曾停止：刘备，你给我听好，我要对你说三个字，那就是，操你妈！我告诉你，老子已经实在是活得不耐烦了，今天你要是不把解药给我交出来，那就让我们一起同归于尽。你口口声声说和我是兄弟，那你为什么不把解药给我？你又哪一天不是嘴上喊弟弟而背地里却在掏家伙？这么多年，我妻离子散、家破人亡，再看看你，倒是骑上了高头大马、穿上了锦衣华服。算了，这些全都算了，咱们一笔勾销，只是你今天非把解药拿出来不可，我再告诉你一句，老子实在是已经活得不耐烦了！话虽然说完了，但我的殴打却始终不曾停止，我的手和脚仍然像从山峰上跌落下来的碎石般重重地击打在他身上。好半天，他才开了口，用细若游丝般的声音说：二弟，歇口气吧，就算你真的把我打死，到头来也只有害了你自己，解药我并没有带在身上啊。我——不——相——信！我叫喊起来：你又在骗人。亲爱的大哥，你别忘了，好歹我也已经和你打了这么多年的交道，这么多年以来你哪一天不把解药带在身上？

但大哥毕竟就是大哥，在如此紧要的关头，他竟然咧开嘴巴哈哈大笑了起来。笑完之后才慢条斯理地说：三弟啊三弟，说到底你还是不了解大哥我啊。没有错，无论我走到哪里，我的身上总是随身携带着一个红色的小药瓶。但是，请你冷静下来认真地用脑子想一想，如此珍贵的把柄我岂能随意放置？论武功，我甚至都不是你的对手，如果我随随便便将解药放在自己身上，那不是在自寻死路吗？那个红色小药瓶实际上是用来迷惑你的，而真正的解药早就已经被我安放在了别的地方。所以，三弟，眼下你只有一条路，那就是放了我，只有这样你才有可能继续活下去，要不然，我们就真的只有像你说的那样同归于尽了。好吧，我答应你，今天晚上一回去我就把解药送给你——无论怎样说我们都还是好兄弟嘛。我——不——相——信！听完他的话，我再次叫喊起来，冲上前去，一把扯开他的外衣，只一眼我就看见了那个红色小药瓶，它就像往日一样悬挂在他的腰际处。哦，解药，你可知道我为你茶饭不思，你可知道我为你朝思暮想？看见你，我的身体又怎能不被一波未平一波又起的战栗和颤抖所淹没？我的泪水，又怎能不像决堤的江水般泛滥而不可收拾？现在我要对你说——泪水，任由你流淌吧，你最好能摧毁所有的村庄与道路，淹没所有的高山与良田，反正解药已经被我拿到了，即便全世界在这一刻不复存在，我也管不了那么多了。慢慢地，更加慢慢地，我屏住呼吸，轻轻地将红色小药瓶从他的腰际处解下来，托在手中，仔细地端详。然后，我低头注视着脚下的那个血人儿，没想到，他也正在注视着我。此时此刻，他居然还有闲心注视着我，这不是个白痴又是什么？我怒从心起，一脚猛踢上去：看什么看！我的长相真的有这么好看吗？然后，我拔出了药瓶上的瓶塞——哦，我不想再说下去了——只见一股浓烟从瓶口里腾空而起，直逼我的鼻子和嘴巴。在那一刻，我想破口大骂，我还想举手就打，只是，说什么都已经晚了。我甚至连一声微弱的叫喊都来不及发出，就扑通一声仰面倒了下去。

等到我醒来的时候，刘备，我亲爱的大哥，早就已经不见了踪影。整个地道安静得让人恐怖，竖起耳朵仔细聆听，竟然有虫子的叫声在地道里回旋！我的身体想动弹，但却动弹不了，我还想喝一口水，但是这个梦想却更加注定得不到实现。不知道过了多长时间，我的脑子终于稍稍清醒了一些，我努力地想回忆起此前到底发生过什么事情，很遗憾，我此时已经与一只畜生没有什么区别，即便把脑袋想破又能想得清什么事情呢？也正是在此时，一声嘿嘿的冷笑在我耳边回响起来，因为这笑声出现得如此突然，我不禁魂飞魄散。这是阎罗王的笑声吗？这是牛头马面的笑声吗？答案是：是的。这就是阎罗王的笑声，这就是牛头马面的笑声。因为，伴随这笑声的响起，我的视线里出现了一个鬼，一个真正的鬼！他是谁？说起来大家都不会相信，就算是我自己也不会相信——他，就是关羽，我们的关二哥。此刻，他正春风得意地走近我，还用他那一如既往的笑嘻嘻的声音对我说：三弟，身体可好啊？出乎意料的是，我并没有感到惊慌。又有什么值得惊慌的呢？从古到今，人人都逃不过一个字，这个字就是死。达官贵人逃脱不掉，黎民百姓也逃脱不掉。即便是刚刚对我痛下了杀手的大哥刘备，一样也逃脱不掉。就在刚才，当我从昏迷中苏醒之初，我还有一点惊慌，不断地问自己：难道我宝贵的生命就这样结束了吗？后来，当我看清楚自己还置身于地道之中以后，也没有感到有什么劫后余生的感觉——生有何欢；死又何苦？而现在，眼前突然出现的二哥不过只能证明我确实已经死亡罢了，他不能说明任何别的东西。所以，面对笑嘻嘻的二哥我非但没有感到丝毫慌张，反而还平静异常地回答他：快上来动手吧，我保证连手都不还一下。倒是他愣住了，笑容也慢慢地凝固起来，最后才问我：我干吗要对你动手？看着他满腹狐疑的样子，我闭上了眼睛，我已经没有力气再和他说一句话了。我早就说过，他是个远近闻名的小人，诡计多端这个词用在他身上的合适程度就不用说了，即便是别的几个词，例如：阴险毒辣、穷凶极恶——也一样配得上他。你看，即使到了这个时候，他还在装蒜。又过了好半天，我才睁开眼睛有气无力地对他说：唉，你不动手也好，免得弄脏了你的手，反正阎罗殿上还有判官，到时候自然有人来取我的性命。而我们的关二哥，看上去却好像更加糊涂了，只见他一个箭步冲上前来，不由分说地给了我两巴掌：我为什么要对你动手？

你又没有做过什么对不起我的事情，我看你他妈的是不是酒喝多了？又过了一会儿，他才突然恍然大悟般地拍打着自己的脑袋说：哦，我知道了，你是不是以为自己已经死了？我接口说：难道不是吗？错了，你弄错了。关二哥大声叫喊道：你根本就没有死，请你抬起脑袋来认真地看一看我，再看一看这周围的一切，你看有哪一点迹象表示你已经死了？闻听此言，我的身体猛然一阵惊悸，在犹豫了好半天时间之后，终于抬起了自己的头。

是啊，有哪一点迹象能够表示我已经死去了呢？眼前的一切：阴暗潮湿的地道，丘陵般高耸的土堆，腐烂后正在发芽的粮食，还有疯疯癫癫的关二哥，他们，全都如此真切地展现在我眼前，全无死亡的痕迹，我又凭什么说自己已经远离了人世？可是我不相信！我明明记得关二哥的身体已经被我践踏得四分五裂，脑袋里甚至涌出了惨白的脑浆，我还记得自己告别人世前的一刹那——疯狂地奔跑过去，从大哥的腰际处取下了那只红色的小药瓶，颤抖的双手奋力拔开瓶塞，一股浓烟立刻从瓶口腾空而起，直逼我的鼻子和嘴巴。在那一刹那之间，我已经明白了事情的真相，那就是：红色小药瓶里装着的根本就不是什么解药，而是同样用丹顶红制成的烟雾剂。可是，已经晚了，我甚至连一声微弱的叫喊都来不及发出，就扑通一声仰面倒了下去——但现在，居然有人告诉我：你没有死，我又该说些什么才好？我想说这样一句话：我能否相信自己？我只好问关二哥：难道你并没有被我杀死吗？难道你有起死回生之术吗？关二哥闻言一惊：笑话！我什么时候被你杀死了？再说，就凭你——粗壮的身材里包藏着一颗白痴的心，又怎么能够将我杀死呢！告诉你吧，我根本就没有死，我活得好好的！哦，我不禁在心底里狂呼一声：这到底是怎么回事？倒是关二哥一把将我从地上拉扯起来：快说，到底发生了什么事情？

我丝毫都没想到的是，在听我讲述整个事件的过程中，关二哥不但没有气急败坏、怒火中烧，反而还常常爆发出一阵阵的哈哈大笑，而嘴巴中却发出不断的嘟囔声：白痴，真是一群白痴。尤其是讲到我怎么对他施以杀手的时候，他甚至笑得流出了眼泪。必须承认：他花枝乱颤的样子简直让我心惊肉跳。终于，故事被我讲完了。我的眼前却没有了他的影子。我吓了一跳，低下头看去，发现他全身像散了架似的瘫软在地上，可他仍然还在笑！突然，一种欲望盘踞了我的全身，几乎不假任何思索，我就抬起脚朝着他的胸膛上猛踢下去。可是，却被他灵巧地躲闪了过去。我毫不停止，另外一只脚又迅疾地跟上——正在此时，只见他就地一打滚，立刻滚出了好远，在相距我袭击范围甚远的地方站起身来，怒不可遏地问我：你到底还想干什么？苍天可鉴，此时的我已经完全疯掉了，我哭了。假若我没有记错的话，这已经是我今天晚上的第二次哭泣。这一次的哭泣来势却更加凶猛，我就这样凶猛地哭泣着说：你可以侮辱我的情感，但你绝不能侮辱我的智慧。我再对你说一遍，我不是白痴。不，你就是白痴！关二哥也毫不示弱地说。此时的他好像不再害怕我的双脚，他走到我身旁，给我擦去脸上的泪痕，再把手轻轻地搭在我的肩膀上说：兄弟，坐下来，就听为兄我把事实的真相给你一一道来吧。只要你有足够的耐心，听完我的话，我保证你会对自己说这样一句话：如果我不是个白痴，那么天下所有的人都只能是白痴。来，快坐下来吧。事实上，我早就知道大哥要对我动手了。可我依然不管不顾，这是为什么？老实说，就是因为我比你，甚至比大哥更有智慧，不管你们使出什么计谋，我最终都能够从其中顺利逃脱。我知道这么说你会不服气，但是这也没有办法，铁定的事实谁也改变不了。也许在你的心目中我是一个无耻小人，小人就小人吧，反正我也不在乎。但是在这里我想向你提出一个问题，即世界上最宝贵的东西是什么？我想连三岁的小孩子也能回答得上来。显然，世界上最宝贵的东西就是人的生命。这就说明，只要是个人，他最看重的东西就是自己的命。你不例外，大哥不例外，就连是我，你们心目中无耻之尤，一样也不会例外。就说你吧，连自己的性命都被别人攥在手中，你为什么不去死？说到底，你还是珍惜生命、甚至是热爱生命的。当然，与你们相比，我完全有可能比你们把自己的命看得更重一些。为什么这么说？只要你了解一下我的成长轨迹和心路历程就会明白，我说的话绝非虚言，三岁丧父，五岁丧母，没有人比我更能体验得出生存之艰难。但是我知道，只要有生命在，一切都还有希望，王侯将相，宁有种乎？我说不定就有希望当九千岁、当大将军！这也正是我后来投奔刘备的原因。但是到后来我却发现，刘备，我们的大哥，他远远比我当初想象的要复杂得多。什么都逃脱不了他的眼睛！到头来，我只好装疯卖傻，终日惹是生非，因为只有这样才能使他对我的戒备之心减轻一些。如你所知，这个效果显然达到了，但是，这绝不意味着我就此便放松了警惕。相反，我时刻都在准备打仗。睡觉的时候，我的枕头底下压着长刀；走路的时候，我也总是喜欢东张西望，但这并非普通的东张西望，那是我在观察自己到底有没有危险。当然我也要承认自己仍然有不够成熟的地方，真是机关算尽反误了我的性命。装疯卖傻是适当的，但是过度的装疯卖傻就会让别人受不了——这普通的道理在当时却没有被我想到，以至于你和大哥终于对我动了杀机。但我又岂是一般的人？我早就知道你们已经对我动了杀机，尽管不知道你们到底哪一天对我动手，但是必要的防范措施早已被我严密地安排好，即使你们长着三头六臂，也只能望我而兴叹了。你不要对我做鬼脸，也不要对我吐舌头，今晚发生的一切就是最好的证据。事实上，我早就给自己准备了一副惟妙惟肖的道具。长期以来，我把它放在那个洞口中最显眼的地方，而自己却躲在一个阴暗角落里睡觉。因此，今天晚上死在你手下的那个连脑浆都迸裂出来的人，实际上并不是我，它甚至连人都不是，而是一个被我用尽气力制造出来的和我一模一样的道具——这些，你难道都看不出来吗？这些，难道还不能充分证明你就是个白痴吗？需要说明的是，我之所以说这些东西并不是为了让你来崇拜我，当然你非要崇拜我不可，我也没有办法。兄弟，就不要让我给你签名了，还是让我送给你两句话吧，这两句话还是那两句老话：珍惜生命，热爱生活！

而关二哥的话还没有完：你大概还不知道我们现在的处境吧？且让我来告诉你，现在只有我们两人还留在地道中，而地道的出口已经被大哥彻底堵死了。至于大哥，他却已经逃到了地道之外，也许此刻早就已经进入了梦乡。刚才，我睡醒之后，跑到今晚的工地上去找你们，可是却没找到。在原地站了好半天之后，我隐约听到了一丝嘟嘟囔囔的声音。我的神经立刻绷紧了起来，顺着这声音慢慢向前行进，终于来到了眼下你和我所踏足的地方。原来，那阵嘟嘟囔囔的声音是从大哥口中发出的，随着我越走越近，大哥的声音也越来越清晰。那时候，我并不知道你已经让毒药熏得晕过去了，还以为你们二人正在密谋着什么紧要的事情，所以，我并没有走到大哥的身边去和他打招呼，而是龟缩在一个不为人知的角落里，屏息静声地想要听清楚大哥正在说些什么。事实上，由于相距不远，大哥说的话很快就被我听清了：三弟啊三弟，一路走好，休怪大哥无情，明年的今天我会来这里给你烧香磕头的。当时我就吓了一跳：大哥在说什么呢？不会是在开玩笑吧？但我却不敢探出头去打探到底发生了什么事情。后来，大哥走了，我也如影随形跟在他身后往前走。可是，就在他从地道中跃上地面、我也快要到达地洞出口的时候，突然一声轰天巨响，一道铁门从天而降，眨眼之间就将出口封得严严实实。我这才知道，大哥这一次根本就不是在开什么玩笑。可是我又能怎么办呢？我只有掉头往回走，正好走到我刚才藏身的地方，恰好碰上你醒了过来——事情的全部过程就是这样。那我们怎么办呢？难道我们就在这里等死吗？听完二哥的话，我忍不住问他。关二哥却笑了起来，他斜着眼睛问我：怎么，你害怕了吗？在黑暗中，我无言以对。倒是他，一巴掌拍在我的肩膀上：兄弟，把你二哥当成什么人了？我又怎么会坐在这里白白等死呢？来，坐近我一些，听我来给你细说端详吧。不过，在和你谈话之前我有一个小小的要求，那就是，我想听你亲口说自己是白痴。白痴，我就是个白痴！甚至连关二哥还没讲完，我就大叫大嚷起来：二哥，瞧您说的，我不就是个白痴吗？这还用问吗？显然，二哥对我的回答感到非常满意，他清了清嗓子又继续说道：就像我刚才说过的一样，我早就注意到了大哥不是一般的人。就拿你的解药来说吧。众所周知，大哥手无缚鸡之力，只要稍微动一下脑子就可以知道，他怎么会将如此珍贵的解药随随便便地带在身上？那不就是等于他不要命了吗？三弟，你可能不知道，我小时候的梦想实际上是想当一个诗人。为了实现这个梦想，我还拜了一位老秀才做老师，这位老秀才曾经摸着我的头说，孩子，一定要学会仔细地观察生活。现在，我想把这句话送给你，因为在我看来，你之所以落魄到今天这个地步，最重要的原因就是你从不观察生活！只要稍微仔细一点，你就会发现生活中其实隐藏着许多破绽，但是如果你不仔细，这些破绽就会掉过头来要你的命。我说的没有错吧，我的三弟？实际上，我也不想对你再隐瞒下去了。还是让我告诉你那个最后的、唯一的标准答案吧，那就是，我们不会死，我们的身体离阴曹地府还远得很。我知道你又要怀疑了。可你的怀疑却丝毫都没有必要存在——只要认真地想一想大哥是怎样在对待你，我也不能不为自己的生命和前途感到担心。他今天可以用毒药来对付你，那么明天也可以用毒药来对付我，因此，我不能不小心。你还记得他为自己打造的一枚玉玺吗？经过我仔细地观察后，我认为，它就是大哥生活中唯一的破绽。真是上天自有安排，就在今天下午，我才将这枚玉玺偷到手，放在了马圈里，然后，又将一张小纸片放在我偷走它的地方，这张小纸片上写着这样的一段话——亲爱的大哥，不管我现在遇到什么样的危险，我都要请你赶快来解救我，因为玉玺已经被我转交到了他人手中，只要和我分开十二个时辰，此人就会前往官府告发你的造反行为。你知道，大哥几乎每天晚上都要看一看这枚玉玺，要不然就睡不着觉。所以，你尽管放心，不出两个时辰，大哥自然就会来寻找我们。我们的一生都将和他纠缠在一起，重现已经过去的无数时光。我们会剑拔弩张，但我们也会甜言蜜语；我们会各怀鬼胎，我们更会如胶似漆。我们就是各自的病！

二弟，三弟，你们怎么会在这里？叫大哥我找得好苦啊！二哥的话音几乎还未落下，地洞的出口就被打开了，一个人狂奔着跳下地道，又狂奔着出现在了我们的眼前。这个人是谁？我不想告诉大家。我可以告诉大家的是，在黑暗中，这个连气都来不及喘一口的人，正在一遍遍对我们说：你们叫我找得好苦啊，好苦啊。